小説集

明智光秀

作品社

小説集　明智光秀

題字
本間吉郎

装画
落合芳幾

明智光秀

菊池寛

菊池寛　1888～1948

香川県生まれ。1910年に第一高等学校文科に入学、京都帝国大学在学中に一高時代の友人、芥川龍之介、久米正雄らと同人誌「新思潮」（第三次）を創刊。大学卒業後の1918年に発表した「無名作家の日記」で新進作家として注目を集める。1920年に連載した『真珠夫人』からは通俗小説にも取り組んでいる。1923年には作家のための雑誌として「文藝春秋」を創刊、1926年には文藝春秋社を創業。その後も日本文藝家協会の設立、芥川賞、直木賞の創設、映画界への進出など多方面に活躍した。第二次大戦後は公職追放を受け、その解除を見ないまま1948年に没した。

底本：『日本武将譚』（黎明社、1936年）

客臣光秀

明智光秀は十兵衛と云い、美濃の土岐氏の支族で、父祖が数代明智郷に住んだので明智を名乗った。弘治二年四月、光秀は、父光綱が斎藤義龍のために殺された時に殉じようとしたが、叔父の光安はこれを諌止《かんし》し宗家を興すべきを諭し、自分の一子光春を託しておいて明智城で拒《ふせ》ぎ死んだのである。以後十年の間、光秀の浪々生活が続くのである。彼は越後の坂井郡高柳郷にたどりつき、塾のようなものを開いて軍学の講義などをしていたが、そのうちに越前の朝倉義景に迎えられて、一時そこに足を停めたが、志を得ないで辞し、丹後の守護長岡藤孝のところにも赴《おもむ》いたが、老臣と相容れないので此処《ここ》をも去ったのである。後年、長岡改め細川忠興に娘を与えたのは、その因縁に依《よ》るのだ。

光秀と信長との関係は、永禄九年以後のことで、光秀が三十九歳の頃である。加賀の山中温泉に湯治しているところへ信長の使者が来て、岐阜へ迎《むかえ》たのだと云われる。だから、軍学者としては、相当聞こえていたのであろう。

当時彼が与えられた禄高が四千二百貫と云うから、四五千石で召抱えられたのであろう。

本能寺の異変後に光秀が家臣に語った言として、

(岐阜に赴き武勲を励み只今《ただいま》両国(近江、丹波)を知行せり、元亀二年には丹波の国を治むべき由《よし》に付き、彼国《かのくに》へ発向し粉骨を尽して屈戦して、終《つい》に丹州を手に入れき、織田家に来て十七年に成りぬれど強《しい》て信長の譜代恩顧と云うには非《あら》ず、尤《もっと》も君恩とは云いながら、又さのみ君恩と謂《い》うに非ざるべし、只武勇の鋒先《ほこさき》を以《もっ》て軍功ある故なり、誠に昼夜安堵に住《すま》わず今日に至りぬ)

とある。結局、自分の力で取った知行だと云うのだ。

今川義元を亡《ほろ》ぼしてから、一層天下に望をかけるようになった信長は、広く智勇の人材を求めたが、光秀もまた客臣《かくしん》の一人として、織田領の接続地帯討伐に武勇の鋒先を振《ふる》ったのである。

当時のような封建時代の人的関係は、基本的には君臣主従より他には無いんだから、信長と光秀も当然君臣の間柄と呼ばれるべきだが、彼より九年早い永禄元年に信長の草履取りに住みこんで、次第に取り立てられた藤吉郎あたりとはわけが違うのである。

だから、(強て信長の譜代恩顧と云うには非ず、尤も君恩とは云いながら、又さのみ君恩と謂うに非ざるべし、只武勇の鋒先を以て軍功ある故なり)と云うのも、あながち彼の「弑逆行為《しいぎゃく》」を合理化するための言葉ではなくて、当時光秀の気持や、二人の関係の真相にも触れているもののようだ。

光秀は伊勢征伐を初陣に、数年の間に丹波、若狭、近江その他京の咽喉部重要地帯を征討して、信長の上洛途上の障害物を芟徐《せんじょ》した。

いつも他人に向って最善の努力を要求する信長さえも、光秀の働き振りには満足して、(丹波国日向守働《はたらき》、天下之面目を施し候《そうろう》)と云っている。そして光秀は天正二年に従五位下日向守に叙せられ、翌三年には族を惟任《これとう》と改め、近江の坂本及び丹波を兼領し、織田家の屈指の名将と謳《うた》われるようになったのである。

秀吉の築城技術は例の一夜城なんかで世上に有名だが、光秀が織田信忠の居城の二条の城を始め、坂本城、安土、亀山両城の設計修築をやって非凡の腕前を振ったことは、あまり知られていない。

怨望

光秀の謀反に就いては種々説があるが、老人雑話と云う本などのように、（光秀は亀山の北方、愛宕の山つづきに城砦を構えて周山と名づけ、自分を周の武王に比し信長を殷の紂王《ちゆうおう》になぞらえて謀反の宿志を懐《いだ》いていた）とか、或《あるい》は曾《かつ》て光秀が流寓して毛利元就の許《もと》に行ったところが、元就は光秀の人相を一見して反骨あるを認め、終に用いなかった。などと云うのは、結果的に、初めからの光秀を悪人に見たてた説で、ひどすぎる。

又一方、明智軍記には、信長の上使青山与三がやって来て（出雲、石見を賜う、しかし丹波、近江は召し上げられる）旨《むね》を云い捨てて帰った。そこで光秀は、まだ敵国の毛利氏のものである出雲、石見を貰ってそれを切り取るのに苦戦している間に粉骨して手に入れた旧領丹波近江は召し上げられ、沖にも出られず磯にも寄れない状態に置き、やがて佐久間、荒木、林などの諸将のように自分も同じ滅亡の運命に突き落されるに違いない、とて終に謀反に決したと云うのだが、如何《いか》に猛断威決が信長の本領だとは云え、光秀の既得権を没収して未得権に代えるとはあまり乱暴すぎる話で、信じがたい。

その他の諸説は光秀が丹波の波多野光治兄弟を八上城に攻めた時に、母親を人質として和睦し、兄弟を信長の許に送ると、信長はこれを殺してしまったので、波多野の家来達は怒《いか》って光秀の母親を殺した。そこで十年後の本能寺の変は、つまり、母親の仇討《あだうち》だと云うのである。

又、森蘭丸が信長に、亡父の旧領近江が欲しいと懇願すると（三年待て）と云った。ところが現在近江は光秀の所領なので、漏れ聞いた光秀は自分の地位を危惧して自衛的に先手を打ったのだと云う説である。

或は又、光秀が稲葉一鉄の許を去った那波和泉守、斎藤内蔵助《くらのすけ》を召し抱えて厚遇したので、連れ戻そうとして一鉄は信長に訴えると、信長は立腹して、光秀の髻《たぶさ》を摑んで引き据え刀に手をかけた。光秀が悲涙を呑んで退下すると、居合わせた将士は（光秀の風情尋常ならず）と囁《ささや》き合ったと云う。

武田征伐の時にも信長は、諏訪郡の本陣で一寸《ちょっと》した言葉の端を捉えて立腹し、懸作りの欄干に光秀の頭を押付けて打擲《ちょうちゃく》した。光秀は（諸人の中でのこの辱め、無念千万）とて、思い詰めた気色が面上に溢れていたと。

それから、酒嫌いの光秀が、信長から七杯入りの大杯を強いられて、辞退すると、信長は（酒が呑めぬならこれを呑め）と云って白刃を鼻先に突きつけたので、光秀は夢中で大杯を呑み乾《ほ》した。

これを見た信長は（さても命は惜しきものよ）と冷笑したと、云う。

こうした話は、太閤記、明智軍記を初め、常山紀談、東照軍艦、祖父物語などに出ているが、そのままの事実はともかくも、信長と光秀の交渉を反映したものだと思う。

尤も、森蘭丸をして光秀を折檻させたと云うのは、ありそうもない作り話である。

信長が軍功に対しては決して賞賜を惜しんだりする人間でなかったことは、光秀や秀吉の出世がすばらしく早いのを見てもよく分るが、足利末期の乱世を叱咤した豪傑信長は、率直と云うのか、直截と云うのか、部下をまるで子供扱いにした。

褒める場合だって、秀吉の言にもあるように右の御褒美の事は申すに及ばず、安土へ伺候致し、上様（信長）へ御目にかかり候えば、御座所へ召出されて筑前が顔をなでさせられ侍程の者は筑前にあやかりたく存ずべしと仰出《おおせいだ》され候云々と。

肩を叩くとか腕をとって褒めると云うことはあるが、顔を撫でるなんて、勇士も信長にかかってはまるで小供扱いだ。

ところが一度《ひとた》び怒ると更《さら》に始末が悪い。嘲罵至らざるなく、さすが元亀天正の荒武者達も甚えられない程だった。

草履取りの時から仕えている秀吉あたりだと、人間も大きいし、怒罵嬉笑も（主人の心易《こころやす》だて）くらいに思って受け流せるが、教養があり儀礼のわきまえもある光秀には、そうは行かなかった。そして、譜代恩顧でもない彼には、一々意味があるように取れて、心を暗くしたのであろう。

信長も、秀吉だと洒々《しゃしゃ》としていて一向手応えがないが、光秀に対しては張合があるので、（光秀の体裁屋が）と思うとついアラを探して意地悪も言って見たくなって、屡《しばしば》嘲罵の的となるようなことがあったのだろう。

光秀にして見れば、随分骨身も惜しまず働いているのに、その心情を理解されないでつらく当られるし、恩顧の家来でないと云うひがみもあって、次第に怨望を貯えるようになったものと思われる。とにかく性格的に二人の関係は、そりが合わないのだ。相剋しないではいられない極端な志であったのだ。

その点で、光秀の反逆は宿命的なものがある。

契機

川角《かわすみ》太閤記によると、信長から家康饗応役を仰せつかった光秀は、奈良の市人や神社仏閣などに命じて珍器を納めさせ、又京や堺から逸品を取り寄せて用意していたが、信長の気に入らなかったために役目を召し上げられ、秀吉の援兵として急に中国出陣を命じられたのである。

家康に対してあまりに鄭重にやり過ぎたと云うのであったらしいが、それじゃ光秀が怒るのも無理はない。苦心して料理した珍味を器具もろともに、安土の城壕に投げ込んで己が居城坂本に向った。時に天正十五年五月十七日である。

料理を安土の城壕に投げこんだと云うのは事実かどうか分らぬが、彼の気持としては、かくもあったであろう。

光秀は包み切れない憂憤を懐きながらも、命に従って出陣の用意をするために居城に向ったのである。信長公記には、五月二十六日、惟任日向守、中国へ出陣の為《ため》、坂本を打立ち、丹波亀山の居城に至り参着す。次日《つぎのひ》に、亀山より愛宕山へ仏詣一宿参籠いたす。

惟任日向守心持御座候哉《や》、神前へ参り、太郎坊の御前に而《て》、二度三度迄鬮《までくじ》を取《とり》たる由申候。

二十八日、西坊《にしのぼう》にて連歌興行。

発句　　惟任日向守

ときは今あめが下知る五月哉《かな》　　光秀

水上《みなかみ》まさる庭のまつ山　　西坊《せいぼう》

花落つる流《ながれ》の末を関とめて　　紹巴《じょうは》

加様《かよう》に百韻《ひゃくいん》仕《つかまつ》り、神前に籠置き、五月二十八日丹波国亀山へ帰城。

とある。

信長は、その翌日の二十九日に安土を出発して京都に入り、本能寺に宿した。（当時の本能寺は今の位置とは異《ちが》って、六条油小路にあった）この事を坂本出発（二十六日）前後に予知した光秀の胸裡には既に叛意が萌《きざ》していたのである。

それは、二十八日の愛宕山連歌興行の時に、光秀はふと、(本能寺の濠は深いか浅いか?)と問うたのを以ても想像出来る。

紹巴が(あら勿体《もったい》なし)と、云うと、光秀はハッとして口を噤《つぐ》んだ。

又、会席半ばで、菓子に出た粽《ちまき》を包葉《かわ》も剝がずに食おうとした。漸《ようや》く燃え上る叛意に我を忘れたのである。「茭粽《こうそう》手に在り茭を併せて食う」と云うところだ。

そして二十八日の晩は西の坊に止宿したが、光秀は輾転《てんてん》反側し、屢々溜息を洩すので、(御心地でも悪しくおわすか)と側に臥していた紹巴が問うと、(否々、佳句を案ずるなり)と答えた。

自らを顧みれば、光秀も既に五十七歳である。信長のためには働けるだけ働いた。もはやいくら骨を折っても、これ以上の待遇を信長に期待することはむずかしい。自分を遇することが、物質的には薄いと云うわけではないが、主従らしい温情など少しも感じられないで、むしろ冷《つめた》い、水臭い間柄である。

今、光秀の同僚中最も有力な柴田勝家は、北国で上杉景勝と対峙中であるし、秀吉は毛利氏の大軍を控えて一寸の身動きも出来ぬ破目にある。更に滝川一益は上州に遠征中だ。しかも、当の信長父子は、側近だけを携えて、目と鼻の間の京都に滞在しているのである。

この時もし信長が、少しでも光秀を警戒する気持があったなら、ああした悲劇は起らなかったのだろうが、光秀に魔がさしたのか、信長に死神が取憑《とりつ》いたのか、とにかく、信長が軽装で本能寺に宿っていると云う事実は、ひどく光秀の叛心を誘惑したのである。

しかし光秀の気持は、五月二十六日坂本城を出発してから、二十八日愛宕の参籠を終って再び亀山に帰った間に決ったのだから、如何に信長が慧眼でも、当人の光秀が決心しない中《うち》に看破すると云うことは不可能だ。

それはともかく、信長公記にも

（去程《さるほど》に不慮之題目出来候而《て》、六月朔日《ついたち》、夜に入《いり》丹波国亀山にて惟任日向守光秀、逆心を企て、明智左馬助、明智次右衛門、藤田伝三、斎藤内蔵助、是等《これら》をして、談合を相究《あいきわ》め、信長を討果《うちはた》し、天下《てんかの》主《あるじ》と成可《なるべ》く調議を究む）とあるが、光秀はこの二度とない機会に乗じて日頃の怨望を晴らし同時に信長に代って天下主になろうと思ったのである。

頭のいい光秀のことだから、私怨だけならじっと抑え通すか、それでも我慢できねば怨を晴しておいて自殺でもしたであろうが、敢《あえ》て弑逆の名を犯したのは、やはり天下に対する望があったからだと思う。

これは戦国武将として、少し有能な人間は、誰《たれ》でも胸臆の奥深く抱いていた望であろう。ただ境遇に支配されて、発すると発しないとの相違がある丈《だけ》だ。

それに、光秀のつもりでは管領義廉の被官たる織田氏が既に将軍義昭に代っているのだ。土岐氏の支族たる自分が織田に代って天下を取ったって、当代そう不思議はないわけだ、とも思ったであろう。もし光秀がそう考えたとしても、優勝劣敗こそ天理で、力こそ正義だ、と云う信条が通用していた実力主義の当時では別に怪しむほどのことではないのだ。

征服の過程を経てのみ、統一的封建国家が誕生しようとしていた時代なんだから、最後的には、どこかで「嘆かわしい不道徳」が不可避だったのだ。

当時、主君を殺した者には、足利将軍義教を弑した赤松満祐を筆頭に、松永久秀、斎藤道三、宇喜多直家以下いくらでもある。秀吉だって、主人の子供なら斃《たお》している。

秀吉や家康はいいかげんで主家が滅亡するように、チャンスに恵まれたので、主殺しの代りに体裁のいい義戦をやってうまく天下がとれたのである。

（天下順に帰するや山崎の一戦なり。天下逆に帰するや山崎の一戦なり。順というも至順にあらず、逆というも至逆にあらず、順逆ともに似て非なるものなれど、これを明らかにする鑑《かがみ》なく、これを察《さと》らする識なく、英雄一個の心智を以て、四海万姓を弄《もてあそ》ぶこと、そもそも天の意なるや）

宜《むべ》なるかな太閤記の一文、朗々以て誦すべしだ。

本能寺

六月朔日、光秀は亀山城で明智左馬助、同次右衛門尉、藤田伝三、斎藤内蔵助、溝尾勝兵衛尉等の幹部連を呼び寄せて意中を打明けると、既に光秀の決意が動かし難いので、一言《いちごん》もなく同意したのである。

光秀麾下《きか》一万五千の軍兵は、勿論《もちろん》こんな大それた計画があるとは知らないで、明けやすい夏の夜に、人馬粛々として亀山を発したのである。

朔日の夜に入ってから老ノ坂に達し、そこで兵糧をつかい軍馬に息を入れさせた。この間に天野源右衛門を前に走らせ抜駈《ぬけがけ》して信長に注進する者を警戒させた。

右に行けば山崎天神馬場、摂津街道。左へ下れば京街道である。「我が敵は正に本能寺に在り」光秀は勿論京街道を択《えら》んだ。この時まで、軍兵は中国出陣とばかり思っていたのである。

明方近くに桂川まで来ると、馬の沓《くつわ》を切捨てさせ、歩卒にも新しい草鞋を履き代えさせ、火縄に口火をわたさせた。

用意は整った。もはや本能寺に打入るばかりである。自分の主のみを知って、主の上に主あるを思わない一万五千の軍兵共は、下知のままに本能寺の森、皀莢《さいかち》の梢、竹藪を、雲のすきに目あてにして鯨波《ときのこえ》をつくって乱入したのである。

豪放磊落《らいらく》の信長は、何でも自分の思い通りにやってのけるため、知らぬ間に人の恨を買うようなことがあったのだ。殊遇してやった妹婿浅井長政が、よもやと思っているのに背いて九死一生の死地に陥ったことがあったし、今度は本能寺で、遂に取り返しのつかぬことになったのだ。

浪人光秀を、四千石で召抱え、十七年の間に二十五万石にしてやったのだから、打ったからとて蹴ったからとて、よもや、謀反などする気遣はないと思っていたらしく、殆《ほと》んど、赤手《せきしゅ》で本能寺に泊っていたのである。

信長も小姓達も、はじめは下郎達の当座の喧嘩だろうと思っていると、ただならぬ喊声《かんせい》銃声が続いて起り、蘭丸の注進によって、やっと真相を知ったのである。

蘭丸、力丸、坊丸の兄弟三人をはじめ、小姓、仲間《ちゅうげん》、馬丁に至るまで一死防戦に努めた。この場を逃れた者は耶蘇《やそ》教の宣教師《きょう》が献上した黒人奴隷だけであったと云う。

信長も弓弦《ゆんづる》が切れると槍を取って防いだが、肘に槍創《やりきず》を蒙《こうむ》るや殿中の奥深く退き、納戸の口を引き立て、燃え盛る火焔の中で自殺した。

無限の征服欲を駈って海内平定の一路を驀進《ばくしん》した信長も、人間五十年化天《げてん》の内をくらぶれば、夢幻の如《ごと》く也《なり》」、平素愛誦の謡《うたい》通りに、五十の人生を僅《わず》か一歳剰《あま》しただけで、乱世の英雄らしい最期を遂げた。

妙覚寺にいた信長の嫡男信忠は、二条城へ入って防戦したがここでも部下は百人ばかりで追々援兵も到着したが千人を超えなかった。

本能寺の打入はまだ夜の中だったが、ここは白昼で而《し》かも双方顔見知りなので、意地もあり外聞もあるので、両軍は「切先より火焰をふらし」凄壮な血戦をつづけた。

だが衆寡ついに敵せず、二十六歳の信忠は、脱出勧告を却《しりぞ》けて、父に殉じたのである。この方は逃げたら逃げられたかも知れないのだ。

山崎

緻密な頭を敏捷に働かせて信長を打取った光秀は、勢に乗じて近江に打入り安土城に蓄蔵された金銀珠玉を押収し、更に長浜、佐和山に攻入《せめい》って、江州方面を従えて坂本城に帰った。

勝家、秀吉、一益はめいめい敵と対陣中だから、その間に京畿を経営して根拠を作り、毛利と款《かん》を通じて秀吉の背後を襲えば、天下の大勢は自《おのず》から決するものと目算していた。

事実、秀吉が勝家などのように、ぐずぐずしていたら、光秀の目算は違わなかったのだが、秀吉はすぐさま毛利と和し神速飛ぶが如くに引き返《か》えし、六月十一日の午前八時には既に摂津の尼ケ崎に至り、十三日には山崎の合戦となったのである。

光秀は、味方するにきまっていると思っていた細川忠興父子が期待出来ず、その上に、一子十次郎を養子にやると約束までしてある筒井順慶が、山崎の対岸八幡の洞ケ峠まで来ていながら、形勢を観望していて、終に裏切った。

堺に居た家康も、どちらが勝つとも見透《みとお》しをつけかね、どうも物騒なので本国へ引き上げた。

事実光秀は、戦略に於《お》いては秀吉に勝るとも劣らない名将だったが、何しろ秀吉は彼の一生を通じても、珍らしい程のファインプレイを演じ、神速駿敏《しゅんびん》に攻めて来たので、光秀も気おくれの態《てい》であった。

それに、なまじ学問があり、仁義礼節の道をわきまえている光秀は、やはり順逆を超越することが出来なくて、京の五山に七千両ずつを与えて信長の追善供養を営ませた程だから、どこか自分の行為に自信が持てなくて、自然鋒先も鈍った形であった。

秀吉の軍に攻崩された光秀は、近臣三十騎とともに逃れて勝龍寺城に入ったが、近江の坂本城に入るつもりで、夜半重囲を脱して桂川を渡り、深草から小栗栖《おぐるす》にさしかかった時、早くも山崎の敗戦を知って網を張っていた、落人狩《おちうどがり》の土民の手にかかり、敢ない最期を遂げたのである。

光秀が事を挙げてから、ここに至るまで僅か十三日で世上、十三日公方とか三日天下の話がある所以《ゆえん》である。

安土城で山崎の敗軍を聞いた明智光春（左馬助）は、金銀を鏤《ちりば》めた楼閣を一時に焼払い、一千余騎を引具して光秀救援のために大津に馳《は》せ向ったが、堀秀政のために打破られ、小舟に乗って坂本城に至った。

琵琶歌などで、明智左馬助が大鹿毛《おおかげ》に跨《また》がり、狩野永徳が描いた墨画《すみえ》の龍の陣羽織を比叡颪《ひえいおろし》に翻《ひるがえ》しながら、湖水を乗切ったと云うのはこの時の事である。尤も真偽のほどは、確でない。

坂本城に入った光春は十五日に、光秀の最期を聞き、その一族を殺し天主に火を放って自殺した。

明智光秀

八切止夫

八切止夫 1914～1987

名古屋市生まれ。1964年、「寸法武者」により第3回小説現代新人賞受賞。1967年、第一小説集『寸法武者』を刊行、以後、時代小説や評論を次々と発表。1960年代に発表された著書は「八切日本史」全7巻にまとめられる。1972年に自ら日本シェル出版を設立し、以後約150冊にもおよぶ自身の著書を刊行。代表作に、『信長殺し、光秀ではない』、『徳川家康は二人だった』、『上杉謙信は女だった』などがある。

底本：『新説・信長十二人衆』（作品社、2002年）

一

「流れ、流れて、もう何年になろうのう」

当時まだ十兵衛とよばれていた光秀は、憮然たる有様で、ものうげに呻《うめ》いた。

「ほんに、幾久しゅうござりまするな」

妻のしらも釣りこまれたように、思わず吐息を洩らし、周章《あわ》てて手の甲で唇を押えた。

なにしろ十兵衛が生国の美濃を出奔したのは、天文二十年の四月のことである。

東美濃可児郡の明智城から三女に当たる小見《おみ》の方が、稲葉山の斎藤道三の許《もと》へ嫁いでいたがその年の三月に亡《なくな》った。すると、その知らせをきくなり十兵衛は明智城を出てしまった。そして、それっきり戻らずじまいである。思えば白面の二十三歳のときだった。

「もう……疲れてしもうたわい」

指おり算《かぞ》えれば、両手だけではたらず、足の指さえも片足のみではたらぬ十七年の歳月である。そこで、つい愚痴っぽく、

「苦労をしすぎるのう」と呟《つぶ》やいた。

すると、光秀にすればわが身をいとおしむ余りの独言《ひとりごと》だったのに、妻は、己れへの劬《いたわ》りをいってくれているものと思ったのか、

「なんの、なんの」と淋しげに微笑《ほほえ》んだ。

だから仕方なく光秀も、それに頷き、

「いっそ首でも吊って、死んでしもうたがよい……とも思うた時もないでもないが、なんせ人間というのはみじめな時には死ねるものではない。なんとか一花さかせて、せめて一日でよいから良い夢をみるなり、またこれまで見下げていた輩《やから》の鼻をあかし、それ視たことかと見返してやらねば詰まらんと想う……くだらぬ見栄じゃろうか」

と、そんな云い方をすれば、妻はまた、

「なんの、なんの」と繰返し、「人間はしょせん、見栄と張りで生きてゆくもの……他人が新しい藤蔓織りをきて居れば、自分は、それに負けまいと山繭《やまこ》でも欲しくなり、さらに唐渡りの木綿の布子さえも、高望みするものでござりまするがな」

ゆっくり合点しながらいってのけた。

「なにも……女だけが見栄っぱりというのではない。男とて、他から良く見られよう、評判になろうと思えばこそ、合戦場へ出れば血に狂ったように暴れまわり、よき首とらんと駆け廻ることも出来るのじゃわえ」と云いさしてから、

「この十兵衛は……明智城にあった頃、頭が良いの賢《さか》しげなと、祖父や他の者からいわれつづけ、それで慢心してしまい、やがて俺程の男が他にいようかと自負して、狭い美濃山中ではあきたらず、こない広い世間へ飛び出して参りはしたものの……何事もイスカの嘴《はし》の食い違い、とんと芽が出ぬどころか、ろくすっぽ他から相手にもされぬゆえ諸国を流れ歩いてまいった。おりゃ馬鹿ったれのたわけ者じゃのう」と気を滅入らせた。

するとまた、それを打ち消すように、

「お前さま程の男が何を仰せられてか……頭が良くて賢しいのと、利口とは違いまするがね……血のめぐりの悪い脳なし頭をもつ者でも、如才なく要領よくさえ立ち廻れば、世間ではみな、利口者とは申しまする」と眼で笑ってみせた。

「そうか……おりゃ頭は悪うないが、利口ではのうて、馬鹿ったれ、なんじゃな」

十兵衛は尖《とが》り気味の頭を揺《ゆす》って苦笑した。

しかし互いに笑いあったところで、どうなるものでもない。二人で話しあっているのも気休めというか、その場の慰めでしかない。

何故こんな話になってしまったのかというと、せっかく越前まで流れついて、朝倉義景の家臣の端くれに納まったものの、

「他国者じゃ」というので、どうも周囲がとけあってくれぬ。それどころか家中の者に、

「流れ者ゆえ油断がならぬ」と胡乱《うろん》くさがられている。こんな扱い方をされては堪ったものではない。そこで、くさくさしている矢先のこと。思いもかけぬ貴人が現れた。

朝倉家を頼って足利義昭がきたのである。

三年前の永禄八年の五月に、三好松永の徒に足利将軍義輝が襲われたとき、弟にあたる義昭は当時奈良の一乗院の門跡で、

「覚慶」を名のっていたが、閉じこめられるや、すばやく脱出して近江甲賀へ逃げ、やがて矢島の六角承禎をたより、翌年は若狭へ行って武田義統《よしむね》の許へ行ったが、協力が得られず、そこでやむなく朝倉を頼って、越前一乗谷の館へ身をよせてきたのである。

「義昭さまという御方は、世が世であれば足利将軍の御位につかれ、武門の棟梁ともなられるべき身上なのに、あないして彼処此処《あちこち》と流浪してござらっしゃる」

と十兵衛は、同病相憐れむというのか、すっかり義昭に心をひかれた。

だからして、義昭が一乗谷の安養禅寺という寺を仮寓とさだめて引き移ってきた日から、

(何とかして、お目もじしたいものではある)と心にかけてはいた。

しかし、この時代は、貴人を訪れて、

「目見得」をするには手土産《てみやげ》が要った。

尋ねてゆく者は、玄関の前にある台へ、持参してきたものを先に拡げて取次にみせる。だから、そうした入口の台のことを「シキダイ」というし、挨拶のことも「色代」という。

今日で云えば、拝観料というか、入場料のようなものだが、それを工面して持ってゆかない事には、家の中へ入れて貰えない。

またこれが今日の入場料のように、指定席券はいくら自由席は何《な》んぼとも決ってはいない。僅かだったり粗末な物なら、つき返されて玄関払いをくうだけの話である。

「せめて扇子代として、鳥目《ぜに》の三十疋《ぴき》(一疋は十文)は持参せずばなるまい」

と相場はきいたが、さて銭の三百文は十兵衛あたりの身分では、途轍もない高額で、おいそれと才覚のつくものではない。

妻に話したところで、これは反《かえ》って心を痛めさせるだけの事と思うから、浮かぬ顔をして、ひとりでくさくさしきっていたのだ。

しかし、いつの世でも、妻というのは表面では、さも信頼しきったように夫を扱いはするものの、

さりとて内心では警戒をおさおさ怠《おこた》っていない。十兵衛の様子を怪しんで、

「お前さま……何んぞ隠していなさりますするな」ちくりとさりげなく問いつめてきた。

「うん」十兵衛は点頭したものの、すぐ、

「何んでもないわい」首をふった。

「左様にござりまするか」とはいった。が、

「どうせ私などには仰せられぬ事にて、ござりましょう」怨めしそうに呟やき、

「美濃の妻木に居りました頃は、これでも人に振返って見られる程にござりましたが……なんせ長年の放浪ぐらしに、もはや昔日の面影を偲《しの》ぶよすがもない憐れさ……お前さまが若い女《おな》ごに心を動かされたとて、咎《とが》めようとてありませぬ」すぐに嫌味をつけ加えた。

もちろん十兵衛が女を作って悩んでいるなどとは、これっぽっちも思ってはいないが、こういう責め方をすれば、巧くゆくだろうと勘考しての話のあやである。

ところが十兵衛は、まんまとそれに引掛ってしまい、滅相もないといった困惑しきった表情で周章てふためき、

「心外な……」むきになって弁解した。

そして暫《しば》らくは、云いだしかねていたものの搾《しぼ》り出すような声で、

「わしが逢いたいと思うているは、足利義昭さまではある」と渋い顔をした。

「まあ、なれば隠さんと早ようおおせなされたら、よろしいではござりませぬか」

あっけに取られたように顔を覗きこむ妻に対し、十兵衛は暗い翳《かげ》を顔に横切らせ、

「そない云うても逢いに行きとうてもな……逢いに行かりょかで、あすこへ伺うには銭がいるのじ

や」ぶすっとした声をだし、

「しかも、鳥目《ちょうもく》三十疋ぞ」とつけたした。

「えッ、そない大枚な……預けてありまする子らへの仕送りさえ滞《とどこお》って居りまするのに……」

これには面喰ったらしく、声をのむようにゴクッと妻も咽喉をならしてしまった。

二

「ほう、こない立派なお髪《ぐし》を、お売り下さるのでござりまするか」

と、じろじろ舐めまわすように眺め、

「ちょっと御無礼を」といいながら、かもじ屋はしらの側へにじりよるなり、

「ほんに、こりゃ毛の性《しょう》がよろしい」

などと口にしながら上から下へ撫ぜた。

夫の他には男には触れられたこともない。

だから、まるで茨木にでも引掛ったみたいに、ビクッとしたし、胸もどきんとした。

「よろしゅうござりまするな」

気の変らぬ内にというのだろう、馬の毛切りに使うような大鋏《おおばさみ》を台の下から出して、もう一度、念を押すように声をかけてきた。

「え……」とはいった。だが、しらとて女人の身。これから髪毛を切って銭にするのかと思えば、やはり泪《なみだ》がふきだしていた。

しかし、これも夫明智十兵衛の為ぞと思えば、自分でも、（堪えねば）と我慢性がついた。

が、肩先ぐらいから切られるものと思っていたのが、頭の地肌に直接ひやりと刃物が当ってきて、そこでジャリジャリと音が脳天に響いてくると、さすがに狼狽しきって、

「……そない、てっぺんからにござりまするかや」しどろもどろに声を震わせた。

「はい、京へ送って、おすべらかしのかもじにするのでござりますが、長うないと購《あがの》うては貰えませぬので、へえ」

いいざま、まるで雑草でも苅りとるように、ジョキジョキとしごくように切っていってしまった。そして、

「へえ、おつもりでございます」いわれたとき、そっと頭へ手をやった途端、

「あッ」声をあげた。なにしろ、まるで坊主の頭でも撫ぜているような感じだった。

周章てて鳥目を受けとると、恥しさに腰の手拭で頬かむりして、その店を逃げだし一目散に家へ逃げ帰ってきた。だが落着きはしなかった。まるで早鐘でも乱打するように胸の動悸が高なった。気になってならなかった。

そこでしらは手桶に水をくんできて、そっと手拭をとって覗きこんでみた。途端に、

「げえッ……」声にもならぬ叫びをあげ、そのまま蹲《うず》くまってへたりこんだ。

それまで手ざわりで坊主頭にされてしまったのは分っていたが、それと顔の釣合いは水鏡で見るまで自分でも想像がつかなかった。

「まあ、これが……」絶句したまま泪を溢れさせた。なにしろ今までの自分とは似ても似つかぬ他人の貌《かお》だった。それに、どう眺めても女の顔ではなくなっていた。

（髪がなくなると、こないに顔というは見かけが違ってしまうものなのか）と愕《おどろ》くより、

（夫の十兵衛に、こないな有様をなんとして見せられようか）という心配が、ごくんごくんと咽喉をならし、恥しさにどうしようもなくなって、いっそ何処《どこ》ぞへ消えてしまいたいと、胸をひと突きにして死んでしまいたくもなった。だが、

（夫の為にと思えばこそ算段したこの鳥目）

考えると、三十疋の銭を渡して喜ばせてからでなくては、とても死んでも死にきれるものではない。

だから、じっとして夫の十兵衛の帰りを待っていたが、

「おう、戻ったぞよ」という声をきくと、それまで冷《ひ》んやりとしていた地頭へ、カアッと血の気がのぼってしまい、とても気まりが悪くて顔がほてって、とてもいつものように、

「お帰りなされませ」などと迎えには出られもしない。だから息をつめ、じっと納戸へ匿《かく》れたままで逼塞《ひっそく》していると、

「どないしたぞ……灯の一つもつけんと他出かのう。何処にいやるか」

心配そうに妻を探し廻る夫の声と、カチカチ打ち合せる火打石の音が耳へ入ってきた。それを耳にしては、いつまでも姿を見せぬわけにはゆかなくなって、しらはそっと這《は》いだすように躙《にじ》り出ると顔を伏せ、

「あの……」と鳥目をのせた盆だけを、まるで押し出すようにして、

「あのお話なされました三十疋の鳥目……にござりますが」と蚊のなくような声をあげて訴えた。

ようやく仕手松明《しであかり》に火をともし移した十兵衛は、振返りざま、赤黒く照りはえる板の間に積まれた銭の山をみて、思わず驚き、

「やや、これは何んとしたぞ」

うわずった声を不審そうにはずませ、

「当朝倉家へ仕官して身を落着けたのも、まだここ一両年のこと……こない蓄えができる筈もないに、どうしてかかる大枚な……」

と云いさし、手拭かぶりの妻の頭に目をやると、眼と眼の間をひろげ仰天した顔で、

「如何《いかが》したるのか」と尋ねかけてきた。

「いえ、なんでもございませぬえ」

周章てて、また身をひこうとするのを、

「待ちや」いいざま、むんずと手をのばすなり、手首を押さえにかかり、

「これさ……」妻の側へ近づくと手拭をもぎとった。が、次の瞬間、

「ヒエッ」潮笛のような声をあげ、

「なんとした」と妻の肩を抱えこんだ。

「はい……おまえさまが足利義昭さまにお目通りしたがっていられるのを見かね……」

と涙をためた眼で見あげれば、十兵衛は、

「それで髪毛を切って、銭となしたるのか」

肩を抱えていた腕を縮めてゆき妻の頸《くび》までずらせると、ぴったり髭《ひげ》づらの頰を押しあててきた。そして、

「済まぬのう……」

嗚咽《おえつ》するようにも声をひびかせた。

冷んやりとしたものが、襟すじにたれ伝ってくるのを感ずると、

（夫の十兵衛どのは、この身の坊主頭をいとおしんで、涙をこぼしていて下さる）

やっと心に落着きができてきた。

そこで、夫を男泣きさせるは心苦しいと、

「云いだしかぶりと申しまする……おまえさまの御思案に、よしなき詮索したばっかりに罰があたって……頭かぶりになったので、ござりまするえ」

ひょうげた口のききかたで、可笑《おか》しがらせて泣きやめさせようとしたが、

「この俺の勝手気儘ゆえに……女の生命ともいわれる黒髪まで切らせたとあっては、まこと断腸の思いがする……これからは、もう今迄のように短気を出して、何処へ仕官しても長続きせんという悪い癖は止めにしようぞ。当朝倉家に今度こそは辛抱して身を落着け、戦の時には手柄の一つもたてて、そもじに不自由かけぬ、まっとうな夫になろうぞと覚悟した……なあ、それで許してくりゃ」

と、また十兵衛は、すすりあげて泣き声をたてた。だから、ますますしらは困ってしまい、どう宥《なだ》めてよいか途方にくれ、

「……女ごの髪毛は象をもつなぐと申しまするが……切ってしもうたお庇《か》げで、これまで何処へ勤めなされても長続きせなんだお前さまが、ここのお城奉公に落着かっしゃると仰せられるのは、まるで瓢箪から駒が出たような話にてござりまするのう」

と、別に可笑しくもないが、気を紛らわせようと、クックッ含み笑いを耳許へすれば、

「うん……この俺とて腰をすえて働けば、人を驚かせる手柄の一つや二つは立てられる」

やっと気を取り直したか、手を放すとニコリと白い歯まで見せた。しかし首を傾《かし》げ眼でよむように銭の山を改めて見直していたが、納得がゆかぬような不審そうな口調で、

「いくら女の髪毛が尊いものであるにせよ、はて、こない多額な銭にはなるまいが……」

と訝《いぶか》った。そこで、

「旅から旅への道中暮しが続いていましたゆえ、もし他国で病みでもしたときの用心に、妻木の親許より貰いうけてきました銀を……夫の大切な場合ゆえと鳥目に換えましたところ、どうしても三文たりず、かくは髪毛をかもじやにひさぎまして……はしたない有様をおみせ致し申訳とてありませぬ」

訳を話しながらまた悲しくなってきて、こみあげてくる慟哭《どうこく》を押さえようもなく、

「ワアッ」と泣き崩れたところ、十兵衛は、

「たった三文ぐらいの不足なら、知らぬ顔で持って行ったところで、たいした事もあるまいに……そうせんと良くも思いきって、その黒髪を切ったのう」と、劬わりながら、

「わしの事を融通のきかぬ固物じゃと人はいうが、似た者夫婦というか、そちも胡魔化《ごまか》しのできぬ律義な性分……よい、よい。世の中は何事によらず几帳面にせねばなるまい」

又にじりよると感きわまったように、ひしとばかり妻を改めてだきしめ直し、

「とかく世間には、夫に匿して臍《へそ》くりばかりする妻も多いというに……うぬのような女と添えたわしは仕合せじゃな」と鼻をこすり、ジャリジャリとした妻の頭を顎でこすると、

「……熊の皮のような」呟いていたが、

「まだ陽ぐれには間があるが……義昭さまへのお目見得は明日にしよう。それよか早よう床をとれやっ」耳許へ囁《ささ》やいた。

三

「目見得の色代が銭三十疋というのは、室町御所での表むきの相場……こない雪ぶかい越前あたりに、どさ廻りして流れこんできては銭十疋でも、おんの字で逢うてとらせるのに……それを馬鹿正直に、かっきり三十疋もって参ったる今の者は、ありゃ何奴じゃ」

貧すれば鈍すというが、奈良の一乗院の門跡さまとして、紫色の衣を身につけていた頃は、銭は「阿堵物《あとぶつ》」とよんで見むきもしなかったし、奉加金や賽銭箱など気にもしなかったが、今は違う。足利義昭は眼をいきいきさせて、中次衆の長岡藤孝（のち細川幽斎）に低い声で尋ねかけた。

「はい明智十兵衛とか申し、あまり聞いたこともない名前にてござりました」

「うん左様か……それにしては三十疋どっかと持ってくるとは、頼母《たのも》しいやつじゃ」

義昭は顎をつまみながら、青白い顔をきっとさせ、あたりを憚《はばか》るように、

「身分や地位などは、どうでもよい……金蔓と思うたら逃すでないぞ。なんせ、この義昭が晴れて足利将軍家になれるもいなやも、一に賭かって金次第じゃ……今の明智とか申す奴にも其方の口より『もし出精して忠義を尽すにおいては、将来直臣《じき》に取立て目をかけてやらぬものでもない』などと、おいしいことを申し伝えておけよ」と云いつけた。

もちろん、まだこの時代に忠義などという儒教の訓育は輸入されてはいない。だから、（金を貢《みつ》いで持ちこんできたら）といった意味でもあろう。なにしろ義昭にしてみれば、このところ朝倉が思いの外《ほか》に吝《けち》で軍資金を出さぬから、越後の上杉景虎や地方の主だった武将に対して、片っ端から、

（兵を出してくれるか金を貸してくれるか）

剣衆を派遣して催促していた矢先である。

たとえ無名の者でも、三十疋の現なまをポンと持ってくるような者は、なんとしてでも自家薬籠中のものとしておきたいところだった。二三日して、

「恐れながら……」長岡藤孝が耳よりの話をもってきた。吉報らしくニコニコしていた。

「あの明智十兵衛なる者の素性を調べましたところ……身分が低いに係らず気前よく銭をもってくるも道理。あれは尾張より美濃を併呑しまして、東海方面では今は飛ぶ鳥をおとす勢の織田信長の室家《しつか》の縁辺と分り申した」

それを聞くと義昭も仰天して、

「まことかや……」眼を見はった。

「愕かれまするは当然なれど……十兵衛と申す者は東美濃の明智光継の孫の身上。また信長の室の奇蝶御前と申されるは、光継の第三女小見の方が斎藤道三入道との間にもうけられし最初の姫……こない繋《つな》がりになりまする」

「うん。さすれば、どっちも明智光継の孫にあたるゆえ、従兄妹《いとこ》どうしの間柄かや」

「はい、そのように存ぜられまする」

と、その日はそれで済んだが、また十日程すると長岡藤孝は、

「明智十兵衛というは、従妹の奇蝶姫に若年の頃に懸想《けそう》して、姫が信長の許へ嫁入りしたのに世をはかなみ、その後ぐれて出奔をなしての流浪暮し……叶わぬ恋の遺恨に、生国の美濃はおろか尾張へも近づこうとはせぬ由《よし》、などと云われては居りまするがどうも、もそっと訳ありのようにござります」

まるで耳打ちするような、忍びやかな声で義昭に話をもってきた。

「ほう、従兄妹どうしは鴨の味ともいうそうじゃが……違うのか」

「とかく世間と申しますものは、すぐ食気や色気ですべてを計りたがりまするが、そないな話ではないようでござりまする……美濃の者二三に当って、それとなく素性を当りましたなれど、十兵衛は今は亡き明智光継の孫には相違ありませぬが……肝心な父母が一向に分かりませぬ。というて外孫ならば、まさか明智城にひきとってこれを育てる訳もなく、城内にて産れた内孫に相違ないものと思われまするが……」一気にいってのけた。

「ほう……と申しても、あの朴念仁《ぼくねんじん》のような男とて、まさか木の股から産れ落ちてきたのでもあるまい」

ひと前では尊大ぶって、余り口をききたがらない義昭だが、一乗院を出てからは、さながら相棒のようにも組んでいる藤孝には、気兼ねなく、にやにやして軽口を叩いてみせる。

「まこと奇怪な話にはござりまするが……信長の室奇蝶の方の生母の小見御前《ごぜ》というは、上の姉の二人は十五歳にて、それぞれ縁づきましたなれど、二十一になるまで嫁にゆかず、一生ゆかず後家の覚悟にて城におりましたものを……ときの美濃国主の土岐頼芸《よりなり》が無理やりに四十男の道三へ嫁がせましたそうな。それに奇蝶が信長の許へゆきましたのも十五歳……どうも小見の方というのが、六年も嫁入りを遅らせたのが疑わしゅうござる」

「ふうむ」と義昭は眼を輝かせ、

「まさか直接に当人の光秀にも聞けまいで、城方の侍帖など調べ生年月日を当ってみい」

というと、すばやく藤孝は、

「……恐らく、そない仰せられると存じよりまして、もはや調べ済みにてそうろう」

にやりとしてからが、すぐさま、

「明智十兵衛が産れましたるは享禄戊子の年ゆえ、当時その城内に居た小見の方は十六歳にござりまする」と義昭の顔をみた。

「うん……明智光継には子女が三人いて、その当時は既に上の二人は嫁して居らず。残っていたのは小見の方という末の姫一人だけで、そのとき呱々《ここ》の声をあげて、あの朴念仁めが、この世に出てきたとなると、まさしく出所は、そこしかあるまいのう……うん紛うことなく、十兵衛は、小見の方という女ごがひりだした初児《ういご》に相違なかろう。如何じゃろ」

「……御意」

藤孝はひょうげたように扇子で己れの額をポンと叩きのめし、

「一つ穴の貉《むじな》という言葉が有りまするが、あの十兵衛と申すは、信長の室と同じ一つ腹のはらからにござりまするかのう……」

とぼけたように尖った顔をつきだした。

「何を申す……たとえ桿《さお》入《い》れした者が違うていても、歴《れ》っきとした兄妹じゃろに」

「左様でござりまするか。俗に申す異父兄妹と、いうことになりまするかな」

「おのれ自分から調べておって……この義昭に咎を出させようとは、相《あ》い変らず油断も隙もない奴じゃ。が、それにしても人は見掛けによらぬもの。十兵衛が、いま飛ぶ鳥も落す織田信長と義理の兄弟に当たるとは、こりゃ思いもかけぬ沙汰でありしよな」

自分の口でいっておきながら、義昭はひとり息まき昂奮気味に、

「こりゃ、とんでもない掘出し物じゃ。あやつめを巧く此方のものとしてしまえば、信長をば吾《わ》が味方となし、こちらの手足として利用できるやも知れぬ……さすれば開運も間違いなしと云うものぞ」と洩らした。

しかし藤孝は、それに合点してはみせたものの、手放しで喜ぶような様子はみせず、

「さて御趣旨の程は、よう分り申しましたなれど……何故に十兵衛が、縁のつながる信長の許へは参らず、あべこべに信長とは先代の頃より仲違《なかたが》いの当朝倉家へ、仕官して落着いているのか。ここのところが腑に落ちませぬ。何ぞ深い仔細が有るのではござりますまいか」と、したり顔でいい返した。

「構わぬ」義昭は青白い顔に赤味を浮べ、

「あの朴念仁の十兵衛めに、のっそり此処《ここ》に納《おさま》って居られては、われらに益とてない……この朝倉家に納って居られぬよう、なんぞ勘考して十兵衛の追い出し策をはかり、もって信長の許へ行かねばならぬようにしむけよ。さすれば吾らは十兵衛を橋渡しにして、信長の美濃尾張二ヵ国の兵力を思うが儘に使えもしよう。そつは有るまいが巧みに致せ」

いいつけられて長岡藤孝は、

「かしこまって候《そうろう》」と、両手を前についた。

四

「どうなされました……」

うかぬ顔の夫の十兵衛に案じて声をかけ、

「なんぞ、ご心配ごとが又できましたかえ」

手拭かぶりのままの頭をさしだすと、

「云えば心配をかけるだけで……口にしとうはないのじゃが……どうも不快な取り沙汰が拡まりすぎているようじゃ」と腕組みした。

「また何んでござりましょうな……粗忽《そこつ》にも髪毛を切ってしもうたので、近頃は家にひきこもり気味で、ろくに外へ出てもいませぬ。それゆえ私は何も耳にはしとりませぬが……」

余計心配そうに妻は声を湿らせた。

「うん。まことらちもない噂で、根も葉もないものじゃが人の口に戸は立てられぬ……よって迷惑至極じゃわい」と前おきして、

「阿呆らしい話じゃが、この明智十兵衛がのう織田信長の間者で、当朝倉家の内情を探るため奉公しているという取り沙汰なのじゃ」

暗然とした表情でぼそぼそ云い憎そうに、それだけやっと口にした。これには、

「まあ……」妻も溜息をついてしまい、

「せっかくお前さまが……今度こそは辛抱して、この朝倉家に落着きなさろうと、存念なされ覚悟されましたるものをな……」あとの言葉も出ずだった。黙りこんだまま眼をとじた。とても夫の顔は見られなかった。

妻のしらから見て夫の十兵衛というのは、格別に酒ずきというでもなく賭けごとにこる方でもなく、いうなれば真面目一方の固物である。これまで各所で武者奉公をしてきた時でも、横着とか怠慢ということもなかった。

なのに不思議に何処でも長続きがしない。

(何故だろう)と、そのたびに寄り添う妻としては、よく考えはしたが、別にこれという落度もない。しいて詮索すれば、

(人づき合いの悪さ)かも知れない。また、それが欠点ならば、もって生れた性質の、

(正直すぎて融通がきかない)のが、他人から煙たがられての、せいかも知れない。

それに男らしく直《す》ぐ諦めてしまうのも、やはり損なところであろう。しかし人間の性分などというものは、いくら他からとやかくいっても直るものではないらしい。しらとて初めの内こそ、夫の十兵衛をつかまえて、

「ああなされませ」「こないにするが、よろしゅうございましょう」とはいってみた。

だが、その内に、そうそう云ってせつくのも億劫になった。諦めをつけてしまった。

どうせ夫婦は一心同体だからと、何事も浮草のように、足手まといの子らは次々と預け、共について廻るような暮し方をしだした。が今度ばかりは往生しきった。

「……おまえさまというおひとは、いつも自分から種をまきもせんのに、他からそそのかされて身を苦しめ……また今度も夜逃げをなさりますするのか」怨めしそうにいった。

なにしろ切った髪毛が、まだろくすっぽ生え揃ってもいない頭で、見知らぬ他国へ旅だつのは、女の身として辛かったし、厭《いや》だったからである。しかし、それに対して、

「どないしようぞ、のう」

としか夫の十兵衛は口にしなかった。

まだ自分でも思案に惑っているらしい素ぶりだった。だから、その様子を眺めながら、

(これではいかぬ。この人は良い男じゃが、次々と何処へ行っても落着かぬから、ついそれが天性の

ようにもなって、もはや『負け犬』のようにも、なってござらっしゃる……。かくなる上は是非にも及ばぬ。今度は、この身が、このおひとを何んとしてでも曳《ひ》きずって行かねば――）と妻の立場として考えた。

そこで、すこし躊躇しながらも、

「なあ、おまえさま……われらを織田信長の間者などと、やくたいもない噂を口にしている者が居ようとも、当座は馬耳東風にしていなされませ……いかに嫌がらせの風評をなされようとも、今度は取っておきの銀まで鳥目にしてしまい、それを、そっくり足利義昭さまの許へ持参なされていますゆえ、旅だちたくとも、先立つものとて有りませぬえ」

懸命にかきくどいてみた。十兵衛も、

「うん」と、それに答え、

「他に相談する当てとてないが……義昭さま御中次衆の長岡藤孝どのが、いかい心優しい御仁でな、なんでも話相手になるゆえ、いつでも心安う手ぶらで尋ねてござれと云うてくだされる……よっしゃ、せっかく当朝倉家に末長う奉公しようとしている身じゃもの……そこのところを申し上げ、妙な噂のたたぬよう何んぞ思案をして頂こうわい」

と腰をあげた。しらも安堵して、

「それは何よりの御勘考……是非とも、そないなされませ……すりゃ、この髪毛をきってまで、お目見得料を算段しましたる甲斐が有るというもの」

すっかり手放しで喜んで賛成した。

五

「……女姿で道中の一人歩きは険呑と、黒髪をきってしまっての坊主頭とは、よう、そこまでの決心をなされましたなあ」

感にたえぬように奇蝶御前は、わざわざ美濃へ訪れてきた明智十兵衛の妻を、慈しむような眼差しで見降ろした。そして、

「ほんに、よう来やったのう」

と、まるで小娘のように手放しで喜び、

「遠慮せんと、近《ち》こう、近こう」

まるで自分で座をたってきて、手をひっぱらんばかりのせっきかたをした。

「初めてのお目もじに、こないむさい身なりをして参り、お側近うなど恐れ多し」

すっかり狼狽しきって、しらは恐れ入って頭を畳にすりつけた。だが、

(ほんに……来てよかったわえ)

と沁々《しみじみ》心の中では吻《ほ》っとして、嬉しさに嗚咽したいような心地にさえなった。そこで両手を前についたままで、

「――せっかく朝倉家に落着く気になりましたる夫を、どういう風の吹き廻しか、間者扱いして居られなくするような風評が急にひろまったのでござります」

と、まず美濃へでてきた事情を、しらは訴えた。もちろん訪れてきたのは、しら一人の才覚で、これは夫十兵衛の関り知らぬ事ではある。なにしろ長岡藤孝の許へ夫を相談にやったとき、三十疋とい

う進物も前もって届けてあることゆえ、しらとしては、

(そないな詰まらぬ噂は、とるにもたらぬ)

と足利義昭さまの口からでも、表向きのところで云って頂き、それで蔭沙汰を封じて貰うつもりだったが、戻ってきた夫は、

「……長岡どのが仰せあるには、一度たってしまった噂というものは、打ち消せば反って怪しまれるだけの話……もし此方で、そない風評は間違いじゃろなどと沙汰など致さば、義昭さままでが間者のようにも誤解される。よって人の口に戸は立てられぬゆえ諦めるしかあるまい……との御話じゃった」という、すっかり気落ちさせられるような報せ。

そこで、そのとき、

「お目もじ料に大枚な銭をとって置きながら……そりゃ冷たいお話ではありませぬかや」

怨めしくなって、しらが文句をつけたところ、夫の十兵衛は坐り直し、謹厳な表情をいかつくしてみせ、

「はしたなき事を申すものではない」

と珍らしく叱りつけ、おもむろに、

「ご親切にも長岡藤孝どのは……もしこの十兵衛が朝倉家をやめるのなら、恐れ多くも義昭さまが、この身を拾うて下さるとまで、そっと御内示をお洩らし下されたぞ」

と義昭さまのいなさる安養禅寺の方角へ向って、頭を下げてから、

「直接の御奉公となれば、これは天下の直臣である。弓矢とる身に、かかる果報のことが又とあろうか」

すっかり感激しきって涙ぐみさえした。

しらは夫が歓んでいるから、これは吉報には相違ないとは思ったが、いくら直臣に取りたてて貰えるといっても、肝腎な足利義昭公というのが、寺に住われて目見得料をとって暮されている身分。そこで、

「ご立身はお目出とうござりまするが……あの、お扶持《ふち》の方は」と、家計《くらし》を受持っている立場なので、そこを気にして聞いたところ、

「武者は食わねど高楊枝……ともいう。そないなことは気にせんでよろしい」と落着きはらったものである。

これにはしらも持て余した。いくら高楊枝などと夫がいっても、妻の身としては飯をくわさずにつま楊枝だけ出すわけにもゆかぬ。

といって万一の用意の銀粒もなくなっていて、なんともやりくりのつけようがない。

まだひと握り位の毛は残っているが、これはかもじ屋へもって行く程には、長くも伸びていない。

そこで万策つきはててしまい、

「里の妻木の在へ参り、なんぞ目鼻をつけて参りまする」と夫から暇を貰い、てくてく歩いて美濃の実家へ行ったところ、

(相《あ》い変らずの銭の無心か)と、そこは厭な顔を兄嫁にされてしまい、あげくのはて、

「……信長さまが当美濃国を占領なされたゆえ、奇蝶御前さまが今は岐阜城の二の丸へきてござらっしゃって……新しく当地で領地を貰われた尾張衆と、これまでの美濃者との争いの公事《くじ》の裁きをしていなさるによって、そりゃ夥《おびただ》しい銭が、お目見得料として集まっていなさるとの噂……十兵衛どのは

奇蝶さまが信長さまへ輿入《こしい》れさっせた後は、義絶同様にして寄りつきもせず諸国を放浪していなさるというが、嫁女のそなたは何も奇蝶御前さまと仲違いしている訳でもない……構うことはないゆえ、お目通りして窮状を話してみさっせ……いくらかでも、お縋《すが》りしてお宝が頂ければ、こりゃ勿怪《もっけ》の儲けもの……もし貰えなんだら、そのときは親は泣き寄りともいうで、此方ですこしは算段しましょうわい」

と意見をされた。そこまで云われては否応もいえない。だからしらは、

「もし、あかん時は仕方ないで、よろしゅうに」と念を押すように後のことを兄嫁に頼みこみ、兄の妻木将監に伴われて岐阜城の二の丸へ、恐る恐る顔だしをしたのである。

六

奇蝶御前というのは、夫十兵衛の話では、

（横柄で権勢ぶって、鼻もちならぬ女ご）

という話だった。が、さて逢ってみると、

（ようきやった……ほんに一目なりとおまえさまにはお目もじ致し、あの頑固者の十兵衛がことをよろしゅうと、頼みたかったのじゃえ）まるで親身の姉妹のようにも優しく扱ってくれた。だからして、

（これでは、まるで狐にばかされたみたい）

初めの内はどぎまぎしてしまい、なんと受け答えしてよいか、とまどう位だった。

なのに奇蝶ときたら困惑しているしらに、

「そない女ごの身で……見栄や外聞もすて頭を短《みじ》かくしてまで、わざわざ訪れてくるからには、よく

せき思い余っての事であろう。なんなりと遠慮なく云うてくだされませえな」

と自分の方からせつくように、出来るだけの事はする、させて欲しいと、まるで懇願するみたいに、云ってくれる有様だった。

(馬には乗ってみろ、人には逢って見さっせという諺《ことわざ》もあるが、こりゃ良いおひとじゃ)

と、しらも、その情けにほだされてしまい、

「実は、かくかく、しかじか……」と、夫の十兵衛が噂を気にしてまた牢人をして、足利義昭の直臣になるらしいが、今度は蓄えもつきはてていて、その金策に実家の妻木へ来たところ、此方へも挨拶によるよう兄にいわれて伺候したのだと、一部始終を有りの儘ざっくばらんに話してしまった。

すると、奇蝶は真顔で心配そうに、

「義昭さまというは……それ程のおひとではないかも知れぬが、長岡藤孝というのは仲々の策士ゆえ、用心さっしゃりませえな……」

と口にした。が、しらは、自分が髪毛まで切って調《ととの》えた正三十疋の目見得料から、藤孝に眼をつけられてしまい、夫十兵衛が朝倉家に居られぬように細工をされたのが、まさか、その藤孝とは知る由もないから、

「とんでもございませぬ。良くできた親切なおひとじゃと十兵衛も頼もしゅう申し居りまする」と、それには反対した。すると、

「まあええ、気いさえつけて掛らっしゃったらば、まあ大事とてあるまい」と、それに頷くと、控えている侍女どもに、

「これから、こみいった話がある。皆の者は遠慮しいや」と人払いをしてから、

「……先年その藤孝というのは長島の一向門徒の手をへて、斎藤龍興に助力するよう森右兵衛入道という者を使にたててきたが、わが夫《つま》信長が龍興を攻め落し、また長島の一向宗と共に討ちこんできたのも、追い散らしてしまったゆえ、森入道は捕虜となって此方へ身柄をおさえられていた事もある」

と打ちあけ話をしてから、

「長岡藤孝が十兵衛どのに眼をつけ……義昭公の直臣にというは、おそらく斎藤龍興が失脚した今日、この織田家を利用せんとの企みとも覚ゆる。が、こないな内幕を教えたところで、あの一本気で石頭の十兵衛どのには、とても分っては貰えまいのう」

思案にくれていたが、暫らくして、

「これまで十兵衛どのは意地になって、わが夫の織田信長には近づくまいと避けていられたが……義昭どのの御家来ともなれば……向うさまはその為にお傭《やと》いになるのゆえ、もう否応なしに、わが夫と逢わねばならぬような仕儀になるじゃろ……そのとき十兵衛どのに見すぼらしくされていては、うちの信長どのは、すぐ他人をこばかになさるおひとゆえ始末がつかぬ」と相談するような眼ざしをむけ、うかぬ顔をされていたが、

「幸い、この岐阜城の二の丸へ戻ってからは銀も銭も、どしどし入ってくる……これを悉皆《しっかい》そちらへ送り届けるによって、まずもって京で大きな邸《やしき》を求めて引きうつり、名のある牢人にて素性のよき者など集めなされ」

指図するように低い声で教えた。

しかし、しらの方は、近よりがたい相手と思った奇蝶が、まるで嘘のように親切なのに面喰わされて動転ぎみだったから、

（なぜ、そのような）怪訝な顔をみせた。

だからでもあろう、心配してくれて、

「京というところは言葉はやわらかじゃが、生き馬の目を抜くような油断ならぬ所ともきく。念のため心きいたる者に銀をもたせて同伴させるによって……其《そ》の者に采配をまかせられるがよかろう」

とまで気をつかってくれた。そして、しらは奇蝶の腹心の者に案内されて先に京へゆくと、二条小路に一町四方もある大邸宅を見つけて貰い、気に入ったとなると、

「買とりの代銀は済ませてござる。おてまえさまのこれがお館」と引き渡された。

が、びっくりするのは、まだ早かった。

次の日から、三々五々見も知らぬ武者が、

「このたび、てまえお取立を頂きましたる何某《なにがし》でござる」次々と挨拶にきた。

館の裏手には長屋が並んでいて、そこが武者長屋になっているらしく、新しく召抱えられた者たちは、みなそこへ納まってから、

「……明智の殿には、いつ御上洛にて」

と、しらの許へ毎朝ご機嫌伺いにきた。

こうなっては、まさか館を放りっぱなしにして、しらが一乗谷へ十兵衛を呼びにもゆけない。そこで使をたてて夫にきて貰った。

「こりゃ又どうした事じゃ」到着した十兵衛は呆気にとられて驚いたが、それより面喰ったのは出迎えた新しい家臣の面々である。

（これ程の大きな館をもうけ、どんどん自分らを採用してくれるからには、さぞかし立派な武将で、

きっと馬にのり雄姿堂々と、あまたの供武者を従えてくるもの）

とばかり思っていたところ、尻端折りして古槍を担いだのが唯一人、供もつれずに、「おう」と館へ入ってきたのだから、すっかり皆が予期に反し、びっくり仰天してしまった。また十兵衛の方も、居並ぶ連中を、

「あれはみな、おまえさまの新しい御家来衆じゃえ」と低い声で妻に耳打ちされ、

「えッ、まことか」眼をぱちくりさせ、自分が主人なのも忘れてしまい、

「……みな、よろしゅう頼むぞ」

と此方から声をかけ頭を下げてしまった。

だが、人間の心理というのは妙なもので、頭ごなしに横へいに扱われるものとばかり覚悟していた新参の連中は、こうなると十兵衛の人柄に傾倒してしまって、口々に、

「実るほど頭《こうべ》の下がる稲穂かな……というけれど、この明智十兵衛さまというは、よくよく出来た御方らしい。この殿のために吾らは粉骨砕身の奉公をせずばなるまい」

とみな感動して十兵衛を慕った。

ここで「細川家記」永禄十一年七月十日の条《くだり》を引用すると、

「明智光秀の家来溝尾庄兵衛と三宅藤兵衛が二十余人の供武者をもって阿波口にて待ち、七月十六日に一乗谷を出た足利義昭の一行の供をなして穴間の谷から若子橋へでると、京より明智光秀が仏が原のところで五百余の家来を率いてこれを迎え、それより織田信長の家臣の不破河内守、村井民部、島田所之助らの待つ近江犬上郡多摩へおもむき、二十五日には美濃の立政寺へ道中無事に義昭の一行は光秀主従に護衛されて到着した」とある。

これまでの俗説のように、明智光秀は朝倉家へ奉公中も五百貫どり、信長に仕えたあとも初任給五百貫というのは、どうも誤りのようである。一貫一石と換算しても五百余の家臣というと、これはたいしたもので、三万五千石の浅野内匠頭などは士分の他に足軽小者を入れても三百とは家来がいなかった。すくなくとも光秀は最初から六、七万石の格式である。

七

この当時の公卿の日記である「言継《ときつぐ》卿記」や「兼見《かねみ》卿記」「中山家記」「宣教《のぶのり》卿記」などによると、「元亀元年（一五七〇）二月三十日（陰暦）信長の一行は岐阜より上洛し、光秀邸に泊り翌三月一日、光秀に案内されて禁裏へ伺候」

「同年七月四日、姉川合戦に勝利をえて織田信長は、その旗本どもと二条の光秀屋敷に逗留し、七日に岐阜へ戻る」などとある。

もちろん、この時代は、明智十兵衛光秀はまだ足利義昭の方の直臣であって、信長の家来になどなっていない。

そして、この当時の階級制度からゆくと、部門の棟梁は室町御所を二条城に移した足利義昭だから、その直臣の光秀は格からゆくと信長と同列ということになる。

だから、織田信長から足利義昭へ出した諫言の書簡でも、はっきり信長はそれに、

「明智十兵衛尉殿」と、殿という敬称をそれにかきこませている。

だから上洛のとき信長が光秀の館を宿所にあてたというのは、当時の京都には今のような大ホテルやマンションもなく、何百という人数を宿泊させる所は、洛中どこを探しても、他にはなかったせい

だろう。

だから信長は、まさかその豪壮な邸宅が、妻奇蝶のスポンサーによるものとは知らず、

「いつも大変ご厄介をかけて……」などと礼をいっていたろうし、また、

（かかる大邸宅をもち、五百余の家来をもつとは、光秀は、なかなかの者である）

と、今も昔も信用というのは、やはり金だから、すっかり買いかぶってしまい、これは人材であると見込まれたらしい。そこで、

「足利義昭より、この信長の客分になりなされ」とスカウトされていて、織田家からも知行地を近江の志賀に貰っていた。

つまり明智光秀は、天正元年三月に足利義昭が信長と衝突して都落ちをするまで、足利と織田の双方から、ひっぱりだこの恰好で、両方からサラリーを押しつけられていたのである。

だから秀吉あたりが近江長浜で初めて城もちになった頃は、光秀はとっくに近江宇佐山の志賀城をこわし、坂本に自力で城をきずき、すでに一国一城の主にまでなっていた。

小者として奉公し努力を重ねて立身した秀吉には、初から客分として入りこんできた光秀は、煙たい存在であったらしい。

また光秀は、恰好をよくつけるために、奇蝶から夥しい銀や銭を貰っていた義理から、天正十年六月二日の本能寺の変が起きると、部下の斎藤内蔵介《くらのすけ》の仕業《しわざ》で自分は無関係だったにもかかわらず、その黒幕が奇蝶だときかされると、仕方なく名目人になったりして、まんまと長岡藤孝のもうけた罠におちてしまい、私が「信長殺しは、光秀ではない」と解明するまでは、三百八十五年間にわたって、本能寺の犯人にされてしまっていた。

なにしろ秀吉にすれば、かねて面白くない競争相手だったから、これを山崎円明寺川の合戦でやぶるや、さも光秀が信長殺しで、自分は仇討ちをしたように宣伝をした。

また徳川三百年の間は、この信長殺しというのは、私の近刊『謀殺』でその真相をつきとめるまでは、これは徳川家のタブーであったから、御三家水戸の御用学者頼山陽は、

「神君家康公のおんため」を慮《おもんぱ》かって、

「敵は本能寺にあり」といった光秀謀叛説を強調するものを作り、これを世に流行させてしまった。が徳川政権は、その後つぶれてしまったから、もう家康に気兼ねすることもないのだが、今でも江戸時代と同様に、

「夕顔棚の彼方より、現れ出たる明智光秀」が、信長殺しと誤っているような不勉強な読みものもある。

さて「人生は禍福をあざなえる縄のごとし」

というが、十兵衛の妻のしらいが、岐阜城へ奇蝶を訪れさえしなければ、よし貧乏であったにしろ、流れ者の暮しであったにしろ、この夫婦はもっと穏やかに人生をおくり、天寿をまっとうできたかも知れない。

また光秀が四十歳すぎるまで、縁つづきの奇蝶をいやがって近づかず、その夫の信長の許へも行かなかった理由は、

（接近すると、将来ろくな目にあわない）

といった予感が初めから有ったのか、又、奇蝶の烈《はげ》しい性格をよく知っていて、

（剣呑ではある）と用心して、側へゆかぬ算段をしていたのか、これは明らかではない。

だが、なにしろ美濃から尾張へ嫁入りしたので、当時の風習として、「美濃御前」とよばれ、その「美」はみに通ずるからというので略されて、「のうの方」とか「のう御前」とよばれていた奇蝶は、徳川家の都合で江戸時代は、「夫殺しの悪女」とされ、日本全国どこにも墓や碑は残っていない。文献らしいものも、「美濃諸旧記」というものの中に、遠慮して書かれたのか、とぼけてあるのか、「帰蝶（奇蝶）と明智光秀は従妹なりともいう。これ奇聞なり」とある位である。

だが従兄妹どうし程度の関係では、奇蝶が光秀のスポンサーになって出した巨額の出費は、あまりにもオーバーにすぎる。

父親は違っても同じ小見の方の同腹の間柄でないと、どうしてそこまで奇蝶が信長にみえをはって、光秀を立派に見せたがったか、納得しかねるものがある。

しかし奇蝶と光秀が異父兄妹であった事が明白になると、どうしても、「信長殺しは光秀」という仮説が複雑になってきて、疑惑の種をまきやすい。だから、この繋りも徳川時代は秘密にされていた。

しかし光秀の長男十五郎が産れたとき、奇蝶は自分の名をやって「白奇丸」と命名させている。また奇蝶はその以前に、生駒の娘に信長がうませた後の織田中将信忠をも、「奇妙丸」の名をつけ自分で育てている。やはり光秀とは肉親の間柄だったらしい。

光秀の妻しらは山崎合戦が十三日に終ったあと、安土城守備にまわっていた娘婿の秀満が兵をまとめて琵琶湖畔を迂回して、坂本城へ引きあげてきたところ、十五日になって秀吉方の堀久太郎に包囲され、そこで一族もろともに生害し自爆しているが、

「兼見卿記」天正四年十月十四日の条に、

「惟任《これとう》女房衆つまり光秀夫人が病気になったから、回復するようにと平癒の祈禱をしてほしいと、光秀からの依頼があったので加持祈禱した」という記載と、その十日後に、

「光秀は、その夫人が、おかげで病気が治ったからといって、家臣の非在軒という者に、平癒の礼であると銀一枚を届けてよこした」というのが伝わっている。

　これをみると、光秀夫婦は最後は互いに離ればなれになって非業の死をとげたが、生《いき》とし生きている間は妻は夫を庇《かば》い、夫の光秀も妻をいたわって仲よく共に暮していたものらしい。

明智光秀の母

新田次郎

新田次郎 1912～1980

長野県生まれ。無線電信講習所、神田電機学校を卒業後、中央気象台に勤務。気象学者としての業績も大きく、1963年から始まった富士山気象レーダーの建設では責任者を務めている。気象台在職中から小説の執筆を開始、『強力伝』で直木賞を受賞する。『槍ヶ岳開山』、『八甲田山死の彷徨』などの山岳小説（ただし本人は山岳小説という呼称を嫌っていたという）だけでなく、推理小説にSF、ジュブナイルなど幅広い作品を発表している。郷土の英雄を主人公にした『武田勝頼』、『新田義貞』などの歴史小説もあり、『武田信玄』ならびに一連の山岳小説に対して吉川英治文学賞を受賞している。

底本：『赤毛の司天台』（中央公論社、1971年）

一

朝路は、ものかなしかった。

婚約者の波多野弥兵衛とコブシの木の下に立っているのに、いまにも声を出して泣きたくなるほどかなしかった。その気持を、弥兵衛にも言えないし、かなしいからといって弥兵衛に涙を見せることもおかしかった。彼女は下を向いた。

「どうかしたのですか、急に黙って」

波多野弥兵衛はからりと、晴れた声で訊いた。

「コブシの花が……」

朝路は庭に散っている、コブシの白い花びらをさして言った。春先にこの白い花が咲き出すと、つづいて、桃や桜が咲き出す。コブシの花は春を告げる花である。その花が散っても、少しも珍しいことではなかった。

「いいえ、いいのです。なんでもないんです。ただなんとなく」

そして朝路は、〝コブシの花が散る〟ということばを、頭の中で、〝古武士の花が散る〟というふうに書きかえて、なぜ突然こんな不吉なことを考えたのだろうか、と思うのである。

戦国時代だから、いつどうなるやら分らない不安定なその日その日の連続を、コブシの花が散るのに見たのだろうか。ここ丹波の国も、織田信長に攻められて、すでに丹波の東半分は織田の家臣、明智光秀の勢力下にあった。その東丹波に一揆が起こって、明智軍がその平定に当るために丹波に入って来ているということも、朝路にはなんとなく不安であった。

丹波国の守護代、波多野秀治の家臣、曾地の城主内藤備中守顕勝の娘であるから、誰に教わるともなく戦局は彼女の頭の中で動いているのである。だが、その不安が彼女に、いま泣きたいような気持を起こさせたと言ったら、それは嘘である。

泣きたい気持になったのは、傍に弥兵衛がいるということであり、その弥兵衛と自分のことを思いつめると、ものかなしくなるのである。

朝路は十七歳、波多野弥兵衛は二十一歳、波多野秀治の従弟であった。

「コブシの花は、においが強い」

弥兵衛は手を伸ばして、コブシの花の小枝を手折《たお》ると、それを朝路に与え、その花を持った朝路の手を両手で包むようにして、

「コブシの花のにおいは、朝路さんの髪のにおいに似ている」

そういいながら、朝路の黒髪に顔を近づけた。髪のにおいが、弥兵衛を衝《つ》いた。

弥兵衛は突然襲って来た激情に立ち向うように、朝路を力いっぱい抱きしめた。ふるえている朝路を、そのままにしておくわけにはいかないと思った。小鳥の声がしきりにするけれど、人の姿も気配もない。そこは、もともと朝路の祖父の内藤興斉が、茶屋として作った離れの庭であった。

弥兵衛は、軽々と朝路を抱き上げた。朝路の草履が落ちる音がした。その音とともに、朝路の泣きたい気持は消えていた。熱いものが、奥の方から燃え上り、大きな期待とともに、これでいいのかし

らという恐怖が彼女の胸の中で騒いでいた。

弥兵衛は、やや乱暴に彼女を扱った。そんなに強く抱きしめられると呼吸ができない、と彼女が叫びたくなるほど、その腕の力は強かった。弥兵衛は朝路を抱いたまま、沓脱《くつぬ》ぎから茶室に入っていった。

「私たちのことは許されているのだ」

弥兵衛は、そんなことを口走っていた。祝言があと二ヵ月先に迫っているのに、それまで待てない自分に言いわけを言った。弥兵衛は朝路に、祝言が終わらぬ前はいやだとはげしく抵抗されたらと、ふと思うのだが、そんな形式的なことはどうでもいい、今は戦国時代だぞ、いそげいそげと、朋輩が言ったことが、彼の頭の中のどこかで彼をせき立てていた。

「朝路どの――」

と言っただけで、弥兵衛は朝路の後頭部に彼の手を当てがって、畳の上に倒れた。朝路は眼をつぶっていた。そうなることを予期していたようでもあった。それなのに、朝路の閉じた眼から、涙が溢れていた。

弥兵衛は、その涙に打たれた。朝路の無言の抗議に見えた。理不尽な行為に対する非難に読み取れた。弥兵衛は、そういう経験は初めてだった。女の身体をどう扱うのか、だいたいのことは他人からは聞いて知っていたが、女の心の動きはわからなかった。朝路の涙が、悲しみでも抗議の涙でもなく、泣きたくていた気持の延長に起こった昂奮状態であることを、見て取ることはできなかった。彼女の頬が、もう間もなく咲くであろう桃の花のように、上気していることにも気づいてはいなかった。

太鼓のはや打ちが聞こえた。弥兵衛は、太鼓の音の方へ反射的に頭を向け、そしてもう一度朝路の方へ眼をやったとき、朝路は眼を開いていた。

「すまなかった」

弥兵衛は立ち上った。

朝路が眼を開けたのは、弥兵衛の逡巡に対して向けた眼であったが、弥兵衛はその眼も拒絶の眼と見た。

弥兵衛が朝路から離れると、朝路はこんどこそ、ほんとうに涙を出して、声を上げて泣いた。泣きながら彼女は、着物の裾の乱れを直した。弥兵衛が去っていく足音を聞きながら、もうこれで弥兵衛とは永遠に会えないかもしれない、と思った。

曾地城といっても、それは二百かせいぜい三百の兵しかこもれない、山の上の砦であった。内藤備中守顕勝の邸《やしき》はその山の麓《ふもと》にあり、家族もそこに住んでいた。

内藤邸の楼で非常召集の太鼓が鳴ったのは、戦さが始《はじま》ったしらせであった。東丹波の一揆鎮定中の明智光秀の軍三千が、突然向きを変えて八上城へ向って押しよせた、という情報が入ったからであった。

「信義を無視した織田信長殿のなされかた……」

と、内藤顕勝は怒った。丹波の地は天正二年以来、織田勢にしばしば攻められた。天正五年の十月からは明智光秀と細川藤孝の連合軍に攻められて、波多野秀治の弟、波多野秀尚は亀山城を棄てて、八上城に合流した。波多野秀治は抗戦をあきらめて信長に帰順を申し出て、本領安堵の約状を得た。その信長が、不意に明智光秀の大軍をさしむけてよこすとは、思いもよらないことであった。

「明智の軍は、すでに福住に迫っております」

という情報が入った。そうなれば、防戦するしかなかった。内藤顕勝は曾地城へ兵糧を担ぎ上げ、武器を上げ、家族を送りこんだ。そして、内藤家の寮内の地下侍《じげざむらい》に至急、砦へ集《あつま》るように命令を伝えた。

明智軍は、八上城を狙って進軍して来たが、八上城を囲む前にまず、城より二里東に当る井串城の荒木山城守氏綱を攻撃した。

荒木氏綱はかなりの抵抗を見せたが、二日で明智の軍門に降《くだ》った。

多紀郡井串地方につぎのような俗謡が残っている。

井串極楽、細工所地獄、塩岡岩が鼻立ち地獄

井串、細工所、塩岡、共に地名である。極楽は戦争をしたが被害が少なかったところ、地獄は多くの損害を出したところである。

井串城が落ちた翌日には、曾地城が明智軍の重囲に陥《お》ちた。小さい砦で防ぎようがなかった。内藤顕勝は明智光秀の降伏勧誘状を読んで、城門を開いた。

（丹波の国の守護代はもともと、内藤氏であったのを、波多野に奪われたものである。昔のことを思うと、波多野に忠節を尽すことはおかしい。降参すれば、曾地の領地は安堵してやる）

この明智の書状の内藤氏というのは、曾地の内藤顕勝と内藤飛騨守忠俊（徳庵ともいった。吉利支《キリシ》丹《タン》信者となり、如安といった。後日、高山右近とともに国外追放を受けて、マニラで没した）などの一族を指したものである。

内藤顕勝は人質として、一男一女を光秀にさし出して降伏した。朝路はその日のうちに光秀の居城坂本へ送られた。

天正六年四月のことである。

二

明智光秀は三千の兵で、八上城を包囲した。八上城は現在の篠山《ささやま》町の東の高城山の頂上にあった。高城山は周囲一里（四キロメートル）、高さ一五一八尺（四六〇メートル）ある独立峰で北側を篠山川が流れ、西側に篠山盆地を見おろし、南側に多紀の連山を背負う要害の地であった。

光秀はその高城山の周囲を馬で回って見て、その城を攻めることが容易でないことを知った。

高城山は、密林に蔽《おお》われていた。中腹から上は赤松の林である。頂上に築いた城も、ほとんど松にかくれていて見えなかったが、最高地点に、松林よりも高く突き出して見える望楼から察すると、噂のとおり、頂上付近の地形を利用して、十数棟の館があり、そこに将兵がこもっているものと推察された。

「この城を取るには、力押しではだめだ」

光秀はふりかえって、彼の従弟であり、武将である明智光忠に言った。

「でも、一度は押して見なくては」

光忠は若いだけあって、一戦も交わさずに、包囲戦に入ることが気に入らないようであった。

光秀は、そのことにはそれ以上触れずに、篠山川をへだてて高城山と正対する般若寺の本陣に戻ると、武将を呼び集めて、まず光忠の意見を聞いた。光忠が真先に発言した。

「あれこれと策を弄せず、まず真正面の市の谷口と弓月神社口の両方から高城山におし登って、芥丸、西蔵丸の二つの砦を取って、ここをかためて置き、今度は奥谷口からおし登って、茶屋丸砦を取って、ここをかためます。この二つの砦をおさえれば、もう八上城は落ちたも同然です。あとは、じりじりとおし上げていけば、ひと月足らずで落城するでしょう」

光忠は、こんな山城一つなんのことがあろう、という顔だった。

「なるほど、もっともな意見である。その手始めとして、いや小当りとして、弓月神社口から攻め登って見るがいいだろう」

光秀が言った。妙ないい方だった。弓月神社口から攻めかかれとは言わないで小当りするのもいいだろうが、責任は持てないといったふうな言葉に聞こえた。若い光忠は、一瞬むっとしたが、その言葉は、従兄の光秀が掛けてくれたはげましの言葉だと、しいて受取ると、

「では二、三日中に弓月神社口より、わが手の者をつれて攻めかかります」

光忠が言ったが、光秀は大きく頷いただけであった。こういうとき、光秀は先の先のことを考えていて、みだりには口をきかないことを知っている部将たちは、一様におし黙っていた。光忠は、その空気を、そらおそろしいように冷たく感じた。従兄の光秀の性格が、率直に軍議の席に現われたのだと思った。

光忠は、その日のうちに準備を始めた。物見を山へ入れて道を確かめたが、弓月神社口からの道は一本道で、その付近に間道はないようであった。その付近の農民に聞くと、

「お山には入ってはいけねえことになっておりますので」

と言った。山のことを知っているものはなかった。

その朝、光忠は五百の兵を率いて、弓月神社口から山道に入った。物見の報告のとおり、昼でも暗いような森の中に、一本の道がついていた。その道が、谷からやや明るい尾根道にかかっても、いっこうに人の気配はなかった。その尾根道には、枝道もなかった。道から一歩離れると、原始の森のように木々が繁り合っていた。もう少し登って行って声を掛けたら、敵の芥丸の砦に声が届きそうなところまで来ると、先頭を歩いていた梶原左衛門が立止って、

「人の気配がする。かたがたご用心……」

と、うしろに告げた。一人しか通れない道だから、その囁《ささや》きは一人ずつうしろに伝えられて行って、しまいのほうでは囁きではなく、怒鳴り声になっていた。五百人といえば、まとまった軍勢だった。最後尾にいた男が、突然矢に当って倒れた。それと同時に、一列になった五百人に向って、どこからともなく矢が飛んで来た。密林で、矢など射かけられそうもないところから矢が飛んで来たのである。矢の方向を探すと、木の上に敵がかくれていた。

「それ、あそこに敵が……」

と密林の中へ入ろうとするのだが、容易には入れない。そうこうしているうちに木の上の敵は逃げ去って、別なところから矢が飛んで来た。矢ばかりではなく、先頭を歩いていた組小頭の梶原左衛門は、道の両側を覆っている篠竹の中から突き出して来た槍に、横腹を刺された。それを合図に、両側の藪から、つぎつぎと槍が出て、光忠の軍を傷つけた。

敵を追って森に入っても、敵は戦おうとはせず、たくみに逃げてしまう。逃げたからもういいだろうと引返すと、どこからともなく矢が飛んで来たり、槍が突き出されたりした。

弓月神社口の一本道に対しては、攻撃用の道が何本か用意してあって、そこに波多野軍はひそんで

いたものと思われた。そのかくされた道へ出て敵を追って行くと、道は途中でなくなったり、迷路に入ったりした。まごまごしていると、敵が現われて槍を突き出す。

光忠は退却の法螺《ほら》を鳴らした。こんな山の中で戦っていたら、全滅しかねないからであった。

「味方の戦死二十一名、負傷五十八名……」

光忠は、光秀の前で報告した。

「比較的損害が少なくてよかった。それ以上深入りしたら、もっとひどい目に会ったであろう」

光秀は、ほとんど顔色をかえなかった。感情を失ったようにつめたい顔で、恐縮しきっている光忠に、

「山城をひかえての戦いというものが、少しは分ったであろう」

と言った。光忠は、山城を攻めることのむずかしさを、その時、はじめて知らされた。

「山城を持ちこたえるのは、山の高さとけわしさだけではない。木々や草藪の一本一本が、すべて山側の味方になるのだ。山城を守る者は地形地物を利用して、かぎりなく多くの抜け道を網の目のように張りめぐらせて置くものだ。その道がどうなっているかは、敵側にしか分らない。敵兵を捕えて聞いたところで、全部を知ることはできないのだ」

光秀はそのように教えると、

「こういう城を落す道は唯一《ただ》つ、兵糧攻めである」

光秀は高城山の周辺一里にわたって、柵を設けて、敵と外部との連絡を遮断した。完全包囲陣が完成するのに、約一ヵ月かかった。そこで光秀は、指揮を光忠に一任して、安土に向った。信長からの呼出しがあったからである。

当時、信長は摂津の伊丹城と尼ガ崎城によって叛旗をひるがえした荒木村重に手を焼いていた。信長が光秀を呼びもどしたのは、村重を説得させるためであった。光秀と村重は親戚関係だった。村重の嫡子、新五郎のところへ、光秀の娘が嫁に行っていた。

光秀は理を説いたが、村重は一度叛《そむ》いた以上は、たとえ一時は許されても、必ず信長に攻め亡《ほろ》ぼされるに違いないと言って、光秀の言を容れないばかりか、新五郎の妻を離別して光秀と縁を断った。

「荒木村重の説得ができなかったうえ、娘まで離縁されたとなると、そちの面目は丸つぶれだな。面目をつぶされっぱなしで丹波へ出かけるのも、心よくないだろう。どうだ光秀、今度は高槻の高山右近を説得して見ないか。右近とそちとは、まんざら知らない仲ではないだろう」

織田信長は、光秀に新しい用務を与えた。高山右近は、荒木村重の家臣であり、高槻の城主であった。

右近と光秀とが、まんざら知らない仲ではないと信長が言った言葉の裏には、光秀が村重を通じて右近を知っていたというほかに、高山右近と光秀の母とは共に熱心な吉利支丹信者であり、司祭のオルガンチノを通して知り合いだということであった。

光秀と右近との折衝は半月にわたって行なわれた結果、妥協の線が見出された。

高山右近は、信長がキリシタンの保護を約束するならば信長側につこう、と言った。光秀はこれを信長に伝え、信長は、京都にいる司祭のオルガンチノを呼んで、信仰の保護を約束した。高山右近は信長に降った。

光秀は荒木村重の説得に失敗したが、高山右近を信長の陣営に加えることに成功したので、面目をほどこして、再び丹波へ帰ることになった。その途中、彼は坂本に立ち寄った。

光秀は城に帰ると、彼の母の志野に高山右近のことを話した。

「右近様がお味方に。さぞかし。それはデウス様のお導きでございましょう。そうそう右近様で思い出しましたが、京都におられる司祭のオルガンチノ様は、ローマから持って来られた三つのロザリヨを、高山右近様と内藤忠俊様と、そして丹波の波多野秀治様に贈られたとか」

「ロザリヨを波多野秀治へ？」

光秀は、ロザリヨというものが、吉利支丹信徒が首にかける数珠であることを知っていたが、波多野秀治が、それほど熱心な信者だとは知らなかった。そのことについて改めて志野に訊くと、

「あなたは政治や戦さのことには詳しいけれど、宗教のことには無頓着な人ですね。国を治めるには、多くの人民たちが心の糧《かて》として、なにを求めているかを調べなければなりません。波多野秀治様の御祖母様（秀治は養子に来たのだから義理の祖母）は、摂津の守護代の能勢家から来られた方です。その能勢家の御当主、能勢城主の能勢丹波守久基様は高槻の高山右近様と親交があり、かねてからイエズスの教会に入られております。能勢家の紋章は矢を十字にして、それを丸で囲んだ、こういう紋でございます。そして波多野家の紋は……」

志野は畳の上に絵を書いた。

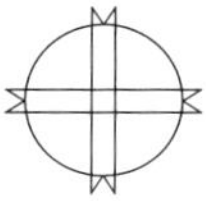

能勢家

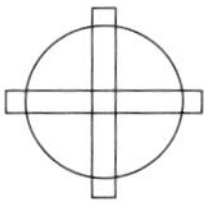

波多野家

「お分りでしょう。十字架《クルス》の紋章です。波多野家は、もともと左三つ巴《どもえ》の紋であったのを(丹)に改め、秀治様の代になって、さらにクルスの紋にかえられたのです」

光秀は、志野の顔を見ながら別のことを考えていた。波多野秀治が吉利支丹であろうがなかろうが、紋にクルスを使おうが使うまいが、どうでもよかった。光秀の頭の中には、丹波国平定だけがあった。そのことを彼は母の話に結びつけようと考えていた。

「それだけではございません。今年の春から、丹波の曾地の城主、内藤顕勝殿の娘の朝路がこの城に人質になって来ております。内藤顕勝殿は内藤忠俊様の御親戚で吉利支丹の信者であり、その娘の朝路殿もやはり――」

ほう、といった顔で光秀は志野の顔を見た。そう数え挙げて行くと、吉利支丹で日本中がつながりそうに思える。光秀は、燎原の火のような勢いで、上は大名から、下は一般民衆にいたるまでクルスの前にひざまずいていく、この新興宗教に、目を見張る思いがした。

「朝路を呼んで下さい」

と志野は侍女に命じて、驚いている光秀には、

「朝路は気立てのいい娘です。今は私のよい話し相手になっております」

と言った。

入って来た朝路は、光秀の前に手をついて挨拶した。悪びれたところはなかった。光秀は朝路のなにかを求めるような眼の輝きに対して、言った。

「朝路、なにか望みはないか」

「はい、八上の城へ帰りとうございます」

「八上の城には、そなたの父も母もいない」

「私の夫となるべき波多野弥兵衛殿がおられます」

光秀は、この恐るべき現実的な言葉を使う朝路の顔を見ながら、これも吉利支丹という宗教のせいかもしれない、と思った。

「私が、そうお話しなさいと、朝路に申しつけて置いたのでございます」

志野は、そういうと、朝路と顔を見合わせて笑った。

三

天正六年十二月十一日、明智光秀は丹波国の八上の陣へ戻って、留守番を務めていた明智光忠から、五月以来、現在にいたるまでの高城山包囲戦の様相を、詳しく聞いた。大きな合戦はなかったが、小ぜり合いは、しばしば繰り返されていた。敵は城の内と外で連絡を取って、夜陰ひそかに食糧を山の中へ運び入れていた。その現場を発見されて、斬り合いが行なわれることは、月に二、三度はあった。日を追って城内の食糧が少なくなって来たので、このごろは山から、かなりの軍勢が降りて来て、包囲軍の囲みの一部を打ち破り、包囲軍の援軍が到着するまでに、できるかぎりの食糧を運び入れるという方法を取ったり、高城山の麓の寺から山へ、食糧を秘かに送りこんだりしていた。

高城山にこもっている兵たちのほとんどは、この地方の出身者であるから、付近の百姓が積極的に八上城へ食糧を送ろうとしている気持も、わからないではなかった。それに長いこと、この地の領主であった波多野氏及びその家臣団と地元とは、強固なつながりができているので、山にこもっている軍勢ばかりではなく、周囲の農民にも気を許すことはできなかった。波多野の乱波《らっぱ》が、しばしば包囲軍を襲って五人、十人と殺して、首をさらって逃げた。その乱波の背後に、近くの農民がついているのがわかっていても、どうすることもできなかった。

「だが、苦心の甲斐があって包囲は成功し、城内の敵はかなり弱っているようです。あと、一ヵ月か二ヵ月かこめば、落城するのではないかと思います」

光忠はそのように報告した。

光秀は報告を聞き終ってから、旗本を率いて、包囲軍の様子を見に行った。番小屋に一々立寄って、最近の状況を訊いた。奥谷の番小屋に敵兵が一人と、その妻女というのが捕えられていた。

「図々しい奴でございます。真昼間、女の方が柵をくぐって、中へ入っていったのでございます。警戒中の者が柵の下に穴があいているので、不審に思って、森の中へ入って見ると、こやつ等二人は、女が持ちこんだ食物はそのままにして、抱き合っていたのでございます」

番所の小頭は、そう言うと、そこに縛られている男女の方へ嘲笑の眼をやった。飢えているのに、あの方を先にしたということを、言いたかったようであった。

光秀は、男の風体を見た。屈強な武士であった。おそらく、この付近の郷士であろう。しかし、その郷士が今日ここで妻女に会ったというのは、偶然ではない。前もって連絡が取れていたことになる。

「捕えるとき、その男は抵抗したか」

光秀は、さらに訊ねた。

「たいへんに暴れました。三人で取りおさえにかかったが、それを一時は振りきって山へ逃げこもうとしたから、逃げると女を殺すぞというと、静かになりました」

光秀は、それでおおよそのことを見透した。城内は、さほど食糧には困っていないのである。なぜならばその城兵は、食べるより先に女を抱いた。ほんとうに飢えていたら、女を抱くほどの元気はないだろう。それればかりではない。その敵は三人の男をふり切って逃げるほどの力を持っていた。また、敵の男女が真昼間、しのび合うことのできたのは、包囲軍の中に内応者がいる証拠である。光秀は、包囲戦は不成功であると見抜いた。

光秀は、しばらく考えてから女に言った。

「そちが夫と連絡するのにどのような方法を取ったか、それを言えば、お前も、お前の夫も許してやる。ほんとうに許してやるぞ」

女は、光秀のいかめしい姿を見て、相手は間違いなく寄せ手の大将であり、大将だからいうことには嘘はないだろう、と思ったらしく、

「銭だよ、銭をやっただよ」

「番人の兵に銭をやって、密会を大目に見て貰っていたのか。その番人の顔を覚えているか」

女は首をふった。知っていても、それは言えないという顔であった。

「よし、女を放してやれ。男は山の中へ追いこめ」

光秀は番所の小頭に命令してから、馬をすすめた。軍規がたるんでいるな、と思った。銭を取って、敵兵の密会を許していたなどというのも、包囲戦が長期になり過ぎたことと、包囲軍の中には、敵に心を寄せる者がいることを示していた。包囲軍は光秀の直轄部隊ばかりではなく、光秀に降伏してはいるけれど、もとは波多野秀治の支配下にいた、東丹波の兵たちもいた。

光秀は、その翌日、新しい命令を下した。いままで、高城山の周囲に柵を設けていたのを止めて、場所によって堀を掘り、塀をめぐらせ、柵を今までの三倍の高さにした。今度こそ猫一匹入れないような、厳重な包囲の壁ができた。工事には、地元の百姓を集めて協力させた。

番小屋ばかりでなく、町屋作りの小屋を作り、そこに多数の番卒を置いた。敵に便宜を計るような

ことをする者は極刑にする、という布令も出した。工事が終わったのは翌年の二月の末であった。

光秀は完全包囲の態勢を取ってから、城内へ使者を送って降伏をすすめたが、波多野秀治は頑として聞き入れなかった。

頑張っている間には天下の情勢は変わるとでも思っているようであった。

見張りの番卒の部署は、十日置きに交替させた。番卒のひとりが、竹竿に食べ物を結びつけて、塀の向うに投げこむところをつかまった。丹波綾部の出身の男であった。男は磔《はりつけ》になった。

その男のやるのを、見て見ぬふりをしていた丹波亀山出身の三人の男は、打ち首になった。

この処置が全軍に伝わってからは、塀と堀と柵に、みだりに近づく者は無くなった。

包囲の効果は、二ヵ月後に現われた。

顔面蒼白となり、眼が落ち窪《くぼ》んだ兵がふらふらと山の中から出て来て、柵に近づいて、なにかしきりに言った。声にならなかった。手を合わせて、食べる手真似《てまね》をやった。番卒は塀に梯子《はしご》をかけて男を外につれ出して、本陣へつれて行った。飢えに耐えられなくなって、出て来たのであった。男は与えられた粥をむさぼるようにすすって、

「お城では今日も三人、飢えて死にました」

と言った。草根木皮も、ほとんど取りつくしてしまって、もう食べる物はほとんどないと言った。

光秀はその男に厳重な監視をつけて、十分食べさせ、休養させてから乾飯《ほしいい》を持たせて、再び塀の向うへ送りかえした。その飢えた男が、あるいは秀治の回し者かと考えたからであった。

飢えた兵が十人、二十人と食を求めて、山から降りて来た。城内の兵が飢えていることは、間違いなかった。

「食を求めて出て来る者は見つけ次第、殺してしまえ」

光秀は命令した。飢えた兵を食で誘い出して、敵の兵力を減殺《げんさい》させるよりも、敵のもっとも大事にしている食物を食べる人間を、より多く城内に止めて置いた方がはるかに有利であったからである。敵兵は塀に近づけば殺されるから、山を降りては来なくなった。光秀は、高城山の山麓の僧をつぎつぎと山へ上げて、降伏を勧告させた。表面は降伏勧告であったが、実は、城内の飢餓の状況の視察であった。

「馬や牛を殺して食べております」

帰って来た僧が言った。

「攻撃をかけましょう。敵は飢えているから、おそらく戦う力はないでしょう」

と光忠が言ったが、光秀は首を振って、

「いま攻撃をしかけたら、それこそ敵は死に物狂いでかかって来るだろう。生死の境に立った人間は、なにをするかわからないぞ。おそらく、敵に捕えられた者は、馬や牛のように食べられてしまうだろう」

そう言って、光忠をいましめた。

四

信長から光秀のところへ、書状があった。丹波でだいぶ難渋しているようだから、丹羽長秀を摂津国から、羽柴秀長（秀吉の弟）を但馬国から応援にやろう、という内容だった。

高城山の八上城の波多野秀治が頑強に抵抗しているのは、丹波領内の支城が完全には陥ちていないからで、場合によってはいっせいに立ち上ろう、という気配が見えたからであった。

「もう一ヵ月待っていただければ、八上城は必ず落ちます」

と信長のところへ光秀が書状を出したが、そのころは、丹羽長秀と羽柴秀長の軍は出発したあとであった。

（この光秀にすでに恭順を申出ている支城など攻めてもなんになろうか、丹波をおさえるには、この八上城を攻め落し、波多野三兄弟を捕える以外はない。そのことをお館様は、ちゃんと知っておられるのに）

光秀は、例によって信長の性急なやり方に眉をひそめたけれど、丹羽長秀と羽柴秀長に丹波の国の大半を、たいして労せずに取られてしまうのも癪《しゃく》であった。

光秀は、力攻めの決心をした。

光秀は軍を三手に分けて、野々垣口、春日神社口、そして奥谷口の三方から、おし登っていく策を立てた。

それぞれの攻撃口の柵や塀は取りはずされ、堀には板が掛けわたされた。篝火《かがりび》は赤々と燃えた。いかにも、その翌日は、突撃に入りそうな気配を示した。が、その夜も、次の夜も、そして第三夜も攻撃は行なわれず、篝火は燃えつづけて、五日が過ぎた。

光秀の計画だった。攻撃の気配を示したら、敵は最後の糧食を兵たちに分け与えるだろう。それを食べ終わって、そろそろまた腹が減ったころになって攻撃をした方が有利だ、と考えたのである。

天正七年五月十七日未明、三つの登山口で鉄砲の音が聞えた。攻撃軍は、この鉄砲の音を合図に山をおし登って行った。

敵の伏兵をさけるために、部隊の先頭には近郷から集めた杣人《きこり》、百姓を入れて道の両側の草を苅り、木を伐り倒して登って行った。

高城山の八上城にこもる兵たちにとっては、この付近の村民は顔見知りであり、親類、縁者ばかりだった。みだりに殺すわけにはいかなかった。光秀はその敵の気持を見抜いて、この策を取ったのである。

各登山口で、衝突が起こった。予期していたとおり、波多野軍は隠れ道から現われて、明智軍の両脇を突いた。

「それッ、戦だ」

と、百姓や杣人は山を逃げ降りた。逃げおりるときに、彼等は腰に下げていた弁当を捨てて逃げた。波多野軍は、この弁当を拾った。なんのことはない、この朝の衝突では、波多野軍に弁当を進上したような結果になった。双方の被害は軽少であった。

「土地の者は当てにはならない。なんらかの方法を用いて、山と外では連絡を取っているに相違ない」

光秀は、土地の者を使うことをやめて、その翌日は、明智軍の手によって草を苅り、木を伐って、山をおし登って行った。

二日目の攻撃はきのうと違って、波多野軍の抵抗は受けなかった。草を苅り、木を伐って進む明智軍は、その無気味なほどの敵側の沈黙に、かえっておびえていた。

その山の様子が、本陣にいる光秀のところへ刻々と知らされた。

「敵は、味方が延び切ったところを見て、列を分断してその上部を囲みこもうとするつもりであろう。

十分に足場をかためて置いてから前進せよ」

光秀は、そう命令した。十分に足場をかためろというのは、敵が回りこんで来ないように、また回りこんで来ても余裕を持って戦えるように、山を切り開いて前進せよ、ということであった。

明智光忠は、春日神社口の攻撃軍の大将であった。彼は去年の春、弓月神社口で痛い目に会わされていた。その敵も今は飢餓に瀕している。今度こそひどい目に会わしてやろう、と思っていた。その気持が全軍に伝わったのか、足場を固めるよりも進む方が速かった。巳の刻（午前十時）になると、先頭は茶屋丸砦の下に取りついて、砦を守る波多野軍に鉄砲を撃ちかけた。

鉄砲が鳴ると、明智軍は、いままでの、どこから敵が出て来るか分らないような不安が消えた。兵たちは敵の砦に、なにがなんでもおしかけて行きたがった。一年以上の長い包囲戦であった。その長い一年間の労苦は、この日の一戦で決算されようとしているのだ。敵の大将首を挙げれば、たちまち立身出世ができる。立身出世ができないでも、恩賞を受けるためには、敵の首を取らねばならなかった。敵の首を取るがために、この一年余、この丹波の山の中にいたのである。明智の軍兵は、一人残らずそう思っていた。

明智の隊伍が乱れた。道は一本道だから、はやいところ敵の砦に取りつくには、道から山の中へ入って行かねばならない。功名手柄の前には密林など、ものの数ではなかった。

茶屋丸砦は、尾根の背を三段にけずり取って、それぞれそこに五十坪ぐらいの砦を設けていた。ざっと見て、一つの砦に百人ぐらいはこもっていそうであった。

砦の回りの木は切ってあるから、そこまで登って来ると、一番下の砦を守っている波多野勢の顔が見えた。その上の二つの砦は、人がいないように静かだった。

林から顔を出した明智軍の兵は、砦から射かけて来る矢にたじろいだ。急坂で、駆け上ることができなかった。なにか奇声を発して駆け上って行った兵は、砦に着いたとたんに、ひょいひょいと出て来た五本の槍に同時に突かれて、坂をころがり落ちた。

だが、明智軍は続々とその砦の下へつめかけて行った。砦へ向って矢を射かけ、鉄砲を打ちこんだ。砦にいた兵が弾丸に当たって坂をころがり落ちて来ると、その首を奪い合った。

茶屋丸砦に対する総攻撃の命令が、明智光忠の口から出されようとしていた。

光忠は、采配を高く上げた。采配の上に、五月の青空があった。

鬨《とき》の声が、下の方で聞こえた。

光忠は采配をふりおろすのを止めて、下方へ眼をやった。いま、ここで上げようとしている鬨の声をさらった者はだれであろうか。

(敵か……もしや、敵の伏兵が……)

そう思うと、彼の頭上の青空が、一度に落ちて来たような気がした。

伏兵が明智軍の横腹に槍を入れたことが、波がおし寄せて来る速さで伝わって来た。

(このままでは危い)

光忠は、退却の法螺を吹かせようとした。

今度は、鬨の声が頭上で起こった。いままでひっそりとしていた上の二つの砦から、軍兵が槍をかまえて、かけ降りて来るのが見えた。

「退《ひ》けっ! 退けっ!」

と、光忠は怒鳴った。

波多野軍の伏兵は、茶屋丸砦へ向う道の右側の鴻の巣という、小さな窪地にひそんでいたのであった。鴻の巣から現われ出た波多野軍は、光忠らの退路を断った。そして、茶屋丸砦から追い討ちをかけて来る波多野軍の軍兵と力を合わせて、明智軍を攻めた。波多野勢は、

「首のかわりに敵の弁当を奪え」

と、口々に叫んでいた。弁当を一つ取れば、敵の首一つ取ったと同じ恩賞が与えられることになっていたのである。

激戦の最中で、首を掻き切ることは、容易なことではなかった。取ったとしても、その重みで自由を束縛された。うっかりしていると、こっちの首を取られる破目になる。その首のかわりに弁当を取ればいいとなると、ことは簡単であった。明智勢は、つぎつぎと突き殺され、首のかわりに弁当を奪われた。弁当を投げて、その急場を脱出する要領のいい兵もいた。

光忠は死に物狂いで、ようやく敵のかこみを破った。二百三十二名が、この戦いで討ち死にした。負傷者は多数であった。

光秀はにがり切った顔で、光忠の報告を聞いた。去年、ちゃんと体験させて置いたのに、よくよく光忠という従弟は能がないのだ、と思った。光忠が能がないのではなく、八上城主、波多野秀治が光忠以上に能があるのかも知れない。

兎《と》に角《かく》、飢餓に苦しんでいるはずの敵が意外なほどの反抗を見せたことに、光秀は驚いた。

（食べたいがための一戦かも知れない。首より、腰の弁当を狙った戦いなのかもしれない。要するに、敵の方が味方よりも、生きるということが切実なのだ。だから強い）

その夜、高城山から放たれた矢文が、光秀の陣に届いた。

(本日の働き、お見事である。今宵は思いもよらぬ明智料理に、歌の一つも出ようもの)

と、したためてあった。明智料理というのは奪った弁当のことだろうが、飢えている敵のことだから、もしかすると——人の死肉を食べる餓鬼の姿が眼に浮んだ。

光秀は頭をかかえて、深く、長い溜息をついた。

五

信長の使者として、池田勝三郎が般若寺の光秀の本陣に来た。

「八上城の波多野秀治は、なかなか手ごわい相手のようですな」

と、池田勝三郎は言った。信長からの用件は直《す》ぐ口に出さずに、波多野との戦いの様子をしきりに聞きたがっているのは、時間つぶしというよりも、なにか言いにくい用件を持って来たに違いない。光秀はそう思った。軍目付《いくさめつけ》から、合戦の様子はことこまかに信長に報告されていることだから、使者の池田勝三郎が知らぬことはあるまい。そうは思っていても、光秀は短兵急に、御用の向きはなどとは言わない。相変わらずの無表情な顔で、訊かれたことに答え、時には摂津方面の模様などをちょっぴりと訊くのである。

「伊丹の荒木村重殿も、長いことはあるまいのう」

光秀は話を、そっちへ持っていった。

「さよう、ついこの間、高槻の高山右近殿が、荒木村重殿のところへ降伏なされるよう説得に行かれたが、やはり駄目であった」

そういってから、池田勝三郎が、突然思い出したように、

「そうそう、その高山右近殿が近々、この地へ参られることと相成るだろう。右近殿と波多野秀治殿とは同じ吉利支丹の教徒であるから、話は意外と運ぶやもしれぬという、右大臣様（信長）のおぼしめしでござる」

そんなことだろうと思っていたよ、という顔で光秀は池田勝三郎を見ていたが、心の動揺はいささかも見せずに、

「しかし、高山右近殿をこの地へさし向けるのは、摂津方面の風雲が急である現在はどうであろうか。それに、その件については、もはや手配は済んでいる。実は私の母も吉利支丹の信者で、高山右近殿、内藤忠俊殿、それから波多野秀治殿などを、よく存じておる。また、内藤忠俊殿の親類の曾地の城主内藤顕勝も吉利支丹信者であって、降参してわが陣におる。私は、ここ数日中に母を使者として八上城へ送り、秀治に抗戦の利なきことを知らしめようと思っている。八上城は、現在一千三百の兵のほかに女子供が二百人ほどおるが、ほとんど餓死寸前のところに追いこまれている。秀治は降伏したいのだが、面子《めんつ》にとらわれて降伏はできないでいるのである。なにか、降伏してもいいという面子が見つかれば、彼は降伏するであろう」

光秀は池田勝三郎に、しばらくここにとどまっておれば、かたがつくだろうと言った。

「と申しましても、使いの身分……」

と勝三郎が口ごもると、

「それでは、あと二日ばかり滞在なされてから、お帰りになったらいかがでしょう」

と、すすめた。池田勝三郎は、どうしようかと考えているうち、ふと小用をもよおして席を立った。

その隙に光秀は、家臣の進士作十郎に耳打ちをした。

「すぐ、坂本へ発て。母をつれて来るのだ。急ぐのだ。急がないと、たいへんなことになる」

進士作十郎は、その日のうちに丹波を発った。池田勝三郎が、二日滞在して帰るころには、坂本の城にいた光秀の母と朝路は、坂本を出発していた。光秀はさらに人をやって、母を乗せた駕籠《かご》と、安土へ帰る池田勝三郎が途中で会うように画策した。

池田勝三郎は安土に帰って、そのままのことを信長に伝えた。

「光秀は、母を使者にやると言っておったか」

信長は、はてなという顔をしたが、そのことをいいとも、悪いとも言わなかった。

光秀は、じっとしてはおられない気持だった。但馬口から丹波に攻めこんだ羽柴秀長の軍勢は、調子よく北丹波を進撃していた。たいして問題にするような大きな城はないし、明智に誓い文を入れている豪族たちだから今さら、抵抗することもあるまいが、遠くから事情をよく知らない人が見れば、羽柴秀長は戦さ上手で、八上城を包囲してからそろそろ一年半にもなるのに、その城が落せない光秀は、戦さ下手のように思えないでもない。このごろは、なにかというと怒りっぽく、粗暴になっている信長のことだから、如何《いか》なる叱責を受けるかもしれない。光秀は、信長の眼が怖かった。

光秀は、井串城主の荒木氏綱と、曾地城主の内藤顕勝を呼んだ。荒木氏綱は、もともと波多野氏から出た支族であり、波多野秀治の勢力下にある七頭家の一人であった。七頭家というのは波多野氏を支える豪族で、久下越後守重氏（久下城主）、長沢治郎部義遠（大山城主）、江田行義（綾部城主）、大館左近将監氏忠（高山城主）、小林修理進重範（沢田城主）、荒木山城守氏綱（井串城主）、赤井悪右衛門尉景遠（氷上穂壺城主）の七人であった。これらの豪族は、それぞれ幾つかの支城、支砦を持っていた。

七頭のうち、赤井悪右衛門を除いて他の六頭は、光秀に恭順を示していた。

内藤備中守顕勝は、七頭家と並んでいる七組家の一人であった。

七組家というのは萩野六左衛門朝道（荻野城主）、須知主水景氏（須知城主）、内藤備中守顕勝（曾地城主）、波々伯部治良左衛門光政、足立右近光永（足立城主）、野尻玄蕃康長（野尻城主）、酒井佐渡守重貞の七人であった。

七組のうち、赤井悪右衛門の弟の須知主水景氏を除いては、ほとんど光秀に恭順を誓っていた。

「八上城内の将兵は、餓死寸前にいる。いま一月も経てば、攻めずとも落城するが、今攻めると城兵たちは、この間のように死に物狂いで噛みついて来る。それを、こちらが無理押ししようとすれば、双方に莫大な死傷者が出る。先の見えている戦さに無辜の人間を殺すことほど、おろかなことはない。そこで右大臣様から、使者を通じて御申し越しがあった。そこもとたちが城内の家老たちと力を合わせて、波多野三兄弟を捕えてさし出すならば、恩賞として、波多野家の直轄地を分け与える。城内の家老も罪を許して、安堵状を与えるという御申し越しである。とくと二人で相談して、今宵中にでも、そちらの手の者を八上城へ送りこんで、ひそかに城内の家老たちと相計るように」

荒木氏綱と内藤顕勝は光秀の言葉を聞いて帰ってから、その夜のうちに高城山へ人をやって、密書を筆頭家老の荒木藤内左衛門氏修に渡した。荒木氏修は荒木氏綱の実弟であり、和平を望んでいる一人であった。城内の将兵は、飢えに苦しんでいた。いざというときの用意に残して置いた食糧も、しばらく前の光秀の攻撃の際使って、ほとんど使い果していた。籠城当時、男、千五百人、女子供二百人いたのが、今は合わせて千三百人に減っていた。病気や栄養失調のための死者は、加速度的に増えていた。

老中筆頭の荒木氏修は兄の氏綱から密書を受取ると、他の家老の中で彼と心を同じくする者と相談して、波多野秀治に和平を説いたが、秀治は頑として聞き入れなかった。

「この城はデウスが創ったものだ。デウスは善き者に味方をされる。ついこの間の戦いが、そのことを証明した。この戦いは必ず勝つ。やがて敵は、城の包囲を解いて退散する」

波多野秀治は、家来の言うことを聞かなかった。家老の中に、渋谷播磨守忠員と渋谷伯耆守氏秀の兄弟がいた。この二人は熱心な仏教徒であったが、和平説に反対することにおいては、波多野秀治と同じであった。

城内の六家老のうち四人は和平派、二人は抗戦派に分れていた。

波多野弥兵衛は、秀治と同じく抗戦派だった。

気が狂いそうに腹が減っていたが、降参はいやであった。城の外部にいる荒木氏綱や内藤顕勝と、城内の和平派の連絡は日を追って緊密になって行った。

六

坂本から駕籠に乗ってやって来た志野と朝路は、休む暇もなく光秀の前に出た。

「お疲れになったでしょう」

光秀は、母をいたわった。

「なんの、今は一年のうちで一番快よい季節。駕籠に乗って野を行くと、若葉はむせぶばかり、やぶうぐいすは鳴いているし、おそ咲きのつつじの花などがあって、まるで遊山にでかけたような気持でした」

志野がいうことはほんとうらしく、彼女の顔にはいささかの疲労もなかった。彼女が丹波へやって来た用務の重さも、念頭にないようであった。

「まあ、ゆっくりお休みになって、そのうち――」

と、光秀が母を休ませようとすると、

「そのうちということはないでしょう。私は朝路をつれて明日にでも、あの山へ登るつもりです」

志野は、前にそびえ立っている高城山へ眼をやった。篠山川の流れをへだてて、こんもりと円《まる》く、高く、木々に覆われている高城山を見詰めている志野の眼には、なんの怖れもないようであった。

「朝路もつれて行くのですか」

「朝路の夫となるべき人が、あの山の中にいることは、あなたも御存知でしょう。一眼でも合わせてやりたいと思いましてのう……御使者の私が、そんなことをしてはいけませぬか」

「いえ、いけないということはございませぬが、母者にしてはずいぶんと粋なおはからいと思いまして」

光秀は、志野のことを母者と呼んだ。会話の間に、母上とか母者という言葉は、めったに出ないものである。そういう言葉がでるときには、なにかそこに、常にない緊張感がただよっているのだ。光秀はそれには気がついていないが、志野にはそれが分った。

志野は、光秀の実母ではなかった。光秀の両親は早逝したので、光秀は叔父の光安に育てられた。志野は光安の妻である。そんなわけだから、光秀は志野をずっと母と呼んでいた。明智家が土岐氏の一族として、貧乏暮らしをしていたころであった。志野は、光秀が出世すれば、するほど、母としての座にいることが苦しく感じられた。別にそんなことを気にすることはないのだが、なにかの折、光秀のつめたい眼を感ずると、私は光秀の母ではない、母の座に甘えてはならない、と思うのである。

光秀に母者とか母上とか言われた時も、志野には、それがわざとらしく聞え、なにか光秀が家臣の手前、そのようにわざと言っているのではないか、と思うのである。

志野は、そのような考え方を、自分の年齢のせいにした。

「わたしのことよりも、お役目の方が大事でございます。どうぞ、明日、波多野秀治殿に申すべきこと、答えるべきことをおさしずなされ」

と志野は、改まって言った。

「こまったな。遠いところを旅して来たというのに、そんな性急なことを言われて、……城は、どっちみち落ちることにきまっているのです。一日早いか、一日遅いかという問題です。なにも明日、山へ登らずともよいのですよ」

光秀は、母の志野が着く早々、使者の用務のことを口に出すのは、相変わらず心配性の母のことだから、信長が丹波に羽柴秀長や丹羽長秀を送りこんで光秀を牽制していることを、憂慮してのことだろうと思った。

「でも、私にはしなければならない仕事は、はやくしてしまった方が楽なのです」

「そうですか、それほど言われるならば……」

光秀はいくらか胸を張って、志野の顔を正視した。

(ああ、あの眼つきは……)

志野は光秀が幼かったころのひとこまを、思い出した。光秀が五歳のとき、猫の子をいじめた。箱の中におしこんだり、首に縄をつけて引っ張ったり、ひどく残酷ないじめ方をするので、志野が注意した。

「そなたは、母ではないわい」

光秀はつめたく光る眼で、志野を見詰めて言った。誰かが光秀に、志野が実母ではないことを告げたのであろう。それにしても、光秀の言い方はひどかった。そしてその眼は、幼児の眼とも思われなかった。それ以来、光秀と志野の間には、眼に見えない溝ができていたのである。光秀はその後現在にいたるまで、志野を母と呼びつづけていた。母でない、などと言ったことはない。だが志野は、光秀の眼の中に冷酷な光が動くと、あのときのことを思い出すのである。そのときに、光秀にいじめられていた猫の声まで思い出すのである。

「八上城には城兵のほか、女子供を併《あ》わせて約千三百人が飢えている。このまま放って置けば、一ヵ月経たない間に、ことごとく餓死してしまうでしょう。母者は秀治に会って、秀治ひとりの武士道の意地のために、千三百人の無辜の人間を殺すことがいかに人道にそむいているか、を伝えていただきたい。その人たちの生命を救うために、一度光秀と会って話し合ってくれぬか、と言えばいいのです」

「よく分りました。使者のおもむきは、よく秀治殿にお伝え申します」

志野は、光秀に一礼した。

その日、明智の陣営から八上城の芥丸砦に向って、矢文が射こまれた。

「明日、辰の刻（八時）、弓月神社口より使者を送る。一行二十余人、うち数人は足弱（女）ゆえに、なにとぞ心使いくだされたい」

使者はこれまでにも何人か来たが、すべて男であった。女の使者が来るというので、波多野秀治は、一応は光秀の謀略かと疑って警戒を厳重にした。その夜から雨になった。梅雨に入ったのである。

翌朝、志野を乗せた輿《こし》が、弓月神社口より高城山のいただきをさして、登って行った。人一人やっと通れるような山道だから、輿を四人で担いで行くのは、なかなか困難であった。途中から志野は、山駕籠に乗りかえた。その山駕籠も、急坂にかかると先がつかえて、担ぎ上げることはできなくなった。志野は、大力無双の亀戸伝馬の背に箱を置き、その上に坐った。亀戸伝馬の身体に綱がつけられて、他の者がそれを引っ張った。志野には五名の侍女がつき添い、荒木氏綱と内藤顕勝がそれぞれ三名の家来をつれて続き、荷物を背負った小者がその後に従った。雨の中で、道が滑った。

山の中は静かであった。要所、要所にある番所の部卒も、黙って一行を見送った。どの顔も瘠《や》せて、眼だけがぎらぎらと光っていた。天気のいい日は、頂上まで、どんなにゆっくり歩いても半刻（一時間）で行けたが、この日は一刻半（三時間）かかって頂上についた。

志野は亀戸伝馬の背の上で、高城山そのものが城としての構えを持っているのを、驚きの眼で眺めていた。要所、要所には、山を切り崩して、五十坪、百坪の平地を作り、そこに砦を設けていた。その砦も頂上に近づくにつれて規模が大きくなり、西南丸、蔵屋敷、茶屋壇丸、池上番所、そして頂上の三の丸、二の丸、本丸となると、この山の上に、こんな立派な館がと思われるほどのものが、しっかりした石垣の上に立っていた。

その山城の構え方よりも、志野が驚いたことは、池上番所で休んでいたときに起こった。彼女を背負っていた亀戸伝馬が、そこで弁当を使った。弁当を使う時間には早かったが、腹が減ったのでは力が出ない。もし滑って転んだら大変なことになるというので、亀戸伝馬ひとりが、握り飯を食べたのである。

亀戸伝馬が握り飯を出すと、番所の兵がひとり、ふたりと現われて、いまにも飛びかかりそうな眼で、伝馬を見た。餓鬼の眼であった。伝馬も、そう見られたのでは落ちついて食べてもおられず、いそいで二つほど食べ終わると、ほいよと、一つの握り飯を傍で見ている兵に投げてやった。

その握り飯一つを奪い合って、死に物狂いの争いが始った。番所の小頭が、いくら怒鳴っても止めなかった。飯粒が四散した。兵たちは、その飯粒の一つぶ、一つぶを奪い合った。

八上城では、波多野秀治が待っていた。身分の高い婦人が使者に来たという報告を受けたが、その婦人が光秀の母だとは思っていなかった。さらに驚いたことには、その使者の婦人の胸に十字架《クルス》が輝いていた。

書院といっても、山城のことだから、そう広くはなかった。牡丹と虎の絵を書いた襖《ふすま》がその山城には不似合いのほど、華美であった。

「光秀の母でございます」

志野はそういうと、小者に持たせて来た土産《みやげ》の品を、秀治の前に置いた。

「私は光秀の母ではございますが、光秀の使者として参ったのではありません。私は神の子イエス様の御名《みな》において、あなた様にお話したいことがあって参ったのでございます。従って、この土産の品々は光秀からの物ではなく、私の心ばかりなるお見舞いの品としてお収めいただきとうございます」

土産の品々は食糧であった。三俵の米のほか、味噌、塩、乾し魚などであった。

「矢文には、使者を送ると書いてありましたが」

秀治は、不審顔で言った。土産物には、眼を向けなかった。

「使者は荒木氏綱殿と、内藤顕勝殿の二人でございます。使者の用向きをお聞きになる前に、まず私のいうことをお聞き下さいませ」

それから志野は、ゆっくりとした口調で餓死寸前に迫った千三百人を救うためには、秀治と光秀が直接会って話し合う以外に道はないことを説いた。

「話というものは、間に人を入れれば入れるほどむずかしくなるものでございます。もし、秀治様が光秀と膝を交えて話し合えば、心の中のわだかまりも、きっと消えることと存じます。秀治様、この城にこもっている千三百人は、あなたの家来ではありますが、すべてデウスの神が創り給《たも》うたものでございます。一人一人が生きる権利を与えられたものであり、それらの生命を秀治様一人の分別で殺すということは、許されないことです」

秀治は、志野の話を小半刻聞いた。志野はイエズス会に入っている天主教の信者であり、よく勉強しているから、教理は整然としていた。

とにかく、人の生命をそまつにしてはならない、人々を救うためには光秀と会って十分に話し合えというのだから、秀治も反対するわけにはいかなかった。

秀治は志野に負けた。

「よく分りました」

「それでは、私の見舞い品をお受取り下され。あの飢えたひとたちに分け与えて下さるように」

それもまた、理窟であった。秀治は苦笑して、そこに積んである土産の品を受領した。

「私の用向きは、これで済みました。あとは荒木殿と内藤殿とお話し下さいますように。私はお話が終わるまで、しばらく休ませていただきます。輿や駕籠に乗り、あるいは人の背にすがっての登山でありましたので、すっかり疲れてしまいました」

志野は腰に手を当てて言った。

「休みの場を用意してございます。御承知のようになにもございませぬが、見はらしだけはよいから、二、三日御滞在下さったらいかがでしょうか……ただいま御案内させましょう」

秀治が戦いはもう終わったような言い方をすると、志野はその語尾に乗って、

「そうそう、秀治殿の甥御殿に弥兵衛という若武者がおられるそうですね。その方に御案内をお願いしましょうか」

志野もまた、書院のまわりが槍や刀で取巻かれているのを承知で言った。秀治はびっくりした顔で志野を見たが、志野が、秀治の視線を導くように、朝路の方へ持って行ったので、そこではじめて秀治は、内藤顕勝の娘の朝路が、志野に随行して来たのを知った。

秀治は波多野弥兵衛を呼んで、志野たちを二の丸の曲輪《くるわ》に案内させた。

七

秀治は、志野が言い出した光秀と直接面談するという原則には賛成したが、その会見場所について、荒木、内藤等との打ち合わせになると、我を張った。

なんと言っても、旗色が悪いのは秀治の方だから、多少は遠慮すべきところであったが、秀治は、

「会見は五分、五分の状態で行ないたい」

と、主張して止まなかった。荒木、内藤等が持ち出した会見場所は、全部否定された。

「では、波多野様に、なにかよい案がございますか」

と訊かれると、秀治は、それについては家臣とも相談すると言って、中座した。

会見は長びき、使者たちは、その夜のうちに帰ることはできなくなった。志野等に従って来た従者が、そのむきを光秀に伝えるために山をおりた。

秀治を中心にしての重臣会議は、夜になっても続けられた。

和平派の家老荒木氏修ほか三家老と、抗戦派の家老渋谷忠員、渋谷氏秀の両家老との激しい言い合いが続いた。抗戦派は、秀治と光秀の会見はやるべきではない、と主張した。会見の席上でうまいことを言い、たとえその場で信長の誓書が見せられたとしても、そんなものは当てにはならぬ、信長という男は平気で約束を破る男だから、信用はできない。和平より、むしろ死を選ぼうと言った。

和平派は、このままでいたら、千三百余人は餓死するより他に道はないから、とにかく、信長が光秀を通じて、どういう条件を出すか、会ってみた上でもう一度考えようと言った。最後は、秀治が決めねばならなかった。

「会おう。光秀に会ってやろう。だが、敵が指定するところでは会わぬ。光秀がいかなる謀略を用意しているか、分らないからだ。会見場は、西蔵丸の下の石心寺としよう。石心寺は、高城山の続きのようなものだ。石心寺には、双方百人ずつの人数をつれて行くこと。会見時刻は明日の未刻（午前二時）としよう」

秀治は結論を下した。

「では、その旨《むね》を早速、使者の荒木殿と内藤殿に申し伝えましょう」

と、荒木氏修が立ちかけると、抗戦派の渋谷忠員が、

「そんなことは、いそがないでもいいだろう。使者は、どうせ今夜はこの城に泊るのだから、明朝伝

えればいいことだ。それとも貴殿には、それをいそいで知らさねばならない理由でもあるのかな」

皮肉であった。渋谷忠員は、筆頭家老の荒木氏修等が、すでに敵方に降っている荒木氏綱等とひそかに通じているのではないか、と疑っていたのである。

「なんと言われる」

荒木氏修は、刀に手を掛けようとした。

「そんなことは、どうでもよい。それよりも、会見場所が石心寺と決ったからには、今から石心寺に見張りを出して置くように手配しろ」

秀治は、そう言って席を立った。

石心寺で光秀と会見することが決ると、いままでにない不安が秀治の心の中に湧いた。双方百人ずつの会見であるし、石心寺が高城山の続きのようなところだから光秀に計られるということはないのに、なにかそこに大きな陥穽があるように思えてならなかった。

「誰かおらぬか」

秀治は居間に帰ると、すぐ人を呼んだ。近習の弥兵衛が来て、手をついた。

「弥兵衛か。なぜ、朝路のところに行ってやらないのだ。はよう行ってやれ。そちたちは祝言こそ挙げていないが、もう夫婦も同然だ。誰もなんとも言わぬ」

だが、弥兵衛は黙っていた。

「どうしたのだ」

弥兵衛は頭を下げて、外を指した。

回廊に出て見ると、松明《たいまつ》の火が三つ、尾根伝いに下へかけおりて行くのが見えた。

「なんだ、あれは」

「荒木氏綱様の家来衆が、明日の会見のことを知らせに走るところでございます」

当然なことだ、会見場所がきまれば一刻もはやく、そのことを本陣に知らせたいのは使者の任務であろう。だが、秀治は、その火の子を散らして降りていく松明の火を、鬼火を見るような気持で眺めていた。

（あんなとりきめは、しなければよかった）

後悔の念が浮び上った。今となってはどうしようもないのだが、松明の火を見ると、いよいよ石心寺での会見のことが不安になった。

自分で石心寺と場所をきめて置いて、その石心寺が危くてしようがないのである。

「お館様が、明日、石心寺へお出《い》でなされる前に、明智殿の母御前《ははごぜ》は山をおりられることになるでしょうか」

「当り前だ。使者をこの城に閉じこめて置くわけにはいかない。しかも相手は女だ」

「でも、なにかしかるべき口実があれば、母御前をこの城へ止めておくこともできるでしょう」

「母御前を人質にしろというのか」

秀治は声を荒らげて言った。そんな武士道に欠けるようなことをしたら、それこそ丹波武士の名折れだ、といいそうな顔だった。

「人質に取るのでは、ございません。たとえば母御前自ら、もう一日、この城に留まりたいと言い出させるようにしたら、如何《いかが》かと存じます」

秀治は、その暗い回廊で話しているのを止めて、弥兵衛をつれて居間にかえって、灯をかき立てた。

「そちは、朝路を帰すのが惜しいのだろう。だから、そんなことを言っておるのだな」

「それも、あります。だが、私には、なんとなく明日のことが不安に思われます。光秀殿の母御前がこの城にいるかぎり、もし敵がなにかをたくらんでいたとしても、なにもできないでしょう。だから、なんとかしてもう一日、母御前をこの城へ留め置いて……」

「手があるか」

「さきほど朝路殿に聞きましたが、母御前は、殿が持っておられるロザリヨに、たいへんな御執心とのこと。そのロザリヨを誘いの手に使ったら、いかがでしょうか」

「ロザリヨを……ロザリヨを謀略の道具とするのか」

秀治は唸《うな》った。

八

八上城は、夜が明けきらないうちから、人の出入りがはげしくなった。石心寺方面へ見張りに行った者がつぎつぎと帰って来て、情況を報告した。石心寺には未だに明智方の兵の姿は見えない、ということであった。

急坂をあえぎながら登って来た兵には、その労苦に対して、いっぱいの粥が与えられた。小雨が降りつづいていた。

秀治は朝のうちに家老たちを集めて、評議をした。光秀の出して来る講和条件を想定しての心構えであった。

辰の刻になると、志野と荒木氏綱と内藤顕勝等が下山の挨拶に来て、無事使者の役目を果たして本望でございますと言った。志野も晴れ晴れとした顔で、これで私も安心して眠れますと言った。

「この遠い山まで、お役目御苦労でございました。あなたには、いろいろと教えを乞いたいのですが、戦いの最中ですので、それもできず心残りに思っております。実はあなたとのお近づきのしるしに、先年亀山において司祭のオルガンチノから頂戴したロザリヨをお贈りしたい」

波多野秀治は、手元の貝の象嵌《ぞうがん》で飾られた小箱を開けてロザリヨを取出すと、それを両方の指に掛けて見せた。

それは、紐のようにしなやかにできた鎖に、五十余個の大小の珠《たま》をかけ連ねた数珠であった。珠の輪の中央上部からは別な鎖が伸び、それには数個の珠がつらなり、その末端に金の十字架が輝いていた。そのロザリヨを首にかけると、丁度胸のあたりに十字架が届くようにできていた。

部屋は薄暗いけれども、バラの木で作ってよく磨きこまれたその珠と金の十字架は、はっきり見えた。

「これと同じロザリヨは、日本に三つある。司祭のオルガンチノが、ローマの大司教から貰い受けて持って来られたものだ。一つは高山右近殿、一つは内藤忠俊殿、そして、もう一つはこれである」

よく存じております。その、日本に三つしかない尊いロザリヨを、ほんとうに私にくださるのですかという眼で、志野は秀治の顔を見詰めていた。

「今、私はこのロザリヨをあなたの首にかけて進ぜたいが、これは、ただのものではないので、品物をさし上げるようなわけにはいかない。司祭のオルガンチノがこれを私に譲られたときのように、ロザリヨの玄義（mysterium）と天使祝詞の祈りを、百五十回唱えての上でお譲りしたいと思う。だが、今日は明智殿との会談があるので、神の前にひざまずく暇がございません。のう、明智殿の母御前、このロザリヨはあなたにお預けしますから、祭壇の前で守りながら、余が帰るまで待っていてはくださらぬか」

志野の頭の中を、ほんのかすかに人質にされるのではないかという疑念が走ったが、それよりも強く、ロザリヨが欲しいという気持が彼女をおさえつけた。

(あのロザリヨを首にかけてさえいたら、何時《いつ》でも天国《パライソ》へ行けるのだ)

「承知いたしました、秀治殿。あなたがお帰りになるまで、私はイエス様の祭壇の前で、このロザリヨをお守りしましょう」

そうして、いただけるか、それは有難《ありがた》い、と秀治は言った。その秀治の顔には、喜びとも、悲しみとも、あわれみとも、軽蔑ともつかない、複雑な笑いが浮んでいた。秀治は小箱にロザリヨを収めると、箱ごと、志野に持たせて、彼女を天主の間に案内した。そこには、イエス・キリストの絵がかかげられた祭壇が設けられていた。志野は、その前に坐った。

荒木氏綱も、内藤顕勝も、口出しをする暇がなかった。二人は背筋に水を浴びる思いがした。志野の身に、もしものことがあれば、身の破滅であった。

荒木と内藤は、城を出た。このつぎにここへ来るときには、この城は降伏したあとだろう、と思った。荒木、内藤の主従が高城山を途中まで降りて来たとき、うしろから追いかけて来た者があった。

「荒木殿、忘れものでござる」

侍は荒木氏綱の前に、印籠を差出すと小声で言った。

「明智殿御母堂のこと、われら家来衆が生命にかけてお守り申す、御安心あれ、との荒木氏修様よりの伝言でござる」

氏綱は大きく頷いて、印籠を受取った。

光秀は母の志野が自ら進んで城に残ったと聞くと、顔色を変えた。が、そうなったことについて、荒木や内藤を責めなかった。志野の行為について、批評がましいことも言わなかった。光秀はたったひとこと、

「秀治を許すことはできない」

と言った。

石心寺の会見の場へは、双方とも百人ずつの従者を従えて未の刻、ぴったりに集った。

主だった十名の者が寺の中に入り、他の者は寺の外で警戒に当った。

話は当初から、とんとん拍子に進んで行った。光秀は信長の言葉として、丹波の国の半分を秀治の所領として認めてもいい、と言った。

「右大臣様がこのように仰せられるのは、このたびの籠城によって丹波武士の武勇がはっきりしたからだ。もし、秀治殿が右大臣様の武将となり、功を遂げられれば、必ずや丹波の所領は、もともと通りとなるであろう」

無条件降伏を要求されると思っていた秀治にとっては、それは余りにも分のよすぎる条件であったから、秀治は警戒した。即答はできぬ、と言った。

「ごもっとものこと、今日は城に帰ってゆるりと考えられて、明日にでも、明後日にでもまたここで話し合いましょう」

光秀はそういうと、部下に命じて酒肴の用意をさせた。

「そのようなもてなしを受ける筋合いはござらぬ。御遠慮申す」

と秀治が言ったとき、遠くで歌の声が聞えた。兵たちのざわめき声が聞えた。

「御家来衆は、すでにはじめられておる」

秀治はそれを聞いて、しまったと思った。

波多野の従者百人と、明智の従者百人とは、はじめは距離をへだてて睨み合っていたが、明智の足軽の一人が猿の真似を始めると、両陣営から笑いが起きた。その男は、猿が木に登って柿の実を取る真似をやった。渋柿を取ってかじって見ては、それを投げ棄《す》てる恰好が真に迫っていた。

男は柿のかわりに、握り飯を使った。波多野の兵は、投げ棄てられた握り飯にとびついた。こっちにもよこせ、と手を出す者がいた。明智の兵は、それぞれ、腰にさげている食べ物を波多野の兵に与えた。敵と味方の境が取れて談笑が起こったころ、寺の中から、桶の中に入れた酒と肴が運ばれた。和議が調《ととの》ったお祝いだ、と伝えられた。兵たちは、桶の中の柄杓《ひしやく》で酒を飲んだ。竹筒の水を捨てて、その中に酒を入れ、ちびちび飲む者もいた。

波多野の兵も明智の兵も酔ったが、酔い方は違っていた。波多野の兵は、すきっ腹に酒を飲んだから、ひとたまりもなく酔いつぶれた。

「外の者どもはなにを騒いでいるのだ」

秀治がそう言って立上がったとき、秀治の足にすがりついたものがあった。それを合図に秀治、秀尚、秀香《ひでたか》の波多野三兄弟に、つぎつぎと明智の手の者がとび掛った。波多野方の荒木氏修をはじめとする十人のうち、七人の付人は黙ってそれを見ていた。家老の渋谷忠員と従者の仁木頼国は刀を抜いて戦ったが、たちまち斬り倒された。光秀は寺の中に、二十人の屈強な武士をかくしていたのである。

波多野弥兵衛一人が、囲みを破って裏山へ逃げこんだ。

泥酔した波多野の兵たちもことが起こると、すぐ立ち上ったが、自由がきかなかった。ことごとくが憤死した。

すべてが、明智光秀、荒木氏綱、内藤顕勝、そして城内の家老荒木氏修一派によって許されたことであった。

波多野弥兵衛は、石心寺で主君等三人が捕えられたことを、いちはやく城内に残っている渋谷氏秀に知らせた。

渋谷氏秀はただちに本丸を占拠して、城の主導権を握るとともに、人質の志野を捕虜にした。

石心寺で変が起こると同時に、高城山の実権は荒木派が握ることになっていた。その手筈《てはず》は有馬信範、川辺修理等の和平派に任せてあったのだが、予期していたよりもはやく事変が起こり、波多野弥兵衛がいちはやくこれを渋谷氏秀に知らせたので、主導権は抗戦派に奪われてしまったのである。

城兵は、敵も味方もわからなかった。家老のうち、誰と誰が敵に寝返ったのか、誰が捕えられて、誰が斬られたのかわからなかったが、そのうち、次第に真相が知らされて来るにつれて、抗戦派は本丸に集り、和平派と傍観派は中腹から下の砦へ集って行った。

それらの和平派と傍観派に、下にいる和平派の家老から、降伏すれば、腹いっぱい飯を食べさせる、罪は問わない、と誘いの手が伸びた。城兵は、続々と城を降りて行った。渋谷氏秀は逃げる者は追うな、と命令を下した。城内にいた女、子供も、高城山からおりるようにすすめた。

あとに渋谷氏秀、波多野弥兵衛等三百名と、志野及びその侍女の五名が残った。

九

捕えられた波多野秀治、秀尚、秀香の三人の兄弟は、その日のうちに安土の信長のもとへ駕籠で送られた。波多野三兄弟を安土へ送れば、死刑になることはわかりきったことである。波多野兄弟が死刑になれば、八上城内にいる母の志野の命が危い。そう分っていながら光秀は敢《あえ》てそうしたのである。

城内の和平派の家老、荒木氏修が母御前の身を護ると言った言葉を、信用したのではない。光秀は、志野がロザリヨに心牽《ひ》かれて、自ら進んで城内に留まったと聞いたとき、志野を見限り、同時に、志野をロザリヨで誘って、人質にした波多野秀治を憎悪した。いかなることがあっても、波多野三兄弟からめ取りの計画は中止すべきでない、と思った。

それでも光秀は、志野を完全に棄てたのではない。翌日から、城内につぎつぎと使者を送って、母をかえすならば、城内の者をすべて許す。もし母の身を引き替えに望むものがあれば、なんなりとも与えてやる、と言ってやったが、城内からは、すべて、波多野三兄弟の安否が、はっきりした上でお答えすると言って来るだけだった。

六月四日になって、波多野三兄弟は安土慈恩寺町のはずれで磔になった。三人は、かねて用意していた辞世の和歌を残して死んだ。この報は六月七日の夕刻になって、高城山八上城にこもっている三百余人の抗戦組の耳に入った。

城内では重《おも》だった者が集って評議が開かれた末、渋谷氏秀の発案で波多野秀治の甥、波多野弥兵衛を城主として、明智と決戦しようということに決められた。

「伝統ある波多野一族と丹波武士の最期はかくあるべきものと見せてこそ、安土で亡くなられたお館様等御三方の志を継ぐものである」

渋谷氏秀は、そう言った。そこに連なる者は涙を流してその言葉を聞いた。氏秀は引き続いて言った。

「城主が決ったが、城主の奥方が決らないのはおかしい。城主となられた弥兵衛様には、かねて朝路殿が、奥方と決められており、亡き殿も祝言のことを気にしておられたから、明日夕刻、新館様の婚儀を取り行ない、明後日、決戦したいと思うがいかがであろう」

異存はなかった。

渋谷氏秀は、その夜のうちに使いを光秀のところに出した。

(明夕刻新しい八上城主、波多野弥兵衛様と朝路殿との婚儀を取り行なう。なにぶんにも城内では、婚儀の際汲み交わす清酒が得られないで困っておる故、ご都合願いたい。肴もあれば結構である。尚《なお》、酒肴の代金は、渋谷氏秀の首を以《もっ》てかえたいと思うから、明後日受取りに参られたい)

光秀は城内に酒一樽と米五俵、肴、野菜、塩等を送った。

米五俵は、城内に残った兵一人あたり五合余に当る量であった。

光秀は城内に残る三百人に米を食べさせて、生への未練をかき立たせて投降させようとしたのである。

その夜、新城主波多野弥兵衛と朝路の結婚式は、城内で行なわれた。祝用の食糧と酒は三百余人に平等に分け与えられたが酒については、石心寺のことがあるので、たとえ一人の分量が盃に二、三杯であっても、すきっ腹にいきなり流しこまないように、と注意が与えられた。

弥兵衛と朝路は寝所に入った。死を前にしての一夜の契りとわかっているだけに、二人には、そこに敷き延べられている夜具が、死の床のように冷たく思われた。

「灯を消そうか」

と、弥兵衛が言った。

「いいえ、灯を消さないで、朝路の顔をよく見て覚えていてください。私も弥兵衛様の顔を、よくよく胸の中に覚えこんでおきます。明日は、二人揃って天国に旅立つことになりましょう。天国に行く途中で、もしはぐれても、必ず探し求めてお会いできるように、お顔を覚えて置きたいのです」

朝路は、眼を閉じなかった。彼女の初めての経験がなされているときでも、大きな眼を開いて弥兵衛を見詰めていた。

弥兵衛は契りが済んだあともなお、灯を消さないで、天国を語る朝路をいたわりながら、

「天国というものは、ほんとうにあるのか」

と訊いた。朝路は、あると言った。熱心にその存在を説くのである。その朝路の眼は、異様に輝いていた。弥兵衛は、その朝路の上気した頰の色と、白い肌を見ていると、また新しい欲情が襲って来て、朝路をかき抱いた。

（天国は、ここにある）

弥兵衛は、そう思った。

死ぬのはいやだとふと思った。朝路と二人で、ひそかに山を降りて、どこかで暮したいと思った。が、それはごく瞬間に彼の頭をかすめて通った影のようなものであった。

弥兵衛は朝になるまで、いくたびか朝路と天国を彷徨した。そして朝日が昇ったころ、彼は眠っていた。人が呼ぶ声で眼を覚ますと、枕元に朝路が坐っていた。

「渋谷氏秀様が参られておりまする」

そう聞いたとき、弥兵衛は、いよいよ今日は死ぬ日だなと思った。

「お館様、みなの者が集っております」

氏秀にお館様と言われて、弥兵衛はなにかからかわれているような気がした。

弥兵衛は氏秀に伴われて、本丸の評議の間へ行った。三十人ほどの主だった者が居並んでいた。

「敵は三つの口より、攻め登って来る気配を示しております。それについての評議でございます」

氏秀が言った。

「敵が攻め登って来るというのに、評議でもあるまい」

弥兵衛はそう言って、はじめて城主になったような気がした。

「お館様が来るまでに、この場の評議は大方まとまっております。三百余人ひとかたまりになって、藤木坂本道へ攻めおりて討死いたそう、というものでございます」

「それでよいではないか。今となったら、それしかない。斬って斬って斬りまくり、敵の囲みを破って外に出た者は末永く生き永らえて、戦死した者の菩提を弔うことにしよう」

弥兵衛は、玉砕の覚悟を示した。

「その前に、光秀の母御前を磔にかけようと、みなの者の意見でございますが」

渋谷氏秀は事務的に言った。

「それはならぬ。今さら老女を一人磔にかけて、なんとなろう。そんなことをすれば、丹波武士の名折れとなる」

「いや、母御前自らがクルスにかかりたい、と申されております。クルスとは、つまり磔ではないでしょうか」

「そんな馬鹿な。それでは、まるで自殺行為ではないか。吉利支丹は、自殺はしないと聞いておる。母御前が、自らそんなことをいうはずがない」

渋谷氏秀は、聞きわけのない新城主だなという顔でいたが、それでは本人をここへつれて来ようと言った。

志野は弥兵衛の前に来ると、悪びれもせずに言った。

「お城の三百余人の方々は、いくらおすすめいたしても、自らのおいのちを捨てられると申される。私にも、一緒に死ねと云われる。私はそのみなさまを、天国に導いてお上げ申したい。私がクルスにかかってお祈りすれば、みなさまは必ず天国へ行けるでしょう」

波多野弥兵衛は、そういう志野の顔をしげしげと見詰めていた。

「死にたいのか」

「死にとうはございませんが、死ぬべきときだと思います」

志野は、光秀のつめたい眼を、ふと思い出していた。

光秀が五歳のとき、そなたは母ではないわい、と言ったときのことを思い出した。あのとき、すでに自分は光秀に棄てられていたのだ。母としてまつり上げられていたのは、体裁上そうして置いた方がよかったからなのだ。光秀が、ほんとうに母と思っていてくれるならば、波多野秀治を捕える前に救い出してくれる筈だ。

「私は死をおそれてはいません。死ぬことは生きることですから」

志野はそういうと大事そうに抱いていたロザリヨの小箱を新城主の弥兵衛の前にさし出して言った。

「これは、前城主の秀治様からお預かりいたしたものでございます。秀治様は亡くなられたのですから、新城主のあなた様にお返しいたします」

弥兵衛はその志野を、哀れな女だと思った。ロザリヨに牽かれて城に残され、しかし今、殺されようとしている。死ぬならば、このロザリヨを首にかけて死にたいだろう。それなのに、その欲しくてたまらないロザリヨをくれとは言えないのだ。

「もう一度、お尋ねしたい。あなたは、光秀殿のところに帰りとうはないのか」

「私は、光秀に棄てられた者でございます。おめおめと帰るよりも、死を選んだほうがよろしゅうございます」

それが、志野の本意のように弥兵衛には聞えた。

弥兵衛は、朝路を呼んで言った。

「このロザリヨを、城主波多野弥兵衛の名において、志野殿にお譲りする。朝路は吉利支丹の信者ゆえ、そなたの手によって志野殿の首にかけてやってくれ」

志野と朝路の口から同時の感動の言葉が洩れ、祈りの言葉が唱えられた。

十

明智軍は藤木坂本道、市の谷口、春日神社口の三道から、八上城目ざして攻め登った。この前の失敗にかんがみて、猪突猛進は慎んでいた。八上城に残った三百人は、それこそ、よりすぐった丹波武士である。命を棄てて掛って来るのだからその戦力は計り知れなかった。

「敵の姿は見えませせぬ」

という伝令が各登山口から、光秀の本陣に届いた。

「警戒を厳重にしろ、この前の轍を踏まないように」

光秀は、攻撃軍をいましめた。

巳の刻（午前十時）を過ぎたころ、藤木坂本道を登っていた攻撃軍の物見が、本陣に報告した。

「茶屋壇丸の近くの松の木の幹に、白木の板が横向きに打ちつけられておりまする。磔の準備のように見受けられます」

光秀の顔色が変わった。敵は、母の志野を磔にするのだな、と思った。

「敵は母者を磔にして、藤木坂を攻めておりて来るに違いない。母者を取返せ。母者を取返した者には、恩賞は望み次第与える」

だが、そのときには、志野は、その松の木の下まで連れて来られていた。死の準備がすすめられていた。

「奥方の朝路様が用水池に身を投げられました」

山の上から知らせがあった。

弥兵衛は暗然とした顔で、その言葉を聞いた。朝路は、なぜそれほど死を急いだのだろうか、と思った。

「朝路殿は、一足先に天国に参られたか、では……」

と志野は、松の木に掛けられた梯子へ自ら歩いて行った。

志野は、松の木に横に打ちつけられた白木の板に眼を止めて、

「立派な十字架ですこと」

と、彼女の介添いの兵にほほえみかけた。彼女の両手、両足は縄で縛られた。彼女の縛られた両足の下には、踏み台の板が打ちつけてあるから、十字架にかけられていても、何等の苦痛はなかった。

その松の木の前に、梯子を向かい合わせに組み立てた急造の櫓《やぐら》が作られた。

八上城第一の槍の名人芳賀野源九郎が、その櫓の上に立って、槍をかまえた。

志野の口から、祈りの声が聞えた。祈りの声に合わせるように、志野はごくわずかであったが身体を動かした。首にかけたロザリヨの金の十字架が揺れた。彼女の祈りは、そう長くは続かなかった。彼女は祈りながら眼をつぶり、祈りの声が終わったときには、すでに天国へ行ってしまったような表情だった。

芳賀野源九郎の鋭い気合と同時に、槍が彼女の心臓を突いた。志野の首が前に垂れた。志野の顔には、苦痛の翳は見えなかった。

志野の侍女たちが声を上げて泣いた。

その女たちの声に合わせるように、下の方から明智軍の鬨の声が聞えた。

「はやく、山をおりて、このことを光秀に告げよ」

弥兵衛は、四人の女に言った。

女たちが泣く泣く山をおりて行くその先を見やりながら、

「死のうぞ、皆の者、共に死のうぞ」

と、弥兵衛は叫んだ。死のうぞ、死のうぞと叫びながら、そこに集った三百余人の肩をいちいち叩いて歩く弥兵衛の姿は、気が狂った者のようであった。

八上城兵の突撃は、その日の夜まで続いた。城主波多野弥兵衛、家老渋谷伯耆守氏秀等三百余人は、ことごとく死んだ。

八上城は流血の中に落城した。

さる程に、丹波国、波多野館、去年より、惟任《これとう》日向守（明智光秀）押し詰め、取り巻き、三里四方に堀をほらせ、塀、柵を丈夫に、幾重にも申し付け、責められ候《そうろう》。籠城の者、既に餓死に及び、初めは、草木の葉を食とし、後には、牛馬を食し、了簡尽き果て、無体に罷《まか》り出で候を、悉《ことごと》く切り捨て、波多野兄弟三人の者調略を以て召し捕る。六月四日、安土城へ進上、則《すなわ》ち、慈恩寺町末に、三人の者、張付に懸けさせられ、さすが、思い切り候て、前後神妙の由《よし》に候。（「信長公記」）

朝路が投身自殺した池は、池というよりも古井戸のような感じの池で、現在もなお八上城趾に朝路池として残っている。今年（昭和四十四年）四月に訪れたときは、藪草に蔽われていて、探し出すのに骨が折れた。その深さはわからない。暗くて底は見えなかった。

光秀の母が磔になったという松は今は残っていないが、そのあたりに無銘（消えたのであろう）の碑らしいものがあり、そこにコブシの花が供えられていた。ほとんど訪れる人のないこの古城に、誰が来て、この白い花をたむけたのか、筆者には想像の及ばぬことであった。

明智光秀

岡本綺堂

岡本綺堂（おかもと・きどう）1872～1939

東京高輪生まれ。幼少時から父に漢詩を、叔父に英語を学ぶ。中学卒業後、新聞、雑誌の記者として働きながら戯曲の執筆を始め、1902年、岡鬼太郎と合作した『金《こがねの》鯱《しやちほこ》噂《うわさの》高浪《たかなみ》』が初の上演作品となる。1911年、二代目市川左團次のために書いた『修禅寺物語』が出世作となり、以降、『鳥辺山心中』、『番町皿屋敷』など左團次のために七十数篇の戯曲を執筆する。1917年、捕物帳の嚆矢となる「半七捕物帳」を発表、1937年まで68作を書き継ぐ人気シリーズとなる。怪談にも造詣が深く、連作集『三浦老人昔話』、『青蛙堂鬼談』などは、類型を脱した新時代の怪談として評価も高い。雑誌「舞台」を創刊するなど終生、演劇活動に熱心だったが、1939年、肺炎で死去。

底本：『綺堂戯曲集　第九巻』（春陽堂、1925年）

明治四十二年二月作。
大正八年九月。明治座初演。

初演当時の主なる役割――明智光秀（市川左團次）
溝尾庄兵衛（市川壽美蔵）進士六郎入道（市川左升）
村越三十郎（市川荒次郎）和泉の方（阪東秀調）小
笹（市川松蔦）皐月（市川中車）など。

登場人物＝明智日向守光秀。溝尾庄兵衛。進士六郎入道。村越三十郎。秦の内室和泉の方。秦の妹小笹。明智の母さつき。ほかに軍兵。侍女《こしもと》。農家の娘など。

上

丹波の国、多紀郡八上村の農家を仮の陣所にあてたる体《てい》。普通の二重屋体にて、藁ぶきの軒に土岐桔梗の紋を染めたる幕を張りたり。庭の上のかたに夕顔棚あり。ゆうがおの蔓は長く這《ほ》うて軒にかかれり。下のかたには榎の大樹あり。そのうしろには八上の城（秦《はた》の秀治兄弟居城）森のあいだに遠く見ゆ。

（七月なかばの申の刻。連日のなが雨わずかに晴れたる時なり。明智の軍兵二人。庭に立つ。農家の娘ひとり、四手網と笊《ざる》とを持ちてうずくまる）

兵甲　おお。網と笊とを持参したか。

娘　網はすこしく損じて居りますが、これで御勘弁くださりませ。

兵乙　よい、よい。

ふたりは網と笊とをうけ取る。

兵甲　其方《そのほう》も知るごとく、先月の中旬このかた、城攻めも一先《ひとま》ずお見あわせとあって、かかるでも無く、退《ひ》くでもなく、ただ遠巻に日を送るは、われわれ一同はなはだ難儀だ。

兵乙　まして此頃《このごろ》のなが雨に朝から夕まで降り籠められて、ほとほと退屈いたしたが、幸いに今朝から雨も小歇《こや》みとなった。城下の川に網を入れて、晩飯のさかなでも漁《あさ》ろうと思うのだが、すこしは獲物もあろうかな。

娘　この頃のなが雨で、川は上下《かみしも》ともに濁って居りますれば、うなぎか鯰《なまず》か川蝦《かわえび》か、兎《と》にかくに獲物は請合でござります。

兵甲　十分の獲物があらば、其方どもにも分配して遣わそうから、川筋のよいところへ案内せい。

兵乙　敵の城下とは申しながら、いくさは当時中休みだ。些《ちっ》とも恐いことはないぞ。

二人　さあ、参れ、まいれ。

　軍兵ふたりは先に立ち、娘もつづいて下手に去る。村越三十郎、二十二三歳、直垂《ひたたれ》に籠手《こて》をつけ、脛巾《はばき》、草鞋、蓑笠にて、家来二人を従えて出《い》ず。

三十郎　村越三十郎、安土より帰着仕《つかまつ》った。

　奥より進士六郎入道、五十余歳。直垂にて出ず。

六郎　三十郎どの、戻られたか。おりからの霖《なが》雨《あめ》に道中さだめて難儀の事と察して居った。先ず兎も角もこれへ、これへ。

三十郎　（家来を見かえる）其方どもはあれへ退《さが》って休息せい。

家来　はあ。

　家来は会釈して去る。三十郎は草鞋をときて内に入り、下手に坐す。

六郎　さて先ず問いたきは彼《か》の一条。秦の屋形兄弟の御処置については、殿にも一方ならず胸を痛めておわすが、其後の成行はどうあったな。

三十郎　いや、さんざんでござる。彼の方々の身については、それがしも詞《ことば》を尽して、さまざまに嘆き申したが、上様以《もっ》てのほかの御気色にて、この上にも強《しい》てあらがわば、殿までも御勘当と仰せられた。

六郎　して、秦の方々は。

三十郎　申すも無慚《むざん》……。安土の慈恩寺に押籠めて、一度の御対面をだに許されず、あまつさえ両屋形をはじめ家来十一人、ことごとく切腹申付けられた。

六郎　や、切腹……。さりとは無道の詮議……。

（おどろく）

奥より明智日向守光秀。この当時は惟任《これとう》の姓を冒しいたれど通称にしたがいて明智とす。帷子《かたびら》に袴をはき、陣羽織を着し、手ずから太刀を持ちてつかつかと出ず。

光秀　三十郎、秦の屋形兄弟は切腹か。

三十郎　残念の儀にござりました。

光秀は太息《といき》をつきて坐す。

光秀　上様いつもの御気性とは申しながら、これは又あまりに表裏の御沙汰でないか。敵とはいえど、本領安堵の約束で降参せられた人々……。ましてそれがために光秀の母が人質となっていることも、御存じあるべき筈《はず》だに……。

三十郎　それはもとより御存じのこと、就いては上様仰せられまするに、羽柴筑前が弓矢を以て、西丹波一円をそれからそれへと切平《きりたいら》げしこそ、武勇といい智略と云い、あっぱれ抜群の功名とも申すべけれ。光秀がごとき、ことばを設けて秦の兄弟を釣出したるは、弓矢の働きというべからず。ましてわが母親を人質として敵につかわすこと人情に背けり。今さら如何《いか》ように嘆き申すとも……。

光秀　待て、待て。なんと云う……。この光秀がことばを設けて、秦の両屋形を釣出したるは、弓矢の働きでないと……。上様、左様に申されたか。

三十郎　それがし面前に於《お》いて確《しか》と申されました。

六郎　さりとは無念のこと。このたびの和睦は殿がわたくしの計らいでない。何事も上様御指図によって斯《か》くは仕ったに、今更《いまさら》となって左様に仰せらるるは、表裏きわまる御沙汰でないか。察するに例の猿冠者めが殿の功名手柄をそねんで、なにか操ったのではあるまいか。

光秀　なにさま筑前めの機関《からくり》もあろう。さるにても余りに心外の儀だのう。

三十郎　（主の気色をうかがう）殿、事已《すで》にかようの破滅と相成りましたる上は、差当ったる一大事、かの人質のおん方は……。

光秀　母者のことか。それが今の光秀の胸をえぐる刃だ。母を人質として敵に送ること人情にあらずとは申せども、畢竟《ひっきょう》は上様の御沙汰に因《よ》ったることだ。いかなる手だてをめぐらしても、秦の一家を降参させよ。かれ等神妙に安土へまいらば、助命は勿論《もちろん》の儀、本領安堵も相違あるべからずと、たしかに仰せられたればこそ、われも大事の母を人質として、兎も角も和平を計らったのではないか。然《しか》るに上様、俄《にわか》にはじめの誓を破って、秦の兄弟を御成敗ありしからは、敵も此方の人質をよも安穏には捨て置くまい。其方等はなんと思うぞ。

六郎　敵もかかる時の用心にと取置く人質であれば、この期に及んでなんの容赦がござろう。

三十郎　さればこそ一大事と申すのでござる。

　光秀は苦悶の胸をいだきて、沈黙多事。やがて左右をみかえる。

光秀　入道、三十郎。無事に母者を取戻す工夫はないか。

六郎　さればよのう。（三十郎と顔をみあわせる）

光秀　このこと城内にきこえ渡らば、たちまち母のお身の上だ。ここ二三日を過しては、悔《くい》ても及ぶまい。光秀も今は思案にあまった。六郎入道はきこゆる古つわもの、三十郎は眼さきの捷《はや》い若者、今この際に肝をくだいて、あるたけの智慧を貸してくれ。頼む、たのむぞ。

　両人は思案にあぐみて答えず。

光秀　いや、いや、二三日の猶予とは思えども、こう云ううちにも敵の間者が安土より早々走《は》せ戻って、逐一注進せぬともかぎらぬ。左《さ》すれば二三日の猶予もない。明日だ……。いや、今宵……。いや、きょうの中《うち》にも迫っているぞ。両人どうだ。手だてはないか、分別は浮ばぬか。

（催促する）

三十郎　なにを申すにもこれは大事でござる。あの小城ひとつ揉み潰せともあるならば、夜討朝駈又さまざまの分別もござろうが、あの城内から人ひとりを無事に取出そうと云うてはのう。

六郎　たとえば他《ひと》の手から花を奪うようなもので……。無理に奪うてからが、大切な花を散《ちら》しては詮無いことで。花を傷《いた》めずして取る工夫が……。

光秀　あるか、無いか。早く云え。

六郎　さあ。

光秀　（いよいよ急いで）ひと事とて等閑《なおざり》に存ずるな。光秀のひとりの母は、二晌《ふたとき》三晌《みとき》の後に討《うた》るるぞ。そ、それも尋常の御最期とはあるまい。敵も無念の腹いせに、大かたは逆磔《さかはりつけ》刑か吊《つる》し斬《ぎり》か。その怖ろしいありさまが眼に見ゆるようだ。やあ、三十郎。其方も母のある身ではないか。光秀が今の苦《くるし》みを推量せい。

三十郎　万々御推量申し上げまする。さりながら、これは智慧にも力にも能《あた》わぬ儀で、若輩のそれがしには、当座の思案とても浮び申さぬ。先ず入道の分別を承わったる上で……。

六郎　いや、我等とても今この時節、分別あらば包まず申すが、扨《さて》その分別と云うのがのう。

光秀　えい、たがいに譲り合うて、いつまでも同じことを……。日頃はなにかに付けて分別顔する両人が、大事の際に埒《らち》もない。この上は其方どもを頼むまい。溝尾を呼べ、庄兵衛をよべ。

　溝尾庄兵衛、三十四五歳、陣羽織、籠手、脛当《すねあて》、草鞋にて夕顔棚のかげに窺《うかが》いいたりしが、この時進み出ず。

庄兵衛　殿。苛《いこ》うおむずかりでござるな。

光秀　おお、庄兵衛。いよいよ大事と相成ったぞ。

庄兵衛　先ず鎮まられい。日ごろの殿にも似合わぬ、さりとは慌てた……。

光秀　光秀は慌て者だ。現在の親を見殺しにして、鎮まって居るほどの勇者でない。明智日向守光秀、五十四万石の領地、一万騎の人数《にんず》を有《も》ちながら、一人《いちにん》の母の命を救い得ぬとは、あまりに無念だ。

庄兵衛　いかに無念と仰せられても、時の運なれば是非もござらぬ。たとえば敵にむかう時、負くるが無念だと燥《あせ》っても狂うても、負くる軍《いくさ》には約《つま》り負くる。これがすなわち時の運、人間の力の及ばぬところかと存ずるが……。

光秀　さらば運に任せよと申すか。運を頼むほどなりゃ人は頼まぬ。其方までが同じように、母を見殺しにせよと云うか。さりとは頼《たのも》しからぬ心底だ。年ごろ扶持《ふち》する家来共も、まさかの時には土人形も同様、あるに甲斐なきものとは今知ったぞ。

　光秀は恨むがごとく、憤るがごとく、大息つきて睨み廻していたりしが、やがて衝《つ》と起《た》ちて竹縁の端近く出で、城のかたを打仰ぐ。

光秀　あ、あれを見い。あの城のうちには母が取籠められておわすぞ。ああ、それも今暫《しば》しのお命だ。主を討たれて血迷うたる敵の奴儕《やつばら》は、さだめて歯がみ足摺《あしず》りして、無念の刃を先ず誰に向けるか。思うても身の毛がよだつわ。恨みがあらば光秀を呪え。たとい人質とは云いながら、罪なき母に祟ろうとは、あまりに無慈悲、あまりに無慚だ。

　ひとりで語り、ひとりで罵《ののし》り、殆《ほとん》ど喪心の体にて、柱に倚《よ》りて立つ。秋の蛙《かわず》の声、遠くきこゆ。

光秀　や、誰《たれ》やら呼ぶは……。

六郎　あれは蛙……。蛙が鳴くのでござる。

光秀　おお、蛙か。蛙は雨を呼ぶ……。母は我子を呼んでござろう。救いを呼べども得参らぬ。この光秀を怨んでござろう。

　蛙の声、近くきこゆ。

光秀　どう聞き直しても母の声だが……。しかも次第に近くなるわ。おお、それ、母者の蒼白い顔が見えた。

三人　え。（光秀の指さす方をみる）

三十郎　あれは軒の夕顔……。人の顔ではござりませぬぞ。

庄兵衛　殿、心をたしかに持たせられい。明智殿ともあるべき大将が、物狂わしき其風情は、近ごろ見苦しいとは思《おぼ》されぬか。

三十郎　まず旧《もと》の座にお直りなされい。

進んで光秀の袖をひく。光秀は茫然として座にかえる。六郎入道は眼も放たず、軒の夕顔をながめている。

六郎　これはあながちに殿のひが目とばかりもあるまい。あれ、あの夕顔がおのずと動くは不思議だな。

軒に近く垂れたる夕顔の実、数あるうちにて唯一つふらふらと動く。

三十郎　なにさまのう。折柄《おりから》そよとの風もなきに、あの夕顔ひとつに限って、さながら魂あるもののように、右へ左へゆらめくは……。

庄兵衛　むむ。

庄兵衛起ち上りて折り取れば、蔓をはなれし夕顔は、竹縁の上をおのずと転げてゆくを、庄兵衛は陣扇にて緊《しか》とおさえる。

庄兵衛　なにさま生きたる物のように動くわ。これは抑《そ》もいかなる事であろうぞ。

六郎　不思議といえば不思議だが、われ等思案では、その瓜のなかに蛇が棲《す》む。

三十郎　なに、蛇が居る。

六郎　お身達は安倍の晴明の昔がたりを知らぬか。瓜のなかに蛇の棲むはままあることだ。試みに割《さ》いてみられい。

庄兵衛は小柄をぬきて夕顔を割かんとせしが、また思案す。

庄兵衛　いや、むざとは割くまい。のう、殿。蛇がこの中にかがまって、出るにも出られず、死ぬにも死なれず、のた打って苦み居らば、いかようの手だてを以て救わるるな。

光秀は夕顔をじっと見る。

光秀　むむ、時に取ってよい謎らしいが、今の光秀の心が眩《くら》んで兎こうの分別も浮ばぬ。入道、どうだな。

六郎　さればでござる……。われ等はしばらくそのままに捨置いて、蛇のおのずと喰い破って出ずるを待ちまする。

庄兵衛　さすがは老功、気長の意見だが、唯《ただ》このままに捨置いて、瓜が枯れてしもうたら、蛇も諸共にほし殺さりょうぞ。

三十郎　それがしは唯まっ二つに截割《たちわ》って、中から蛇をつかみ出そう。

庄兵衛　これは又お身ともおぼえぬ短気だ。ただ真二つに截ち割って、蛇を傷《きずつ》けたらなんとする。

光秀　さらば庄兵衛、其方の意見は。

庄兵衛　兎こうはござらぬ。先《まず》この通り……。

（小柄を夕顔に突き立つ）

光秀　それは救うのではない。殺すのだ。

庄兵衛　殺すとも一思いでござる。あるいは干殺され、あるいは傷けられ、いつまでも生殺しの呵責《かしゃく》に逢うて、もがき死《じに》に死ぬるよりは優《まし》でござろうが……。

六郎　なにさま慈悲の殺生かな。しかし其折があるかのう。

　庄兵衛は夕顔をふたつに割きて、死したる蛇を小柄にてつらぬきて出す。

庄兵衛　見られい。蛇は一思いに極楽往生。所詮無事には救われぬ蛇ならば、こうして救うがせめてもの功徳ではござるまいか。

光秀　むむ。（蛇を見つめていたりしが、たちまち声を顫《ふる》わせる）あ、母も巳年の生れであった。

　光秀は眼を瞑《と》ず。人々も顔をみあわせて悵然《ちょうぜん》たり。以前の農家の娘、あわただしく走り出ず。

娘　申上げます。

庄兵衛　何事だ。

娘　いくさは中休みと油断して、御家来衆と城下の川へ、小魚《こうお》を漁りにまいりましたら、城の中からこのようなものを射出しました。（紙を結びつけたる矢を出す）

庄兵衛　おお、矢文か。（うけ取りて文を披見して）殿に見参の上、申上げたきことあれば、即刻に城外まで御出馬という、敵の状でござる。

六郎　なに、敵方より殿に見参とは……。

三十郎　さては早くも彼の事が、敵に洩れたのではあるまいか。

光秀 もうこれまでだ。なには兎もあれ、すぐにまいろう。皆もつづけ。

光秀猝《にわ》かに起って奥に入る。六郎入道も三十郎もつづいて入る。庄兵衛しずかに起ちあがる。

庄兵衛 して、其方と同道した家来どもは……。

娘 一旦は矢文を射出しましたが、又そのあとから城方の五六人が追って出て、女は使として赦《ゆる》して還すが、男は捕えて人質だと皆口々に喚《わめ》きますので、あまりの怖さにわたくしは、その矢を手早く拾い取って、一散に走って戻りましたれば、あとの事は存じませぬ。

庄兵衛 わが家来どもは何人居ったか。

娘 わずか二人でござりました。

庄兵衛 不便《ふびん》や彼等も捕われたであろう。役にも立たぬ葉武者の二人三人を、人質としてなんとなろう。敵もよくよく執念ぶかい奴等だ。

小柄を鞘に納めんとして、つらぬきたる蛇を庭に投げ捨つ。

娘 あれ。(飛び退く)

庄兵衛 おお、粗相だ。騒ぐな、さわぐな。

庄兵衛は奥に入る。ゆう暮の鐘遠くきこゆ。

下

城の外廓の石垣。老松のあいだに狭間ある白壁、その上に櫓《やぐら》を築けり。八上川は石垣をめぐりて帯のごとくに流れ、岸辺には柳など立つ。おなじ日のゆう刻。雨雲のあいだより、夕日のひかり洩れたり。

前に出でたる明智の軍兵甲乙二人、網と笊とを持ちて立つ。城方の軍兵四人は長刀《なぎなた》、槍などを持ちて取巻く。

兵甲 いくさは中休みと油断させ、不意に打って出ずる卑怯者め。

兵乙 おめおめおのれ等に生擒《いけど》らりょうかい。

城兵一 ええ。卑怯とはおのれらの主のことだぞ。

同二 さあ、尋常に降参するか。

同三 敵対せば容赦はない。

同四 斬刻んで膾《なます》にするぞ。

兵甲　何をおのれら……。

　ふたりは網笊など投げすてて刀をぬく。城方は四方より打ってかかる。明智方は衆寡敵せず、隙をみて川に飛び入る。

城兵一　や、潔く斬死はせいで。

同二　隙をうかがって川へ飛込み。

同三　水をくぐって逃《にげ》失《う》するとは。

同四　あきれ果てたる蛙武者だ。

四人　はははは。

　城方四人は大笑して去る。向うより明智光秀、引《ひき》立烏帽子《たてえぼし》に鉢巻、小具足、陣羽織、毛沓《けぐつ》、馬にのりて出ず。つづいて進士六郎入道、紺糸の鎧、袈裟にて頭をつつみ、長巻を持つ。村越三十郎、萌葱糸《もえぎいと》の鎧、白麻の鉢巻、家来大勢を率いて出ず。

三十郎　城内に物申す。寄手の大将明智日向守光秀、おん招きに因《よっ》てこれまで参った。誰かある、お出合いくだされ。

　櫓の上に秦秀治の内室和泉の方、二十五六歳、下げ髪、引立烏帽子に白絹の鉢巻、薄むらさきの直垂に籠手をつけ、なぎなたを持ち、秀治の妹小笹、十七八歳、さげ髪に白絹の鉢巻、茶屋辻模様の帷子の下に籠手をつけ、おなじく長刀を持ちてあらわる。

和泉　明智どの。ようぞまいられました。敵と味方と隔たれば、見参はきょうが初めぞ。これは当城の主、秦の右衛門太夫の妻和泉。

小笹　おなじく妹小笹。やがては大将のおん手に渡るべき首でござります。お見識《みし》り置かれくださりませ。

　一々に名乗れば、光秀は鞍より降り立ちて、床几《しょうぎ》を立てさせる。

光秀　方々には長々の籠城、御難儀のほどお察し申す。さりながら、秦と織田との両家已に和平をととのえたる上は、敵味方なんど申すべき謂《いわ》れはござらぬ。御用もあらば御心置きなく仰せきけられよ。

和泉　さらば、問いまする。お身の勧めにしたがいて、屋形御兄弟（秀治秀尚兄弟をいう）はおめおめ降参なされました。しかも現在の母親を人質として、お身がさまざまに申す間、降参おん礼として安土へもまいられました。それより已に半月あまりの今日と相成っても、未だなんのたよりも聞えませぬは、如何なる次第でござりましょう。

小笹　その返答を確とうけたまわりたさに、これまで招き寄せました。兄はいずこに居りまするか。

和泉　夫は如何にして居りまするか。それを、まっすぐに申し聞けられませ。

光秀、苦悶の色あらわれて、返答に躊躇す。六郎入道すすみ出ず。

六郎　御疑念御もっともには候えども、秦の屋形御兄弟は先月二十日を以て恙《つつが》なく安土に御《ご》着《ちゃく》。織田どの直ちに御対顔あって、一方ならぬ御満足。ついては日々《にちにち》の御款待《おんもてなし》、さては名所見物の御案内、それ等これ等にて御帰国も自然延引とかうけたまわり申した。のう、三十郎。

三十郎　それがしは両屋形を警固して、曩《さき》に安土へまかり越し、すなわち今日《こんにち》帰着仕つりたる者。唯今も申上げたるごとく、織田どのは一方ならぬ御満足……。

云いも果てぬに、和泉の方はあざ笑う。

和泉　おお、満足でおわそう。いつわりの手だてを以て両屋形を釣り出し、見ごとに腹切らせた織田殿は、さだめて御満足でおわそうよ。細作《しのび》の注進に依《よ》って何も彼も知れてあるに、今となっても猶《なお》白々しゅう……………。お身達もさすがは明智の家来ほどあって、なかなか口賢い者どものう。

小笹　おんもてなしは剣の舞か、名所見物は三途の川の御案内か。さりとは忝《かたじ》けない御芳志でござりました。織田どのは云うに及ばず、明智どのにも屹《きっ》とお礼を申しまするぞ。

和泉　就てはとりあえず今ここで、万分の一の恩報じをせねばなりませぬ。それ、人質をこれへ連れませい。

侍女二人、はっと答えて、明智の母皐月《さつき》、六十余歳、白帷子をきて縄にかかりしを櫓の上に牽《ひ》いて出ず。

光秀　おお、母者……。（思わず起ちあがる）御無事でおわしたか。とは云え、その浅ましいお姿は………。

　光秀は櫓を見あげて、うろうろと立迷えば、皐月は顔をあげる。

皐月　息あるうちに今一目と、神や仏をあさ夕に祈り暮していましたが、縁あればこそ最期《いまわ》の対面、母も嬉しゅう思いますぞ。

光秀　こうなるべしと夢にも存ずるならば、天にも地にもかけがえの無き、大事のおん身をうかうかと、人質なんどに送りましょうぞ。何事も光秀の不運、光秀のあやまり、重々の不孝はお免《ゆる》しくだされ。

皐月　様子はあらまし聞きました。母を人質に送りしは、そちのあやまりで無い、不孝でない。こう成行くも皆さだまる因果じゃ。上様が初めの誓をやぶって、秦の御兄弟を害せしからは、両家は旧《もと》のかたき同士、翌《あす》にも二度の取合となったるときに、母が敵の手にあっては、子の軍配もおのずと鈍って、思い切ったる軍もなるまい。まして日頃より孝心深きそちの苦み、そちの悲《かなし》み、思いやるだに悼《いた》ましく、いっそこの母が亡いならば……。

光秀　おお、父母は子を念《おも》えども、子は父母を念わずとは、まことに今の光秀がこと。不孝の子をも憎みたまわず、却って哀れとおぼさるる母者のおん情、ありがたしとも忝けなしとも、唯々恐れ入ります。

皐月　わらわも明智光秀の母じゃ。まさかの時には、潔く自害するほどの覚悟はあります。その覚悟を有ちながら、おめおめとこうして生きているは、命を惜《おし》む卑怯者と思すなよ。今ここで妾《わらわ》が空しくならば、あれ見よ明智光秀は、ひとりの母を功名の餌にして、捨殺しに殺した不孝者よ人非人よと、世の口々に謳《うた》われて、弓矢の名をも汚そうかと、それが無念さに死なれませぬぞ。一寸のびれば尋《ひろ》とやら下世話のたとえにも云うごとく、一日でも半日でも一時でも、生きらるるだけ生きているうちには、そちが何かの手だれを以て、この母の身をつつがなく取返さぬともかぎるまい。一旦は人質につかわしても、母さえ無事に取返せば、そちも不孝の名を取らず、弓矢に瑕《きず》もつくまいと、子が可愛さに恥を忍び、憂《うさ》をこらえて生きているは、死ぬにもまさる苦みぞ。子を励ますために自害した母親は、唐土《もろこし》にも例《ためし》がある。子を庇《かば》うために命を惜むは、おそらくこの母ひとりであろう。それも今は水の泡で、母もやがては殺さりょう。ことばを交すもこれを限りぞ。

明智方の者どもは聞くに堪えず、いずれも頭《こうべ》を低《た》れて控えたり。光秀は身も世もあられず。

光秀　かさねがさねのおん情、胸にこたえ、胆《はら》に浸みて、かたじけなしと申さんよりも、空おそろしく勿体《もったい》なく、光秀前後の度をうしないて、生きたる心地もござりませぬ。仰せなくとも母者のおん身をいかでか等閑に存ずべき。いか様の手だてをめぐらしても助けまいらせんと、心は狂うばかりに飛び立てども、思うにまかせぬ今の仕儀、いたずらに拳を握り胸を抱《いだ》いて、あせりに燥り、悩みに悩める苦しさを、なにとぞご推量くだされい。

皐月　左もあろうと思えばこそ、母も今まで生きていました。さりながら……。

猶云わんとするを、和泉の方は遮る。

和泉　はて、いつまでもおなじ繰言。それ、引立てい。

侍女　はあ。

侍女は皐月を引立てて入る。光秀いよいよ溜らず、涙を払って土にひざまずく。

光秀　のう、秦の方々。屋形をたばかりし罪科《つみとが》は我にこそあれ、母は何事をも存ぜぬ者ぞ。光秀憎しとおぼしめさば、その長刀にてそれがしの首《こうべ》を刎《は》ね、母の命ばかりはお助け候え。母に代って捨つる命、さらさら惜み申すまい。

和泉　愚《おろか》や、光秀。お身の命ひとつが所望ならば、我から討てと云わるるまでもなく、先刻から油断を見すまし、弓鉄砲にて狙撃《ねらいうち》の仕様もさまざまある。それを撃《うた》ずしていつまでも、母子《おやこ》ともに生けみ殺しみの苦を見するが、うらみを報う手だてと知らぬか。

六郎　そ、そりゃ卑怯……。兄夫のかたきならば弓矢の上で尋常の弔い軍ともあらばこそ。

三十郎　弱き人質を餌として、執念《しゅうね》く祟ろうなんどとは、武家の方々にも似合わぬことぞ。

城方の女子はいよいよ気色変って、声鋭く叫ぶ。

小笹　卑怯などと申すことをおのれらの口より云わるるか。秦の一家をほろぼすに、尋常の弓矢を取りもせで、たばかりの計略を用いたる織田の者共こそ、日本一の卑怯者であろうぞよ。

和泉　うらみ重なるおのれらに報ゆるは、なみなみのことで慊《あきた》ろうか。今より十日のあいだ、人質の母を櫓にひきあげ、十個の指を一日に一つずつ切放して、おのれらに見物さしょうぞ。それを楽《たの》しみに待ってお居やれ。

光秀　や、嬲殺《なぶりごろ》しか。なぶり殺し……。

和泉　おお、なぶり殺しにして、亡骸《なきがら》は返上しまする。お身とても母のかたきを安穏には置くまい。その時こそは尋常に弓矢の勝負。城を枕に討死はかねてからの覚悟ぞ。

小笹　秦の家名はこのまま断絶するとも、一家一門が恨のたましいは敵《かたき》の皮肉に分け入って、肉を喰い、血をすすり、心までも怪しゅう狂わして、織田も明智も地獄の火に焼こうぞ。

和泉　今より幾年の後をみよ。血に染《そ》みたるお身の髑髏《どくろ》は、都大路にさらされて、果は痩犬の餌食となろう。

二人　おほほほほほ。（笑う声もの凄し）

光秀、憂い、悲み、懼《おそ》れて色をうしなう。櫓の上にては心地よげに瞰下《みおろ》して、又云う。

和泉　その苦しみのさまを見て、すこしは胸も晴れました。さらば、光秀。

小笹　翌また逢いましょうぞ。

和泉の方と小笹は奥に入る。

六郎　美しい女性の紅さいた口から、おそろしい呪いの声を聞いた。

三十郎　今より幾年の後には、織田も明智もほろぼすと云うたぞ。

櫓の上に軍兵二人、再び皐月を牽いて出ず。

軍一　明智どのに申す。きょうは人質成敗の初めの日じゃ。

軍二　先ず右の親指より切落すぞ。しかと御覧あれ。

光秀　（あわてて叫ぶ）先ず待たれい。さりとは余りの無慈悲ぞ。今暫しの猶予を……せめて翌まで…………。それもかなわずば今宵の初更まで……。

皐月　見苦しや、光秀。さきほども申した通り、生きらるるだけはと思うたれど、今となってはもう叶いませぬ。無慈悲と恨むはわが身勝手。秦の一家の眼よりみれば、夫のかたき、兄のかたき、主のかたき、八裂《やつざき》にしてもまだ足るまい。母はなぶり殺しの死恥をみせ、子は不孝の生恥を晒《さら》す。それも逃れぬ母子の不運じゃ。敵を恨むよりも味方をうらめ。上様がはじめの誓を守って、両家の和睦をむすび給《たま》わば、かような憂目も見まいものを……。母を殺した当のかたきはこの城内の人々でなく、却って味方の上様じゃ、織田どのじゃ。ようおぼえて置け。上様のおわす安土の城は、これよりおそらく東に当ろう。母は今より朝な朝なに、日の出ずる方を睨んで死ぬるぞ。

光秀いよいよ懼れて答えず。

軍一　いでや成敗。

軍二　覚悟おしやれ。

一人は皐月をうしろに捻《ね》じむけて、縛られたる右の手を取り、一人は刀をぬき放す。光秀、戦慄して眼《まなこ》を瞑ず。たちまち銃声きこゆ。皐月は弾丸にあたりて倒る。軍兵は狼狽して逃げ入る。向うより溝尾庄兵衛、火縄筒を持ちて走り出ず。

六郎　おお、溝尾か。

三十郎　庄兵衛どのか。

庄兵衛　さきほどの謎をお忘れあるまい。最後の手だてで生殺しの蛇を救うた。殿に取っては、これがせめてもの孝行でござろうが……。

六郎　むむ、十日のあいだに十箇《とお》の指を切るという、その苦しみに比ぶれば、ただ一思いの御最期が、却って優かも知れぬのう。

光秀　（初めて眼をひらく）庄兵衛、ようぞ仕った。この期におよんで光秀が、母を救うべき一つの手だては、ただ安らけき御最期をお勧め申すのほかはあるまい。

六郎　さてこの上は城内の者共、そのままに捨置かれ申すまい。

三十郎　なにほど堅固に防ごうとも、多寡の知れたるこの小城、今宵を過さず攻め潰しては如何《いかが》。

光秀　勿論のことだ。堀をうずめ、塀を破りて、短兵急に攻めほろぼし、敵対する徒《やから》はいうに及ばず、女わらべ犬猫の末に至るまで、生《しょう》あるものは屠《ほふ》り尽して、せめては当座の恨みを霽《はら》そう。

　ゆう日のひかり消えて、天また陰《くも》る。光秀、櫓をみあげて、ひとり言。

光秀　さるにても光秀は、一人の母を生贄《いけにえ》として、おのれが功名をむさぼる人非人となった。これはそも光秀の罪か、敵の罪か、味方の罪か、いつわり多き人の罪か、みだれたる世の罪か。

六郎　ひとは何とも云わばいえ、味方の我等がたしかに証人。これは殿の罪ではござらぬ。

光秀　しからば敵か。

三十郎　敵とばかりもござるまい。こう成行くは世の罪でござろう。

庄兵衛　いや、味方の罪であろう。先ず第一の根源は上様でないか。

光秀　織田どのか。母もそのように申された。（苦悶の眉をひそめる）母は安土を睨んで死なれた。

　遠雷の声きこゆ。

——幕——

ときは今

滝口康彦

滝口康彦　1924～2004

長崎県生まれ。父の死後、母が再婚したため佐賀県多久市に転居。以降、生涯のほとんどを同地で過ごす。尋常高等小学校卒業後、運送会社の事務員や炭坑の鉱員を経てNHKの契約ライターとなる。1958年、「異聞浪人記」でサンデー毎日大衆文芸賞を、翌年には「綾尾内記覚書」でオール讀物新人賞を受賞して注目を集める。『仲秋十五日』や『薩摩軍法』など、武家の論理に押し潰される下級武士の悲劇を題材にした時代小説を得意とした。また故郷である九州の風土と歴史を愛した作家としても知られ、作品の大部分は九州が舞台となっている。

底本：『権謀の裏』（新人物往来社、1988年）

一

「光秀よ、信長を討て」

もう一人のおれが、しつこくおれにささやきかける。

「なにをいう。あのかたは、おれにとっては生涯の恩人じゃ」

「ばかな。あいつが恩人だったのは、去年までのことよ」

本来のおれは、黙りこんだ。いい返しようがなかった。

去年、すなわち天正九年（一五八一）六月、このおれは、
一、備場（陣地）においては、参謀、隊長、伝令のほかは高声を発するべからず
一、行進にあたっては、兵まず進み、馬乗（将校）これにつづけ。おくれて兵とへだたる馬乗は領地を召し上げ、時として死罪に処することあるべし
右二カ条はじめ、十八の条々からなる軍法を制定、その最後に、自分は石ころのように沈淪（おちぶれること）しているところを、信長公に召し出されてあまたの兵を預けられるに至った。武勇無功のやからは国家の損である。故に家中の軍法を定めた——と書きしるした。

以上の文言は、単なるうたい文句などではない。あのときのおれは、心の底からそう思い、そう信じ、

「上様のご恩は終生忘却はせぬ」

とわが胸に誓った。

美濃の名門土岐の庶流、明智一族の家に生まれ、二十代の末、戦乱に巻きこまれて美濃より退去、諸国を遍歴したおれは、永禄十一年（一五六八）ごろ、五百貫をもって、越前朝倉家に仕えていたが、朝倉義景は凡庸な男で、おれの力量などいっこうにみとめてくれぬ。あげくは、ざん言を真に受けておれをいよいようとんじた。こっちとしてもおもしろくない。くさっているとき、よい機会がおとずれた。

朝倉家に身を寄せていた足利義昭さまの侍臣細川藤孝と親しくなったのだ。義昭さまには、足利幕府再興の望みがある。朝倉家に身を寄せられたのも、義景の力を借りて上京をはかろうとの思召《おぼしめ》しからだったのだが、頼みの義景は、越前の名家という誇りに安住し、ささやかな栄華に酔いしれて、義昭さまを擁して上洛し、天下の風雲に乗ずるほどの気力はない。

「義景頼むに足らず」

失望なされた義昭さまの目に、先に桶狭間に今川義元を討ち、ついで美濃の斎藤龍興を追い落として、その居城稲葉山城をわが居城とし、岐阜城と名づけた信長の姿がたのもしく映じた。

さいわい、信長の正室お濃の方は、おれにとってはいとこにあたる。

「橋渡しをいたしましょう」

おれは岐阜におもむいた。天下に望みを抱く信長にとって、義昭さまに頼られるのは渡りに舟、話はうまくまとまり、おれは義昭さまに仕えるとともに、五百貫をもって、信長の家臣となる。つまり両属の形となった。それがおれにとっても出世のいとぐち、それからのことは、くだくだしく語ることもあるまい。

その年九月、義昭さまを奉じて上洛した信長は、朝廷に働きかけて、義昭さまを征夷大将軍の座につけることに成功した。深く感謝した義昭さまは、信長を、

「御父」

とまで称されるに至る。いかし、その後、おのれが信長の傀儡《かいらい》にすぎないと気づかれた義昭さまは、しばしば信長打倒をはかり、結句は、天正元年（一五七三）、逆に信長のために将軍の座を追われたもうた。おれも細川藤孝も、前後して義昭さまを見捨てた。

義昭さま追放の二年前、すなわち元亀二年（一五七一）、おれは信長から近江滋賀郡を与えられ、坂本に居城を築いた。もはや押しも押されもせぬひとかどの大名よ。なにしろ、信長に召し抱えられたのが三年前、他国者のおれの出世の早さに、だれもがあっと驚いたことはいうまでもない。

信長という男、まことに奇妙な大将ではあった。いかに譜代であれ、古参であれ、無能な者には目もくれぬ。その逆に、たとえ新参でも、能力さえあれば、人の意表をつく抜擢のしかたをした。それが、おれにとっても幸いした。

おのれでいうのはおかしいが、おれは典礼故実に明るい。それが朝廷との折衝に大いにものをいった。信長も、

「この男、役に立つ」

と思ったに違いない。また文事のみならず、かつて諸国を遍歴したおれは、戦略、戦術にも覚えがある。またみずから鉄砲を扱って、百発百中の腕を示すこともできた。それだけに、口はばったいようだが、

「異例の出世も当然」

　という自負を隠そうとは思わぬ。

二

　世の中に、信長ほど人づかいの荒い者がまたとあろうか。これと目をかけた者でも、一度仕損じたりすれば、満座のなかで、二足三文にこきおろした。あの筑前など、どれほど罵倒されたかわからない。が、筑前は、蛙の面に小便、けろりとしておった。

　おれとて、信長にどなられたことでは、例外ではなかった。

「このきんか頭め」

　と一喝されたこともある。おれは、筑前のようにはいかぬ。やはりくやしかった。一つには、信長よりこっちが年上ということもあり、気をとり直すのに、十日やそこらはかかった。それでも、遺恨に思ったことはない。あまりのことに、

「こうまでなされずとも」

　と一瞬、うらめしいとは感じても、いつとなく忘れることができた。

　それにしても、信長の暴君ぶりはすさまじい。おのれの意に逆らう者に対しては、情け容赦もなかった。その一例に、叡山の焼き打ちがある。僧俗三千人、世に聞こえた名僧知僧までが、虫けらのように殺された。あのときばかりは、きもが冷えたが、

「無体なことを」

　あきれはしつつも、信長を見かぎるまでのことはなく、心のどこかでは、これほどの男だからこそ、

乱麻のごとき天下を平定することもできるのか、としいて納得しようとつとめたものよ。

天正三年から、数年がかりで、丹波の経略にあたったおれは、天正七年、ようやくその平定をなしとげた。

あくる天正八年八月、おれは信長から、丹波を与えられた。これまでの所領、近江滋賀郡を合わせれば、三十万石をはるかにこえる。近畿管領ともいわばいうべき処遇に、おれは心から満足した。

それから半月ほどして、老臣佐久間信盛、正勝父子が、石山本願寺攻めにおける無能ぶりを理由として、高野山へ追いやられ、つづいては、同じく老臣林通勝が、織田信秀死去の際、信長を見捨てて弟信行を跡目に推そうとはかった、二十数前も昔の罪を問われてこれまた追放された。

信長のそうした一連の仕打ちに、おれはそれほど驚きはしなかった。

「おれにかぎっては」

という自信のせいもある。事実、佐久間父子に対する折檻状の一節には、彼らの無能を責めるとともに、信長は、

——丹波国、日向守（光秀）の働き、天下之面目をほどこし候《そうろう》。

とおれの功を絶賛した。近ごろ、出頭いちじるしい筑前については、つぎに羽柴藤吉郎と、はっきりおれの下位にした。

「やはり上様は、この光秀の功を第一とお考えなされている」

その喜びが、佐久間父子や、林通勝への処置の不当さから、あるいはおれの目を、そらさせることになったかもしれぬ。少なくとも、そのときのおれは、信長の処置が、許しがたい理不尽とは思わなかった。いや、理不尽どころか、信長のおのれに寄せた絶賛に酔うあまり、心ひそかに、

「無能者はそれが当然」

と、思い上がりに似た気持が、動いていたかもしれぬ。その意気昂揚ぶりを、おれは翌天正九年——すなわち去年六月、そのまま軍法制定に持ちこんだ。したがって、軍法の最後に、信長への感謝の文言をしるし、

「上様のご恩は終生忘却せぬ」

とわが胸に誓ったのも、しかと本心から出たことに違いない。だがいまとなっては、それが口惜しい。なぜあのように、たわけたことを書いてしもうたのか。

三

天正十年五月二十六日夜——。

いまおれは、洛西愛宕山、勝軍地蔵をまつる愛宕権現に参籠している。さっき、神前でくじを引いた。凶と出た。二度目も凶、三度目にようやく吉と出た。

「信長を討て」

「いいや、そのようなことはならぬ」

二人のおれが問答をする。

人のうわさはとりとめがない。とりとめがないがおそろしい。

去る十五日、三河の家康と、故信玄の姉婿であり、この三月、天目山で果てた勝頼にとっては伯母婿にあたる穴山梅雪が、安土城に伺候した。家康は駿河を賜った礼、梅雪は本領安堵の礼、その饗応役をおれが命ぜられたが、饗応の方法で、意見が合わず、信長に叱責された。そのことで世間は、

「光秀が饗応役を免ぜられ、用意した魚類を濠にたたきこんだ」

などと騒いでいるらしい。が、そんなことはない。おれは十五日から三日間、しかと、饗応役をつとめた。三日目の十七日夕方、備中高松城を囲んでいる羽柴筑前から、援軍を求める急使が安土にきた。筑前は、

「上様じきじきにご出馬を」

と願い出たそうだが、相変わらず、きげん取りの上手さは類がない。例によって信長は気が早い。

「光秀、われが先鋒をつとめよ」

即座におれに命じた。信長じきじき出馬の先鋒なら、おれに不足はない。筑前の下につかされるなどとは思いもせぬが、世間はそうはとらず、

「筑前の下につかせられて、光秀が腹を立てている」

といいふらしているとも聞く。だが、おれの怒りは別にある。たしかに、いまのおれは信長が憎い。殺してやりたい。その理由は、遺恨などではない。いや、たしかに、いくらかは遺恨もないではないが、第一の理由は、あの信長めに、武士の面目をふみにじられたことにある。

ではなにをもって、面目をふみにじられたというか。武士ならば、いちいちいわずとも察しがつこう。

このほど、土佐の長宗我部元親が、信長にそむいて、四国全土の切り取りにかかったことから、激怒した信長は、四国征伐を思い立った。そこまではよい。おれの腹の虫がおさまらぬは、四国攻めの大将として、信長のせがれ、三七信孝、その副将として、おれをさしおき、丹羽長秀がえらばれたことよ。

土佐の長宗我部元親の妻は、おれの重臣、斎藤内蔵助《くらのすけ》の母違いの妹にあたる。それが縁で元親は、去る天正三年の秋、嫡男弥三郎を元服させるにあたって、

「信長さまに、弥三郎の烏帽子親《えぼしおや》になっていただきとうござる。お口添えのほどを」

とおれに頼んできた。むろん、おれに否やはない。元親の願いはかなえられ、その年の十月、信長は喜んで弥三郎の烏帽子親をつとめ、おのれの諱《いみな》の一字をさずけて、

「弥三郎信親」

と名乗らせるとともに、引出物として名刀左文字を与えた。それはまた信長が、元親の四国切り取りを暗黙にみとめたということでもある。

一つには信長が、石山本願寺との抗争などに追いまわされて、四国の動向まではかまっておれなかったせいもあったろう。しかし、手を焼いた本願寺を降《くだ》してみると、四国全土併呑の勢いを見せる元親の動きが癇《かん》にさわってくる。

加えて、筑前の甥、孫七郎秀次を養子にしている阿波の三好康長が、しばしば元親の脅威を訴えたこともあって、信長と元親の仲がおかしくなった。とはいえ、まだ正面切っての決裂には至らず、元親は、二年前の八月には、おれを執奏として、砂糖三千斤を信長に献上したり、曲りなりにも、両者のあいだに小康が保たれた。

ところが、ことしの一月、信長はおれを呼んで、

「元親には、土佐一カ国と、阿波の南部二郡のみしか与えられぬ。あとはすべて、わしに献上せよと申しつけよ」

といい渡した。元親には、

「四国は切り取り勝手」

と、かねておれからも、それとなく伝えてあった。それをいまになって、くつがえされては、元親に合わせる顔がないが、魔王のごとき信長には逆らえぬ。やむなくおれは、信長の意向を元親に伝えた。

元親は激怒した。

「四国はおれが独力で切り取ったのじゃ。信長に献上せよとはなにごとぞ」

おれは、双方の板ばさみになった。とはいえ、熊野牛王《ごおう》にしるした起請文でさえ、反故《ほご》にするのは乱世のならい、おれとて、口約束に固執するつもりはない。

信長に楯をついてまで元親に義理を立てる必要はなかった。もし信長が、

「元親を討て」

と命じたのなら、おれは喜んでそうしたに違いない。いや、そうすることが、こういう場合の武門のならわしでもあるのだ。が、あろうことか、元親討伐の命は、三七信孝と丹羽長秀に下された。

「いかにご主君でも」

心おだやかならぬ矢先に、家康饗応を命ぜられ、さらに、筑前救援の先鋒を申し渡された。

それだけならまだしも忍べる。その上、追い打ちがかけられた。

「近江と丹波二カ国を召し上げ、かわりに、出雲と石見をあたえる」というのだ。

四

理不尽にもほどがある。出雲も石見も、まだ敵の領国ではないか。いわば、目の前のめしを取り上

げられて、絵に描いたもちを与えられたにひとしい。

いまさらのように、佐久間父子や、林通勝の無念が思われる。ともあれ、

「承知つかまりました」

と答えるほかはなく、近江領の兵を集めるため、五月十七日夕刻、ひとまず坂本城に帰ったおれは、人数をもよおし、二十六日、早暁坂本を発し、いまの居城、丹波の亀山城に向かった。そのときまでおれは、信長の仕打ちをいきどおりながらも、

「信長を討つ」

などとは思わなかった。ところが、坂本城を出て間もなく、意外なことを知らせる者があった。

信長が、わずかな手回りの人数をつれて、二十九日に安土を発し、本能寺を仮の宿舎として、数日京にとどまるというのだ。それに先だち、二十一日に、家康をともなって上洛した信忠の人数も、五百そこそこにすぎないという。

それを聞いたとたん、おれのからだにふるえがきた。

たったいままで、埋《うず》み火のように、灰の下に隠れていた無念の思いが、にわかに青い炎を吐きはじめた。それと同時に、記憶の底に沈みかけていたいくつかの、信長のためにこうむった屈辱の思い出までが、はげしくくすぶりだしてくる。

「もうおれの役目は終わったのか……」

前途の不安もふくれ上がる。

これまで、気にもとめなかったことまでが、さまざまな意味をはらんできた。たとえば、荒木村重の謀叛のことがある。

「なに、村重どのが……」

信長にとって、信頼すべき武将の一人と目されていた、摂津伊丹城主荒木村重が、叛旗をひるがえしたとき、おれはたちまち色を失った。

「わが運命もこれまでか」

と観念した。娘の一人が、村重のせがれ、新五郎にとついでいたからだ。しかし、おれの立場を察して村重は、新五郎を説いて離別を承知させ、娘をおれのもとへもどしてくれた。それでおれは救われた。

戦利あらず、城の運命がきわまるや、村重は脱出した。そのかわり、村重の妻子や、家臣、召し使いたちが、無残に殺された。もし村重が、娘を離別してくれなかったら、娘も同じ悲惨な運命を迎えていたに違いない。さいわい、村重の配慮のおかげで、娘も助かったし、おれも、信長の怒りを買うのをまぬかれた。

だが、だからといって、この先、かならずしも、無事にすむとはかぎるまい。おれになんらかの落度があれば、過去のことでもむし返される。

林通勝の場合がよい例ではないか。あの執念ぶかい信長は、一度は不問にしたはずの二十数年も前の通勝の罪をとがめて追放に処しおった。

いいがかりをつけようと思えば、どのようにでもつけられる。娘がかつて村重のせがれ新五郎にとついだこと、長宗我部元親を、首尾よく説得できなかったこと、数え上げればきりがない。

人の心とは、まことに不思議なものよ。ひとたび人を憎みはじめると、些細なことまでが違ったいろどりを帯びてくる。いままでなんでもなかったことまでが、いったんは、笑ってすませたことまでが、恨みと憎しみに染め上げられてくる。

そうだ。許せぬ。ここで信長を討たねば、いつの日か、災いがこの身にふりかかる。それよりは、いっそこっちから、機先を制するにしくはない。

馬上にゆられて、丹波亀山城をめざしつつ、おれはしきりに思案をめぐらせたが、生涯の大事、おいそれと決心はつかぬ。迷いに迷った。そのあげく、明日を待たず途中から、疲れた身で、この愛宕権現に参籠した。

五

いま、おれのなかには二人のおれがいる。一人のおれは、

「光秀、ここに及んでなにをためらう。いまこそ千載一遇の好機だぞ」

と、もう一人のおれに詰め寄る。

たしかに、千載一遇には違いない。柴田勝家は越中にあって、上杉勢とにらみ合っている。滝川一益は上州厩橋、羽柴筑前は備中高松城を囲んでいる。

信長は、あさって本能寺にはいる。人数は手回りの者ばかり、一足先に上洛した、信忠の手勢も五百人そこそことか。おれの手もとには、一万三千の兵がある。

多年信長と盟を結んできた家康も、堺見物をすすめられ、家来はいくらもともなってはいないはず、穴山梅雪も同様、ただ、四国攻めをひかえて大坂に、三七信孝と丹羽長秀がいるが、これはもののかずではない。

「信長は九分九厘、いや、一厘の狂いもなく討ち果たせよう」

要はそれから先のこと。

正直のところ、おれには天下取りの野心などなかった。しかし、信長を討つ以上、そうもいうてはおれぬ。いやがおうでも、天下に望みをかけねばならぬ。

「できるか、それができるか光秀」

答えは出てこない。一人のおれは、まだ迷っている。

「なんのために信長を討つのか」

それもわからない。たしかに遺恨はある。満座のなかで、

「ええい、このきんか頭め」

と罵《ののし》られたことを忘れてはいない。だが、その遺恨が、信長を討つまでのものか。そうとは思われぬ。一時の無念にはかられても、やがては忘れることができた。去年六月、十八カ条からなる軍法を定めたおり、末尾に信長への感謝の思いを書きしるしたのが、そのなによりの証拠よ。

「そのうちにおれも、佐久間父子や林通勝のように、信長に見捨てられるのでは」

そうした前途の不安が、胸にきざしているのも嘘ではない。だが、それとて、信長を討たねばならぬほどのものとは考えられぬ。

ではやはり、長宗我部元親一件で、武士の面目をつぶされたことか。いかにもそれが、他の理由より強かろう。とはいえ、それのみで、信長を殺すまでのことはない。げんに信長から、

「元親にこう伝えよ」

と申し渡されたときは、たしかに一瞬、途方にくれはしたが、

「ご無体なことを仰せられる」

うらめしいとは思っても、心に殺意までは生じなかった。

「先鋒として備中へ出陣せよ」

といわれたときも、ひとまずはその気になった。

多年の遺恨にせよ、武士の面目をふみにじられた無念、あるいはおのれの前途の不安にせよ、それだけで、殺意に火がつくことはなかった。にもかかわらず、いまのおれの内がわでは、なにかがぶすぶすとくすぶりかけている。いや、すでにそれは、青い炎となってはげしく噴き出した。

遺恨も、武士の面目をふみにじられた無念も、前途への不安も、どれほど積み重ねたところで、しょせん枯草の山にすぎぬ。山と積んでも枯草は枯草、ひとりでに燃えることはあり得ない。燃えるには火種がいる。その火種が、思いがけなくころがりこんできた。あとはその火種を、積み重ねた枯草に移すか移さぬか。

「信長が、わずかな手回りとともに、本能寺に逗留する」

それさえ耳にしなかったら、おそらくおれは信長に命ぜられるまま、筑前がいる備中へ、兵を進めたにちがいない。

「光秀、なに迷うことがある」

もう一人のおれが声をとがらせる。

長い刻《とき》が過ぎたかに思われたが、その実、そう長いことではなかった。おれは、ようやく顔を上げた。

ぽつんと、おれはもらした。

「毒を食らわば皿までじゃな」

そのせつな、おれがどのような形相になっていたか。それは、もう一人のおれしか知るまい。

「おお、天下を取る気になったか」

もう一人のおれが、声をうわずらせた。おれは、はるか後ろにひかえている家臣を呼んだ。

「里村紹巴《じょうは》どののところへ行け」

あす、おれはここ愛宕山の西の坊で、百韻の連歌の会を張行《ちょうぎょう》する。

連衆は紹巴のほか、西之坊威徳院の院主行祐、上之坊大善院の宥源、紹巴門下の昌叱《しょうしつ》、心前、兼如。執筆《しゅひつ》は家臣東六郎兵衛行澄、終わりの挙句は、病臥して久しい嫡子十五郎光慶の名を出してやろう。

発句はおれがやる。その句は、すでにきまっている。それを、西之坊の行祐や、紹巴がどううけてくれるか。

「明日になって、また迷ったりするな」

もう一人のおれが釘をさした。おれは逆に聞き返した。

「わかるか。百韻の初句、おれがどう起こすか」

もはや迷うまい。もう一人のおれを見返して、おれは本心を告げた。

百韻の発句はつぎのとおりよ。

　ときは今あめが下しる五月かな
「危ない。あめが下なるとせい」

もう一人のおれがにやりとした。

明智光秀の眼鏡

篠田達明

篠田達明　1937～

愛知県生まれ。名古屋大学医学部卒業後、心身障害児医療を専門とする医師として、愛知県心身障害者コロニー中央病院等で勤務。40代から小説の執筆を開始し、1979年、「宗東遊」名義で発表した『本石町長崎屋』で第8回サンデー毎日時代小説部門新人賞次席。1981年『大御所の献上品』で第85回直木賞候補。1983年『にわか産婆・漱石』で第8回歴史文学賞受賞。小説のほか『病気が変えた日本の歴史』（2004年）、『徳川将軍家十五代のカルテ』（2006年）、『日本史有名人の身体測定』（2016年）など、医学・歴史双方の知見を活かした書籍を多数執筆している。

底本：『時代小説最前線Ⅰ』（新潮社、1994年）

一

「およろこび下さい、父上さま。忠興どのより父上さまにうってつけの品をお預りしてまいりました」

そういってお玉は脇にひかえた侍女に目で合図した。侍女はうなずいて手許《てもと》においた胴の小函《こばこ》をお玉に手渡した。

「はて、なんじゃ？」

光秀は身をのりだすようにして、お玉のさしだした小函を引き寄せ、その蓋をはらった。

「おお、これは……」

小函におさまっていたのは二組の南蛮眼鏡であった。むろん、眼鏡をみるのははじめてではない。先年、岐阜城にてカブラルという宣教師が、信長にそれをうやうやしく献上したのを目撃している。新しもの好きの信長だったが、さすがにそれを用いはしなかった。信長はずばぬけて目がよかったのだ。

「父上さまには、長らく近眼《ちかめ》でお悩みでございました」

お玉は両手を畳についていった。

「いかにも」

光秀は禿《は》げあがった広い額をなでてうなずいた。いささかとびでたこの額のせいで、信長からは「きんかん頭」とからかわれている。

中年になるまで諸国を流浪していた明智光秀だったが、織田信長に仕えて以来、運がむいた。能力さえあれば出自など問わぬ信長の下にあって破格の出世をとげた。ここ十年とたたぬうち、近江坂本城の城主にとりたてられたのである。

流浪の間にも書物だけは手放さなかった。少年のころより読書が好きで、万巻の書を紐といた。そのころは視力もよく、文字を追うのになんら不便はなかった。

はたちをすぎたある日、父親から、

「その目を細めるくせを改めぬか。目つきが見苦しくてならぬ」

そうたしなめられて、はっとした。知らぬまにそうせねば、物がみえぬほどの近眼になっていたのである。

いまや光秀は老視の年齢を迎えた。しかし近視の者は存外老視にはなりにくい。光秀も手紙などをしたためるのに不自由はなかった。ただ目を細めるくせはあいかわらずであったが。

「その二組の眼鏡は忠興どのの友人高山右近さまが、うるがんばてれんさまより頂戴いたした品だときいております」

お玉は澄んだ声で口上をのべた。二年ぶりに歳暮をもって里帰りしただけあって、その声がはずんでいる。

「一組は老眼の方に、もう一組は父上さまのような近眼の方に用いるのだそうでございます」

光秀は小函の中から二組の眼鏡をとりだした。べっこうの丸い枠にはまった水晶玉が部屋の灯をうけて虹色に光った。一組の眼鏡は手持ち式で、水晶玉の中央が厚くふくらんでいた。もう一組は枠の両端に耳にかける皮紐がついており、玉の中央が薄く削られて凹《へこ》んでいた。二組の眼鏡をもてあそぶようにしてながめてから小函にもどすと、

「忠興どのは、これをぜひ舅《しゅうと》どのに役立ててほしいと申しておりました」

お玉はなにかを期する口調でいった。

「それはかたじけない」

光秀は婿の気配りに感謝したものの、内心さして気がむかなかった。南蛮人の眼鏡など、おのれの目に合うとは思えなかったのだ。それでも婿の手前、光秀はたずねた。

「して、どちらの眼鏡を近眼に用いる？」

「とにかく、おためしください」

そういってお玉はほほえんだ。

お玉はことし十八歳になる。二年まえ、信長の媒酌により、丹後の細川忠興のもとに輿入《こしい》れした。いまでは一児の母である。

琵琶湖の冬は底冷えがきびしい。ここ坂本城の奥之間にも寒気が忍び寄っていた。

光秀は手許の火桶で手をあぶらせてから、凸玉《とつだま》の眼鏡をとりあげた。こちらは耳紐のない手持ち式なので、鼻の上にのせるだけでよい。

「なんじゃ、これは――」

眼鏡を当てて光秀は顔をしかめた。これではまったく視界が利かない。かえって目がわるくなったようである。

「折角《せっかく》だが、これは用をなさぬ」

光秀が唇を曲げて眼鏡を小函にもどすと、お玉はあいかわらずにこやかな表情をくずさず、

「では、もうひとつをためされては」

とすすめた。だが光秀は気のりがしなかった。どうせ、こちらも大したものではあるまい。

「さ、父上さま」

娘にうながされてしぶしぶ玉の中央が凹んだ眼鏡をとりあげた。

「む……」

皮紐を耳にかけたとたん、光秀は息をのんだ。眼前にひろがった光景はそれまでとはまったくちがった。おぼろげだった部屋のすみずみまで鮮明にみえた。ふすまの山水画、欄間の透かし彫り、天井板の柾目《まさめ》。それらが手にとるようだった。なににもまして、対座したお玉のうりざね顔がまぶしいほど輝いてみえた。漆黒の根結いの垂れ髪、大きくひらかれた黒いひとみ、形のいい鼻にきりっと締ったおちょぼ口。ほつれ毛のひと筋ずつまでくっきりと見分けられた。

「おまえが、お玉か……」

思わず上ずった声に、

「まあ、父上さま……」

お玉は紅い唇を手でおおって笑った。侍女も袖を口に当てている。だが光秀は唸《うな》るように、

「南蛮人の近眼眼鏡がこれほどの効用があろうとは、ついぞ知らなんだ。これまでのぼんやりした視界がうそのようじゃ」

「それはようございました」

お玉は喉元を鳴らすようにしてうなずいた。

「どうして、わしはこのような品をもっと早く手に入れることができなかったのだろう」

光秀はくやしそうにいった。

書物などほとんど読まぬ織田家の武将たちには、眼鏡のごときは無用の長物かもしれない。それにかれらはいずれもけもののように目がいい。ちかごろ、いちだんと頭角をあらわした羽柴秀吉など、はるか山中に隠れた敵兵のひとりずつを見分けるとじまんしていた。だが、光秀にはこれが必須のものであるといまにしてわかった。

「この二組の眼鏡はとても貴重な品です。うるがんばてれんさまのお国でも、これを造る腕の職人は、ほんのわずかしかいないとか」

お玉はやや声をひそめて、

「上さまでさえ、これほどの眼鏡はお持ちでないそうです」

暗に信長が知ると、取りあげられてしまうかもしれぬと警告するようにきこえた。この眼鏡のことは信長に黙っていようと心に決めた光秀は、

「婿どのにはわしがとてもよろこんでいたと伝えてくれ」

眼鏡の紐を耳からはずしてお玉にいった。

「父上さまにも大切にお使いください」

お玉は笑みをたたえてうなずいたが、ふと眉をくもらせるようにして、

「忠興どのは、ここ一年、舅どのにご出陣の仰せがないと懸念しておられました」

娘にいわれるまでもなく、その件は脳裏から片時もはなれたことがない。

（このごろ、わしは上さまからないがしろにされている……）

光秀はそう思い悩んでいた。

昨年の秋、諸将に先がけて丹波・丹後の攻略をおえ、丹波一国と近江数郡の領主を拝命したときは、

「お屋形さまは、もはや近畿管領と称してもよろしゅうございましょう」

「いまや修理どの（柴田勝家）をぬいて、織田家の筆頭になられました」

祝宴の席で家臣たちからもちあげられた。光秀は苦笑したが、わるい気はしなかった。

「近畿を平定されたからには、つぎは四国攻めでございますな」

家来たちはそんなこともいった。

（秀吉でさえ中国攻めを命じられた。四国制覇の大役はこのわしのものだ）

光秀も当然のようにそう考えた。だが目算はみごとに外れた。信長からはなんの下命もなかったのである。

信長はじぶんを流浪の身から掬《すく》いあげてくれた大恩人である。だが、最近はその恩人を醒《さ》めた目でみるようになっていた。

信長にはもともと気まぐれで冷酷なところがあったが、近年ますますその本領を発揮しだした。比叡山の焼打ち、越前と長島の一向一揆大虐殺、そして忠誠を疑われた織田家の武将荒木村重一族に対する極刑。それらはほとんど狂気に近い残虐行為であった。光秀は二女のお貞を村重の嫡男新五郎に嫁《と》つがせていたが、村重がお貞を離縁して帰してくれたので、危く難をのがれた。

また光秀は、丹波を平定するさい、丹波八上城に人質として渡した義母《もと》を逆さはりつけにされるという非運な目にあった。これも光秀の思惑を無視した信長の冷酷な言動がその原因になったのだ。

「母上には、なんとむごたらしい……」

一時は信長につよい恨みを抱いたが、

「家康どのでさえ、上さまのために御長男をわが手にかけるという痛ましい目にあわれました。それでも徳川家の将来を思って非道に耐えられました」

家来たちになだめられ、怒りをおさえた。みずおちのあたりに時折、きりりと痛みを覚えるようになったのは、それ以来のことである。

（上さまには寛容なところが少ない）

と光秀はつくづく思う。

いかに功績のあった部将でも、ひとたび過失をおかせば古わらじのごとく捨て去る。ことしの八月、織田家の重鎮佐久間信盛が高野山に追放されたときは、「つぎはおのれか」と家臣団のすべての者が身を震わせた。つづいて宿老の林通勝らが追い払われたが、かれらは二十五年もまえの罪を問い糾《ただ》されたのだ。むかしの過失をいつまでも根にもたれたのでは、信長の下で安心して働けない。

家臣団の中で、信長をいさめ得る者はだれひとりいなかった。宿老たちは、信長のまえにひれ伏すばかりであった。

秀吉にいたってはいさめるどころか、信長の胆《はら》の内をいち早く察知し、その意図するところをあおりたてるような態度にでた。長らく信長の側近くにいただけあってそのあたりの呼吸がじつに巧みだった。学はないが天性のかんと実行力がある。信長は、さながら光秀と手柄を競わせるように秀吉を重用してきたふしがあった。

（これまではわしが一歩先んじていた……）

　光秀が坂本城の城主になったのは元亀二年（一五七一）だが、秀吉が浅井長政滅亡後の江北（近江北部）に大名として封ぜられたのは、その二年後であった。

　天正七年（一五七九）、光秀が丹波・丹後を平定したときは、

「その方の軍功、まことに比類なきものなり」

　という感状を与えられて面目をほどこした。

　秀吉は天正五年（一五七七）より中国経略にのりだしたが、備前岡山城と播州三木城を降《くだ》したのは光秀の軍功のあとだった。

　佐久間信盛を追放した際の信長の折檻状には、織田家の中で粉骨をつくした武将の筆頭に光秀の名をあげ、信盛のふがいなさをせめた。このとき秀吉の名は次席であった。

　それなのに、このところ信長の目は秀吉にむけられている。光秀より秀吉を重くみる気配が濃厚に感じられる。

（はじめて出会ったときからわしは猿が気に入らなかった）

　醜悪な顔つきをしているのは仕方がない。だが新参者だった光秀に妙になれなれしく近づいてきて口臭を吹きかけるのには閉口した。口の利き様も尾張弁丸出しで下卑ていた。物腰すべてに品がない。それにやたらと好色であった。

（猿ごとき微賤の者に先をこされてなるものか）

　光秀が敵愾心《てきがいしん》をもやしていると同様、相手もこちらを煙たがっているのは明らかだった。

「日向どの（光秀）は野戦を嫌い、攻城戦ばかりなさる。野戦は大将を危くするが、城攻めなら兵は危くとも大将は安心だがや」

そんな秀吉の悪口が光秀の耳に届いたりした。

光秀が閑《ひま》をもてあましている間に、秀吉は中国で着々と戦果をあげていた。このままではいたずらに秀吉に名をなさしめるばかりである。うかうかすれば、いまに秀吉の配下に回されかねない。

（なぜ、猿ごときに水をあけられるのか――）

生来、陰気な性格がわざわいしているのかもしれなかった。気にかかりだすと、よけいにくよくよと悩んでしまう。秀吉のように陽気に笑いとばして忘れることができない。その上、猿はとりもちがうまい。

「上さまは、すでに神に近いご存在でございます」

などとぬけぬけという。光秀はそうした芝居じみた追従に調子をあわせられない。

（わしは実直な経理や渉外の仕事にはむいているが、猿のように奇想天外な策を用いて人をあっといわせることなどできぬ）

そんな光秀を信長はうとましく思うようになったにちがいない。

じぶんの目つきや目のわるさもこれに輪をかけているかもしれない。信長の表情がよくわからぬために、応対がちぐはぐになり、「このきんかん頭め」とか、「このど近眼」といってののしられることが多くなっていたのだ。

「父上さま……」

お玉に呼びかけられて光秀は瞑想から引きもどされた。照れかくしのように、しばらく火桶の上で手を揉んだ。それからおもむろに、

「いずれ上さまより出陣のご下命もあろう。婿どのにはご心配召さるなとおまえからも伝えてくれ」

それをきいてお玉は安堵したようにかたわらの侍女に目をやった。お玉が丹後の細川館へ帰ったのはそれから数日後である。

二

暮もおしつまったその日、光秀は家来をつれて安土城へ参上した。恒例の歳暮の挨拶である。表御殿の大広間には、織田家一門をはじめ、諸将がつめかけ、趣向をこらした歳暮の数々が献上された。

「今年も御当家御繁栄にて歳末を迎え、祝着至極に存じます」

丹後ちりめん二十反と龍眼三箱を上座の信長に進呈した光秀は、いつもの生まじめな口調で口上をのべた。

「ご苦労であった。日向には今後もいっそう励めや」

うなずいた信長はかたわらの小姓に申しつけて唐物《からもの》の茶壺をとらせた。光秀はそれをありがたく拝領して上座から数間はなれた脇へ下った。数人の武将がすすみでたあと、播磨からまかりこした秀吉があらわれた。小柄な秀吉は身のこなしも軽やかに信長のまえに手をついた。おもしろおかしく挨拶の口上をのべる。信長も、「猿め、達者だな」などと軽口をまじえて応じている。やや離れて脇から見守った光秀は、二人のやりとりをなかば妬ましく思った。と同時に秀吉の歳暮の品がなにかを知りたくなった。さいわい、信長はしきりに秀吉と冗談をいいあっている。しかも光秀の座は信長から真横といっていいほど斜めの位置にある。光秀は懐から近眼眼鏡をとりだし、さりげなく手にして両目に当てた。すぐ隠せるよう紐を耳にかけなかった。

秀吉の歳暮は派手な花柄模様の着物と帯であった。それが数十着分はあろうか。

（あれでお方さまたち＝信長の側室＝にとりいるつもりだろうか）

ついで信長と秀吉の顔に視線を移した。……しばらく双方の表情をながめるうちに光秀はあることに気づいて愕然とした。

秀吉は平伏しつつも、その少しとびでた丸い目で、たえず主人の容子《ようす》をうかがっていた。信長の目や眉の動き、小鼻のひらき具合、口角《くちはし》のわずかなひきつり加減、そうした微妙な表情のひとつひとつをみつめていた。

（猿が上さまの胆の内を見抜いたのは、その顔つきを読んでいたためだったのか……）

いまや光秀ははっきりと理解した。秀吉はとびぬけて目がいい。信長の表情の変化をくまなくみてとり、それによってつぎになにをなすべきかを思索し、手を打っていたのだ。

むろん、これまで秀吉が信長の表情を読みとっていることぐらい百も承知だった。だが、じっさいその場面を目のあたりにして、これほどとは思わなかった。

（なんとうかつだったのか、このわしは……）

じぶんは目がわるいために遅れをとった。さまざまな局面にて、その言外の意向が察せられなかったのだ。なにゆえ信長がじぶんに対してひどく疳癪《かんしやく》をおこすのかと、とまどうことがしばしばあった。そんなとき光秀はただひれ伏すばかりであった。それがたび重なり、しだいにうとんじられたにちがいない。

そのうちに秀吉に追いつかれ、追い越されて、水をあけられるにいたったのだ。そのことがいま、判然と呑みこめたのである。

「日向っ！」

信長の声がとんできて光秀ははっとした。

(しまった、眼鏡をかくすのを忘れた――)

光秀はあわてて懐に仕舞いこもうとした。

「その方、妙なものを手にしてたな」

はたして信長はめざとかった。やむなく光秀は眼鏡を膝のまえにさしだし、

「見苦しいものをお目にかけました」

と平伏した。一瞬、お玉の心配そうな顔が脳裏を横切った。

「その方、ちかごろ眼鏡を用いるのか」

「はっ、おおそれながら」

「では、近眼《きんがん》眼鏡か」

さようでございます、とうなずいたが、

(上さまは老視と近視の区別をご存知なのだろうか)とふと思った。

「ならば遠慮するには及ばぬ。この場で用いるがよかろう」

どうやら信長は眼鏡をとりあげる気はなかったようだ。それどころか上機嫌で眼鏡をかけるようすすめたのでほっとした。

光秀が改めて眼鏡の紐を耳にかけると、

「みよ、皆の者、きんかん頭にきんかん眼鏡じゃ」

信長は大口をあけて笑った。なみいる武将はあからさまには笑わなかったが、秀吉だけはへらへらと追従笑いをした。光秀は二人に対してつよい屈辱感を覚えた。

あくる年の正月、織田家の諸将はすべて安土城に馳《は》せ集まり、信長に拝謁して新年を祝った。そのあと、光秀は念願の新たな任務を与えられた。

「桜のころに都にて馬揃え（閲兵式）をおこなおうと思う。その方には総奉行をいたせ」

まったく久しぶりの下命であった。望んでいた四国攻めではなかったが、なにもせぬよりはるかにましである。それに、この仕事、じぶんにはうってつけの役だと思った。しかも信長は、

「当日は正親町《おおぎまち》天皇の叡覧をあおぎ、古今にない盛儀にするつもりじゃ。家臣どもにはあらんかぎりの美装をさせて京に集結させよ」

と意気ごんでいる。光秀はふるい立った。このたびこそ、首尾よく総奉行の役目を果し、信長をして「さすがは日向じゃ」と見直させたい。それにはこれが存分に役立とうぞ、と光秀はべっこう眼鏡を愛しげになでた。

三

馬揃えは二月二十八日におこなわれた。光秀は十日まえに入京し、本能寺の客殿に泊りこんだが、信長が本能寺についたのは四日まえだった。信長の到着が予定より遅かったので光秀はやきもきした。が、馬揃えの準備だけはおこたりなくととのえた。

信長は朝が早い。当日、日の出まえに光秀は客殿をでて信長のいる表御殿へむかった。本能寺は周囲に築地をめぐらし櫓《やぐら》を築いて寺城をなしている。客殿から仏殿の回廊をぬけて表御堂へいった。ここから長い渡り廊下を通って表御殿へついた。

御殿の奥座敷では、信長が小姓たちを叱りつけながら着換えの最中だった。

（上さまはご機嫌ななめだ）

光秀はすぐそう思った。乗馬のいでたちがなかなか決まらず、いらだっている。光秀の顔をみると、よけいに機嫌がわるくなった。

（あの所為《せい》だ――）

とたちまち思い当った。天覧の馬揃えときいて公卿たちが出場したいと光秀に申しでた。しかも貧乏揃いゆえ、費用を立て替えてほしいという。信長はしぶしぶ承知したが、これが意外なほどの出費となった。

もうひとつ信長の機嫌を損ねたことがある。

馬場の普請奉行には村井貞勝が命ぜられた。光秀は貞勝を督励して突貫工事にはいった。馬場は御所の東にしつらえた。東西一町、南北四町の広大なものである。周囲に高さ八尺の柱を打ちこんで柵をつくった。すべての柱を赤い毛氈《もうせん》で包んだ。天皇の仮御座所は御所東門の築地の外にもうけた。その左右に信長と公卿たちのさじき席をつくった。きのうの夕刻、信長がそれらを下検分したとき、これでよかろう、といったので、随行した光秀はほっとした。だが、その際、費用をきかれてそれが莫大なものになっていることを話すと、信長の表情が急にけわしくなった。光秀は、しまった、と思った。こんなとき秀吉ならば事前に告げずに、あとで適当にやりくりした金額を申告するにちがいない。しかし、光秀は実状をありていに告げねば気がすまぬ性質《たち》であった。

出立の刻限が近づいて、ようやく信長の装束が決まった。唐冠《とうかんむり》の頭巾をかぶり、金紗の頰当てをつけ、紅色の布地に唐草模様の肩衣と袴を身にまとう。これに白熊皮の腰みのをつけ、猩々皮《しょうじょうがわ》の沓《くつ》をはいた。沓の覆いは唐綿であった。太刀の鞘は金の延板の飾りのついたきらびやかなものである。

信長は愛馬の黒鹿毛《くろかげ》にまたがり、本能寺の総門をでた。光秀も馬にのってそのあとにしたがった。信長の腰にさした豹皮の鞭と牡丹の造花が鞍の上で上下にゆれた。

室町通りから一条を東にすすんで御所の馬場へはいる道順である。夜が明けたばかりというのに沿道には十万とも二十万とも数えきれぬ群集がひしめいていた。美々しく飾り立てた馬と騎士の行列を歓声をあげて見送っている。折から京の野山は桜が満開である。馬上の信長の機嫌もしだいになごみ、光秀は胸をなでおろした。

（馬の出場次第、参加者の一覧、主だった招客など、すべてわしの頭にはいっている。万一にそなえて右筆が憶《おぼ》え帳を馬の鞍に入れてくれた。たとえ失念したとて、憶え帳を引っぱりだせばよい）

そんなことを思案しているうちに行列は馬場の入場門についた。入場門のまえの広場にはすでに武将たちが蝟集《いしゅう》していた。ざっと千数百騎はおろうか。諸国から集まった部将たちは、めいめい趣向をこらした装束を身にまとい、よりすぐりの名馬にまたがっていた。それぞれの馬をじまんしあう大声、さじきの招客と矢来外の群集のざわめき、興奮した馬のいななきと砂地を駆る足踏みの音、これに御所の桜と生あたたかい春の大気がなまめき、くわえて強い馬の体臭やよだれ、馬糞の臭いなどがごちゃまぜになって、馬場の周辺はむせかえるようである。いつもはおぼろにかすむ空も青く晴れ、絶好の馬場日和となった。

（この一世一代の晴れ舞台に猿がでてこれぬとは……）

そう思うと光秀の気分はよけいに小気味よいものとなった。

「日向、用意はいいか」

入場門の直前で馬上の武将たちに囲まれた信長が光秀のほうをふりむいた。

「いつはじめられても結構でございます」

光秀は信長のすぐ近くまで馬をすすめていった。信長はうなずいてから、

「馬場入りの次第はどうじゃ？」

「はい、上さまには一組に十五騎ずつ順にと仰せられましたので、そのように」

光秀が答えると、信長は急に声を荒らげ、

「日向も気が利かぬ。この広い馬場に一組ずつでは貧相じゃ」

「はっ、では初手より数組ずつ、隊を組んで出場させまする。おのおの方よいな」

間髪を入れずにまわりの武将にそう告げた。

信長は手綱を引きながら、

「で、入場後の余の席は？」

「御座所の脇でございます」

「たわけ、あそこはまぶしいわい」

なるほど、そこには朝日が煌々《こうこう》とさしていた。御座所には御簾《みす》がおりているが、ほかのさじきに日除けはない。とはいえ、屋根はついており、日が高くなれば苦になるほどの日ざしではない。日傘も沢山用意してある。

「上さまには下検分のさい、あれでよいと」

「やかましい、つべこべいうな」

そういって馬首をめぐらせ、

「あそこにおるのはだれじゃ？」

馬場の南側にある公卿のさじきを豹皮の鞭でさした。その問いは、いかにもそこにいる者をどかせ、といっているようにきこえる。光秀は内心困惑して、つい公卿の名を失念した。

「飛鳥井卿のご一族かと存じますが……しばし、おまちを……」

身をかがめて馬の鞍におさめた憶え帳を引っぱりだした。

「あれがだれかわからぬのか」

信長はいらただしげに叫んだ。

「はっ、しばらくおまちくだされ」

帳面には右筆の細かい字で人名がびっしり書きこまれていた。いくら近眼の者は近くがみえるといっても、ここは眼鏡が必要である、
光秀は手綱と憶え帳を右手にもち、左手で懐をさぐって眼鏡をとりだした。だが片手で眼鏡の紐を両耳にかけるのはむずかしい。

「なにをもたもたしておる」

「はっ、只今」

「さじきの者の名ぐらい頭に入れておけ、このど近眼め」

信長にどなられて、折角かけた眼鏡の紐が外れそうになった。

「そんなむさくるしいものはとるのじゃ！」

とたんに信長の叱責がとんだ。あわてて紐をかけなおそうとすると、

「ええい、とらぬか！」

びしりと皮の鳴る音がして、鞭の先端が延びてきた。

「あっ」

唸りを生じた鞭の先は耳紐にからまった。眼鏡は釣糸に掛った魚のように宙に舞った。つぎの瞬間、すとんと落ちて地面の砂に突き刺さった。とっさに光秀は馬からとびおりた。それを拾おうとしたところへ信長が、

「こんなものっ」

と叫び、黒鹿毛を踊らせたかと思うと、その前脚で砂地を蹴ちらした。

ばりばりっ、と異様な音がした。光秀はひづめの下になるのもおそれず、身を屈して馬の足許にふみこんだ。砂地に埋まった眼鏡はすぐみつかった。万が一、まだ使えるのでは、というむなしい望みを抱いてそれを拾いあげたが、水晶玉は粉々にくだかれていた。それをみたとたん、血の気が引き、その場で信長に斬りつけたいほどの怒りを覚えた。

信長は光秀の形相にぎくりとしたのか、

「もうよいわ」

といい捨て、武将たちのほうにむきなおり、

「いざ、出馬の触れ太鼓じゃ」

と大声で命じた。

天地にひびく大太鼓の音が馬場をゆるがせた。御所の森にいた鳥たちがおどろいて一斉に上空へとびたつ。馬たちも高くいないた。

「一番隊、出立！」

太鼓を合図に、第一陣の丹羽長秀と、その与力衆が入場門を通って行進をはじめた。もうもうたる

砂けむりが門のあたりに立ちこめる。わぁーっという大歓声が場内にわきおこった。

駆けつけた家来たちが光秀のまわりを取巻いた。だが光秀はこわれた眼鏡を手にしたまま、その場に呆然と突っ立った。

（お玉、すまぬ、大切にするようおまえにいわれたのに……）

光秀は馬首をめぐらせてその場を立ち去る信長の後姿をみてつぶやいた。大勢の者のみているまえでののしられたうえ、じぶんにとって欠かせぬ品を馬の足蹴にされた。屈辱のあまり、目のまわりが熱くなり、しばらくその場を動けなかった。

「さ、お屋形さま」

家来たちが光秀に馬にのるようすすめた。

そんな光秀主従の姿を、馬上の武将たちは横目にみながら、つぎつぎに馬場にむかって行進していった。

四

御所東の馬場で起きた事件は、一見、小さな出来事のように思われた。だが、この朝の不祥事は光秀の心をいたく傷つけた。

いかにその傷が深かったかは、それから一年あまり後に信長を本能寺の炎の中に焼きほろぼしたことによって証明されよう。信長への怨みの数々は、光秀の胸中に鬱積していたが、反逆への明確な意志が固まったのは、この馬揃えのときであった。信長は、光秀の眼鏡をふみつぶしたと同時に、かれの誇りと希望をも粉々に打ちくだいたのである。

篠田達明

本能寺襲撃の少しまえ、光秀は信長の命により、安土城で家康を饗応した。このとき光秀はお玉がもたらしたもう一つの凸玉眼鏡を家康に進呈した。家康は大いによろこび、老後はこれを大切に用いた。この手持ち式の老眼鏡は、四百年を経たこんにち、久能山東照宮に安置されている。これはわが国に現存する洋式眼鏡の最古のものである。

もうひとつ、光秀の用いた眼鏡が大阪の泉南に伝わるというが、仔細はつまびらかではない。

（参考資料・大坪元治『眼鏡の歴史』）

光秀と二人の友

南條範夫

南條範夫　1908～2004

東京都生まれ。東京帝国大学法学部卒業後、中央大学などで教鞭を取るかたわら新人賞への投稿を始め、「出べそ物語」で「週刊朝日」の懸賞小説に入選、「子守の殿」でオール讀物新人賞を受賞するなど、様々な新人賞を獲得。1956年には『燈台鬼』で直木賞を受賞。封建時代の主従をサド―マゾの関係とした『被虐の系譜』（映画『武士道残酷物語』の原作）を始めとする“残酷”もので人気作家となる。また剣豪小説の名作「月影兵庫」シリーズ、隆慶一郎『影武者徳川家康』に影響を与えた歴史ミステリー『三百年のベール』、歴史SF『わが恋せし淀君』など、多彩な作品を残している。

底本：『幻の百万石』（青樹社、1996年）

一

清滝川にかかる渡猿橋を渡って北へ向うと愛宕原、そこから山頂の愛宕神社まで山路五十町といわれている。左右を杉と檜の大木に覆われた石段の径《みち》を、日向守光秀は、十人の従者を伴《つ》れて、ゆっくり登っていった。

心も、足も、重い。

従者たちは西国出陣を前に武運を祈りにゆくのだと信じているが、光秀の本心は別のものである。自分独りではどうにも決めかねる重大な決定を、神意に問おうというのであった。だが、

──果して神意に委ねるのがよいか、己れの決意によって行うべきか。

まだそこに揺れ動く自分の心を、一歩ごとに自覚している。

上の方から一人の修験者が降りてきた。

光秀の服装と、後に従う十人とをみて、然《しか》るべき身分の大名と察したものか、径の端に身を寄せて、その一行が通り過ぎるのを待つように見えた。

修験者の瞳が、先頭の光秀の笠の内を覗き込むようにした途端、その巨《おお》きな顔に愕《おどろ》きの色が走った。

危く何か声を出そうとしたのを、辛うじて抑えたらしい。面《おもて》を伏せて、唇の端を少し震わせながら、頭《こうべ》を深く垂れた。

光秀は、誰かが自分のために径をよけてくれたと、ぼんやり感じ、その方に向かって軽くうなずいて通り過ぎた。

修験者は一行の最後の一人が、少し遅れてついてくるのを見て、きっと表情を固くしその傍らに寄った。

「お尋ね仕《つかまつ》る」

え、と頭を上げたのに、

「あれなるは、明智光秀殿ではございませんかな」

従者は、対手《あいて》の語調の中に、主君光秀に対する並々ならぬ敬意のひそんでいることを感じ、鷹揚に答えた。

「さよう。惟任《これとう》日向守様だ」

光秀は天正三年、信長から惟任の姓を与えられ、公式には惟任日向守と称している。

「やはり――」

「そこ許《もと》は？」

「いや――」

修験者は慌てて頭を下げて山径を降りて行ったが、小一町ほども降りると足をとめ、山上の方をふり返って、何やら深く思案しているように見えた。

その間に光秀の一行は山頂の神社の境内に入っている。

西坊でしばらく休憩すると、光秀は従者たちをそこに待たせておいて、ただ独り太郎坊に向かった。

神前で恭《うやうや》しく礼拝し、思念をこらして祈願し、神籤《おみくじ》を引いた。

――凶

と出た。

光秀の広く禿《は》げ上った額に浮き上がった青い静脈が、ぴくりと動いた。

――こんな筈《はず》はない。

と思う。

千載一遇の好機を与えられたのではないか、成功は疑いないのだ、何故、凶なのか。

今朝、京からの使者が、

――右大臣家は近習七、八十名のみを従えて本能寺に宿泊なされる。

という情報をもたらしている。信長の嫡子信忠は二千の兵を率いて妙覚寺にいるが、寺が狭隘な為、兵たちは市中に分宿している。

麾下《きか》一万三千の兵を率いて本能寺と妙覚寺とを急襲すれば、信長父子を討ち取ることは万に一つの失敗もないだろう。

この思いがけない稀有の機会が、光秀の心に焔々と燃え上がる焔《ほのお》を点じたのだ。

――何故、凶なのだ、そんな筈はない。

光秀は再び、胸の中で繰り返した。

やはり、神意などに頼らず、己れ一個の判断で決定すべきではなかったのか、とも思う。だが、その決心は即座にはつかない。

――もう一度、神意を確かめてみるか。

手を伸ばした。

一度神意は示されたのだ。それに疑いを持って、再度神籤を引くことが許されるか。

躊躇《ためらい》はほんのしばらくしか続かなかった。

――今度こそ、まことの神意だ、たとえ大凶が出ようとも。

籤を引いた。

――大吉
と出た。

胸の中が熱くなる想いだった。

――そうだ、これが正しいのだ。

と、思わず頬をゆるめたが、同時に後めたい感じが頭の一隅をかすめた。

一旦示された神意を疑って、自分に都合の良い神意を、無理に手に入れたのではないか、神籤を二度引くというのは正当でない、と何かが囁《ささや》いているのである。

西坊に戻った。

今宵はここに一夜過ごし、明日、連歌百韻の興行を行う。そのために連歌師の紹巴《じょうは》を伴れてきているのである。

夕餉《ゆうげ》を終えた時、待臣三宅孫十郎がやってきて取次いだ。

「当山の修験者覚明なる者、お目通りを願っておりますが」

光秀は首を横にふった。

「今宵はゆるりと考えたい。人には会いたくないな」

「はっ」

と頭を下げた三宅が、附け加えた。

「俗名稲田小十郎と申しておりました」

「稲田小十郎……」

懐かしい名であった。

「待て、会おう、ここに通せ」

——小十郎が、無事に生きて、ここの修験者になっていたのか、あの小十郎が。

全く思いがけないことであった。二十年前の、まだ若かった頃の自分の姿が、突然、過去の霧の中から現れてきたような、新鮮な懐かしさである。

その小十郎が、廊下に手をつかね、恭しく叩頭《こうとう》した。

「小十郎……」

「日向守様」

光秀は膝を乗り出さんばかりにして、この男には珍しくやや高い声を出したのだが、小十郎の方は、ひたすら、ひたすら恭謙に、畏《おそ》れ入った風に見えた。

光秀のたかぶった気持は、急に冷えた。

「遠慮せずに、中にはいるがよい」

「はい」

小十郎は膝行《しっこう》して、座敷に入った。

「ずいぶん、永らく会わなかったな」

光秀は改めて小十郎の顔を見詰めた。巨きな四角い顔、やや凹《くぼ》んでいる目、薄い唇、昔の俤《おもかげ》が、そこにあった。

「日向守様、越前でお別れしてから、十七年になります」

小十郎が微笑した。懐かしさは同じなのであろうが、その微笑は固い。

――昔の旧友ではないか。何故、そんなに固くなるのだ。

光秀はせいぜい愛想よく、

「もうそんなになるかの、小十郎、あれから一体、どうしていたのだ」

対手の緊張をゆるめてやるつもりでにこやかに言ったつもりであったが、その態度はいつの間にか、一国の大名が身分卑しい者に対する時の鷹揚なものになっている。

「いやもう、ただ、お恥かしき次第」

小十郎は額ににじみ出ている汗を拭って、話し出した。

十七年前、光秀ともう一人の朋友関三郎太とに別れてから、近江に戻って観音寺城の六角承禎に仕えた。

承禎が信長に亡《ほろ》ぼされると、三好義継に仕えた。その義継も信長に亡ぼされた。

紀州の一揆勢にまぎれ込んだが、これも信長の為に鎮圧された。

――信長という男の生きている限り、おれの運命は開けぬらしい。

半ば自棄《やけ》になって武士の身分を棄てて修験道に入ったのは天正七年である。

「もうこのまま、修験者として生涯を終えるつもりでおりましたが、先刻、日向守様のお姿を拝し、もう一度武士に戻りたいという気になりました」

「ほう」

「十七年前のお約束を思い出しました故」

「約束？」

「はい、お別れの席で、三人のうち、誰にてもあれ一国一城の主となった節は、他の二人はその家臣となって粉骨砕身しようと」

「あ、そういえば、そんな約束を致したなあ」

若気の、一時の、座興であった。

「わしが一城の主になったのは十二年も前のことだ。何故、今頃になって、改めてそんな気になったのだ」

「私、修験の道に入って、些《いささ》か運勢吉凶の占いも心得ております。日向守様の御姿、瑞気《ずいき》に包まれ、御運大きく開かれること必定」

「なに、わしが瑞気に包まれ――」

苦労したのでお世辞がうまくなりおったと苦笑する一方、悪い気はしなかった。

「私、主運悪く、もはや仕官を諦めておったのでございます。しかし、先刻日向守様のお姿を拝し、日向守様ならば――と、心決しました次第」

「小十郎」

「は？」

「わしの運が開けるというのは当にならぬぞ。先刻、太郎坊で神籤を引いた。凶――と出たのだ」

「もう一度、お引きなされませ」

「なに」

「神籤を引く時、引く者の心に神意に対する疑いが些かでもあれば、まことの神意は下りませぬ。日向守様は恐らく——」

そうだ、あの時は、完全には神意を信じていなかった、と光秀は思い返した。

「小十郎、実は、二度引いた」

「で」

「二度目は大吉と出た」

「それが、まことの神意でございます」

二度目にも疑いはもっていたのだが、光秀は故意にそれを忘れた。

「そうか、大吉でよいのか」

「御意」

二

永禄八年四月、今から十七年前になる。

明智十兵衛光秀、稲田小十郎信重、関三郎太藤英の三人は、越前金ヶ崎の城下にいた。

三人とも尾羽打枯らした牢人である。

この三年半、三人はいつも行動を共にしてきていた。

三人とも自分の能力に自信を持ち、その自信にふさわしい野望に溢れていた。

だが現実は、その自信にも野望にも応えてくれなかった。

三人揃って仕官したこともある。言うに足りない微禄であった。一人か二人だけが仕官の途を得たこともある。牢人している者の面倒はみた。

いずれの場合にも仕官は永く続かなかった。主君として頼んだ人物が、奉仕に値しないと、すぐに分明《ぶんみよう》したからである。それは三人の側の期待が過大であった為でもあろう。

金ヶ崎にやってきた時は、三人ともすでに三十の半ばを超えていた。

越前の朝倉氏を頼ってゆこうと言い出したのは光秀である。京で知合った細川藤孝から朝倉家の然るべき人物に紹介状を貰っていた。

その金ヶ崎の旅籠《はたご》で、突然、小十郎が言い出したのである。

「どうだ、われわれこうして三人行動を共にしてきたが、三人一緒に運を開くということはむつかしい。ここらで一遍、別れてめいめい自分の運を試してみないか」

光秀は即座に賛成した。

これから一乗谷に赴《おもむ》いて、幸いに朝倉家に仕官できたとしても、二人の友を同時に仕官させることは困難であろう。当分は自分が背負ってゆかねばなるまいと思っていたからである。

「どうだ、三郎太」

小十郎が促した。

「それでもよい」

三郎太は憂鬱そうな声を出した。

「何だ、不景気なつらをするな。なあに、まだいくらでも機会はある。おれは必ず好運を摑んでみせるぞ」

小十郎は濁酒をあおってから言った。

「おい、おれたち三人の中で、誰が先に一城の主になるか賭けをしないか」

「何を賭けるのだ」

「誰かが先に一城の主になったら、他の二人はその家臣となって粉骨砕身するのだ」

「よかろう」

光秀は笑いながら応じた。一城の主になる機会が、そう易々《やすやす》とめぐってくるとは思われなかったし、もしそんな事があれば、それは自分に違いないという自信もあった。

むろん、小十郎も同じ自信を持っていたから、そんなことを言い出したのだ。

「よし、十兵衛、約束したぞ」

小十郎が酔の回った巨きな赤い顔で、薄い下唇を舌の先でなめながらそう言って、光秀の手を握った時、三郎太が、

「おれは城主になど、なれそうもないな」

ぼそっと呟《つぶや》いた。

「何を言う、意気地のない事を言うな」

「なりたくもない」

「なに、お主、青雲の志を忘れたのか」

「青雲の志――か。おれはこの頃、何だかそんなものが全く空しいような気がしてきたのだ。かりにまた、うまく仕官したとしても、微禄の身から経上ってゆくのに、どんなにどれほど苦労をし、厭《いや》な思いをしなければならないことか、考えてもぞっとする」

「ばかな、戦場で功名を樹《た》てれば――」

「それだ。功名を樹てる前に、死んでしまうかも知れぬ」

「そんなことは、乱世の武士として覚悟の上だ」

「首尾よく生残って一かどの武将になり得たとしても、それが果して仕合せな生涯かな。いつ合戦があるか分からぬ、いつ大敵にぶつかって亡びるか分からぬ。絶えず心を痛め、落着きのない日を送って――」

「三郎太、おのれはいつからそんな臆病風にとりつかれたのだ、意気地なしめ」

「ま、待て、小十郎」

いきり立つ小十郎を、光秀が抑えた。

「十兵衛、お主もこいつの言うことに賛成なのか」

「そうではない。おれは現にお前と、たれかが城主になったら、ほかの者は家臣になると約束したではないか」

「しかし、三郎太は――」

「三郎太の考えにも一応の道理はある。めいめい自分の思うところに従って生きてゆくより仕方がないだろう」

「うーむ、こいつ」

「三郎太、で、お主はこれからどうする気だ」

「まだ、決めてはいない。が、もしかしたら、武士の身を棄《す》てるかも知れぬ」

故郷の紀州に戻って田を耕やすか、仏門に入って俗世を棄てるか、何とかなるだろうと、三郎太は憂鬱な声で呟いた。

仲の良かった三人が、翌日はいささか気まずい思いで、袂《たもと》を分かった。

あれから十七年。

光秀の運勢は目醒《めざま》しく展開した。

朝倉家で五百貫に取立てられたが、主君義景が文弱で女色に溺れているのを見て愛想をつかしていた時、細川藤孝が足利義昭を奉じて一乗谷にやってきた。

藤孝と協力して義昭と織田信長の結合を図ってこれに成功。永禄十一年九月、信長が義昭を伴って上洛し、義昭が将軍職に就くと、光秀は功労者の一人として、義昭、信長の双方に重用された。

だが、信長、義昭の間が険悪となるにつれ、光秀はいち早く義昭の前途に見きりをつけた。天正六年、信長が義昭を攻めて将軍職から追放した時には、明白に信長の幕下に従って義昭攻撃勢に加わっている。

それからは信長麾下の雄将の一人として、大和・河内・越前・丹波・紀伊・播磨・摂津の各地で戦った。

信長から坂本城を与えられ、青年時代の野望である、

——一城の主
になったのは、元亀元年であり、丹波を賜って、

——一国の主
になったのは天正八年であった。この頃、織田幕下としての光秀の地位は柴田勝家、丹羽長秀に次ぎ、滝川一益、羽柴秀吉と並ぶものとなっている。

青雲の志を充分に達成した光秀は、これで満足していた。信長が通常の主君であったならば、叛逆

しようなどという意思は決して持たなかったに違いない。

信長の異常ともいうべき酷烈さは、しかし、光秀にとって次第に堪え難いものになってきた。何よりも、人前で容赦なく罵言を浴びせかけられ、時には暴力をふるわれることが、武人としての誇りを傷つけ、面目を喪《うしな》わせる。

憤怒は年々蓄積され、心ひそかに、

——おのれ、信長め。

と呟くことさえあるようになる。それが更《さら》に昂じて、

——もはや武人として耐忍の限度にきた、信長め、刺し違えてくれようか。

とまで血潮の燃えることが度重《たびかさ》なった。

だが、万一失敗したとしたら——と考え、辛うじて憤怒の激発を抑えていたのだ。

信長が僅《わず》かの近習をつれて本能寺に宿泊しているという情報を耳にした時、心の奥にパッと明るい火が燃えた。

——討てる。信長めを。

ぎりぎりと骨を噛むような快感に襲われたが、次の瞬間には、

——主殺しの罪名は避けられぬ。自分の将来に明るい見透《みとお》しはない。

という反省がつづいた。

——やるか、やらぬか。

迷いに迷って、神意に決定を委ねようと愛宕山に上った。

そして稲田小十郎に会ったのである。

それまでの光秀の目醒しい出世ぶりを、稲田小十郎は勿論、聞き知っていた。その前に姿を現し、旧約に従って、光秀の家臣になろうとしなかったのは、やはり男の面子《めんつ》というものであろう。が、修験者として一向にうだつの上らない身が、突然、一国一城の主である光秀の姿をじかに己れの目で見て、ついに、

――敵わぬ。あの男の家臣になって、新しい運命を展《ひら》こう。

と決心したのである。

かつて、十兵衛、小十郎と呼びすてにし合った対手が、からだを固くして畏《かしこ》まり、

――日向守さま。

と言う。光秀の自尊心はくすぐられた。自分の姿が端気に包まれ、運勢巨きく開ける貌《かたち》であるというお世辞も、この際、吉兆と思われる。

「よし、家臣の列に加えよう」

光秀は快くうなずいた。

「ところで三郎太はどうしているのか」

拝謝する小十郎に、光秀が訊ねた。

「よくは存じませぬ。あれからまっすぐ郷里へ戻ると申しておりましたが、百姓にでもなりましたものか。或いはかねて仏心の深い男故、どこぞ山奥の破《や》れ寺にでも住みつきましたものか――」

「どうなっているか、一度会ってみたいな。あの男、みんなが困っている時、妙に間の抜けた顔で、突拍子もない打開案を出してくれたものだ」

「は、さようなこともございましたかな」

小十郎はちょっと納得のゆかぬような顔で、新しい主君の顔を見上げた。

三

十二日経った。

この間に、光秀の運命は激変している。

五月二十八日の夜を愛宕山で過ごした光秀は二十九日、亀山城に戻った。

六月一日夜、軍を率いて亀山城を発し、老ノ坂で馬首を東に転じ、二日払暁京に入り、本能寺を囲んだ。

信長、信忠父子を討ち、夕刻坂本城に入る。

三日、四日は、近江・美濃の諸将の招降に力を尽し、五日安土城に赴いてこれを占領、九日京に戻った。

予想以上容易に信長討滅に成功した光秀は、安土入城まではかなり心気昂揚していたが、次第に焦慮を感じてきた。

信長に対する諸将の反感は強烈であろうから、自分が信長を討てば多くの者が自分についてくるであろうと計算していたのだが、その予想は全く外れた。

瀬田の小城主山岡景隆でさえ、櫓《やぐら》を焼き落し山中に退いて敵意を示したし、安土城を守っていた蒲生賢秀は信長の妻・妾一族を伴って日野城へ退き、光秀の招降を拒否した。

最も強く光秀を失望させ、落胆させたのは、古くからの盟友である細川藤孝と女婿であるその子忠興とが、髻《もとどり》を切って信長に対する弔意を表し、光秀への加担をきっぱりと否定したことである。

――あの藤孝父子が。

と、光秀は愕然とし、鄭重な書翰を与えて来属を求めたが、細川父子の態度はくずれなかった。

――自分にはどうしてこんなにも人望がないのであろうか。

光秀はこの新しい発見に茫然とした。

「殿、やはり私の占いました通り、御運ひらけ、天下人になられましたな」

稲田小十郎が、したり顔に言上したが、光秀は苦い顔をして答えた。

「天下人を狙ったのではない。天下のために暴君信長を討ちとったのだ」

十日、光秀は思いがけない凶報に接した。

羽柴秀吉が毛利氏と和を講じて、七日早くも姫路城に戻り、九日兵庫表に軍をすすめてきたというのである。

到底信じ得られぬほどの迅速な行動であった。両三日中には尼崎に達するだろう。

激突は目睫《もくしょう》の間にある。

今や、頼むべき味方は郡山城の筒井順慶しかいない。筒井は光秀の支援によって大和を掌中に入れた男だ。これが加担してくれることは間違いないと思われた。

だが、秀吉の余りに速《すみや》かな進出に慌てた順慶は、郡山城に引込んだまま出てこようとはしない。

光秀は藤田伝五と稲田小十郎とを使者として郡山城に派遣すると共に、自ら洞ヶ峠に出陣して兵力を以《もっ》て威圧を加えた。

しかし、十一日午前十時、秀吉の軍が尼崎に達したとの報に接すると、兵を率いて下鳥羽に移った。

――明十二日、秀吉の軍の先鋒と山崎辺りで衝突するだろう。決戦は十三日か、それまでに筒井が支援に来てくれればよいが。

下鳥羽の城南神社に置いた本陣の一室で、光秀は祈るような気持で、伝五か小十郎のもたらすであろう順慶の返事を待ちわびていた。

異常に神経をたかぶらせている主を憚《はばか》ってか、部屋にみだりに近づこうとする者はいなかった。

梅雨は過ぎたのに、空は曇って樹立の陰になっている部屋の中は薄暗い。

床の間には一幅の山水画が掛けてある。

突兀《とっこつ》たる山間から川が流れ出ており、その上流の方に遠く小さく小舟を操る人の影がさり気なく描かれている。

専門の水墨画家が描いたものではないらしい。手法は真山水ではなく草体と呼ばれるべき破墨に近いもので、恐らく禅僧か隠逸の士の余技であろう。

その山水画の方に向けられていた光秀の瞳が、ふっと左上方、川の上流に浮かぶ扁舟《こぶね》に吸いつけられた。

近くで見れば、舟もその上の人物も、ほんの一筆か二筆の線と点であるだろう。だが、離れてみれば、遠くに浮かぶ船とその舳《へさき》で棹を操る人影と見える。

川が突出している巨岩を曲って、その緩やかな流れを画面上方に現したばかりの、ちょうどそのあたりに舟は浮かんでいた。

光秀の視線が我ともなくその舟に定着したのは、その遠く小さい舟と人とが、縹渺《ひょうびょう》として、やわらかく安らかに見えるため、彼のたかぶっている神経に、渇いた喉に水が与えるような一瞬の安らぎを与えたからであろう。

が、すぐに光秀は異様なことに気付いた。

舟が少しずつ動いているのである。

一筆の線のような舳の上の人物が操る針の先のように見える棹によって、舟は静かに動いているらしい。

次第に川を下ってくる。

舟の形がより明確になり、棹を操る人物の姿もはっきりした形をとってきた。

ゆっくりゆっくりと、舟人が左右交互に操る棹の動きが見える。舳が水を切って波を二つに分けているのも見える。

水面にぐっと棹の伸び出ている柳の垂れた枝が、舳にいる人物の被った笠を撫でる。

舟はぐんぐん近づいてきた。

舳にいた人物が、ふっと棹を操る手をやめ、頭をあげ、笠の下から光秀の方を見た。

――あ、どこかで見たような顔だ。

光秀がそう感じた時、男はにっこり笑って、柔らかい声で呼びかけた。

「十兵衛ではないか」

「三郎太か！」

光秀は、咄嗟《とっさ》に古い仲間を想い出した。

「しばらくだったな」

三郎太は舟を岸に近づけると、棹を水中に深く差し、岸に上がった。

笠を外し、光秀の前にやってきて、無雑作にしゃがんだ。

「十兵衛、こんな処《ところ》で何をしている」

見ずぼらしい身装《みなり》をしたこの男が、十兵衛と呼びすてにすることに対して、光秀はちらっと不快を感じたが、懐かしさがそれを消し去った。

「三郎太、お主こそ――何をしている」

「あの山の奥でのんびり暮らしている」

三郎太は山の方を指した。

「十兵衛、ひどく顔色が悪いな。いつだったか、誰かからお主がどこかの城主とか国主とかになったと聞いたが」

「国主ではない、天下人だ」

対手の無雑作な口調に、また少々不快になって、思わずそう言い放った。

「ほう、そうか、信長はどうしたのだ」

「わしが討ちとった」

「そうか、それで天下人になったのか、その天下人がここで何をしているのだ」

天下人という輝くような称号も、何の感銘も与えていないらしい。光秀は拍子抜けしたしぶい顔で答えた。

「一両日中に、羽柴筑前と天下分け目の決戦をする。その軍略をねっているのだ」

「天下人になっても、まだ戦わなければならんのか」

「武将は生きている限り戦わねばならぬ。それが乱世だ」

「やれやれ、御苦労なことだ。そんなことはいい加減にして、どうだ、おれのところに遊びに来ないか」

「あの山の奥にか」

「うむ、他に家らしいものはないからすぐに分かる。何もないが茶ぐらいは立てられるし、そうだ、久しぶりで一局囲まないか」

ぴしりと碁石を打つ手つきをしてみせた。

「お主には大分、借りがあったな」

光秀はふいっと対手に引きずり込まれて、そう答えた。

「来いよ、今すぐ、これから——どうだ」

三郎太は、光秀の手をとらんばかりにして促した。

「まさか、そうも出来ぬ。今、家来の者が持ってくる重大な情報を待っているのだ」

光秀は苦笑した。

「そうか、余り無理を言っても悪いな。じゃ、一仕事終ったら訪ねてきてくれ」

三郎太は腰を上げ、水際に戻ると、舟に乗り、棹を水中から抜いた。

「では待っているぞ」

笠をかぶり、棹を動かした。川を遡《さかのぼ》ってゆくのだが、水の流れはゆるく、大して苦労はないらしい。舟はゆっくり上ってゆく。

柳の枝が笠をかすめた。

舟も、舳の三郎太も、次第により小さく、よりおぼろになってゆく。

ついに上流の巨岩の曲り角あたりに移ってゆき、そこでどうやらたゆたっているように見えた。舟

上の三郎太がこちらを振向いているような気がして、光秀は思わず、

――三郎太。

と、胸の中で声を出した時、廊下に慌《あわただ》しい足音がして、小十郎が敷居の処に膝をつき、息を切らしながら言った。

「上様、筒井め、筑前方に裏切りました」

本能寺

明智光秀について

柴田錬三郎

柴田錬三郎　1917～1978

岡山県生まれ。慶応大学在学中から「三田文学」に小説を発表。大学卒業後は日本出版協会に入るが、1942年に召集。南方に向かう途中で乗艦が撃沈されて漂流するが、奇跡的に救助される。1951年発表の「デスマスク」が芥川賞と直木賞の候補となり、翌年「イエスの裔」で直木賞を受賞する。小説の基本はエトンネ（人を驚かせること）にあるとして、『眠狂四郎無頼控』、『赤い影法師』、「柴錬立川文庫」シリーズなど奇想天外な伝奇小説を得意とした。『三国志英雄ここにあり』で吉川英治文学賞を受賞。『復讐四十七士』が絶筆となった。

底本：「本能寺」『風雲稲葉城』（富士見書房、1987年）、「明智光秀について（一）、（二）」『柴田錬三郎選集　第十八巻』（集英社、1990年）

私の家に、月に一度か二度、ふらりと現われる一人の老人がある。時代小説を書くために必要な資料を、私の要求通りに揃えてくれる有難《ありがた》い存在である。

歴史に関しては、豊富な知識を有《も》っているが、偏屈で、ときどき突拍子もない意見を持出し、持出したらさいご一歩もゆずらないので、その点では聊《いささ》か当惑している。

先日、やって来ると、

「忍者は、面白いですな。忍者を、描くことは、歴史を変えることですよ」

と、いい出した。

私が、今春から某週刊誌に連載をはじめた時代小説で、忍者を主人公にしたのを、老人は、ほめてくれたのである。

「忍者に就いての知識は、くわしいですか？」

と、私が、訊くと、老人は、かぶりをふって、

「べつにくわしくはありませんがね……、史実というやつを、よく読んでみると、歴史は、忍者によってつくられているということが、はっきりとわかりますよ」

老人は、珍しく熱っぽい面持で、喋《しゃべ》り出した。

天正元年四月十一日、武田信玄が、信州下伊那郡波合の駒馬で死んだ。死因は、喀血であったとい

われている。実は、織田信長の放った忍者に殺されたのである。

「大底他肌骨好に還る。紅紛を塗らずして自ら風流」という末期の偈《げ》は、山形昌景が書いたのである。だいたい、武田信玄という人物は、戦国の諸将のうちでも、悪党中の悪党である。父親を追っぱらい、わが子を殺し、諏訪頼茂の女《むすめ》を貰い乍《なが》ら、義父となった頼茂を殺し、婿である北条氏政を攻撃し、甥の今川氏真から、国を奪いとっている。信玄が、殺されたのは、因果応報、自業自得ということになろうが、もし、忍者に殺されなければ、ひょっとすると、七十まで生きて、信長の天下にはならなかったかも知れない。

次に――。

天正六年三月九日正午、上杉謙信が、越後春日山城で、卒然として逝っている。厠《かわや》に行き、脳卒中で昏倒して、再び蘇らなかった、というが、実は、信長の放った忍者の手で、いざ排便をしようと跨《また》ってしゃがんだところを、下から、刺されたのである。

謙信のために冤死《えんし》した柿崎和泉守の亡魂《なきがら》に悩まされて、生命を縮めた、などという噂が立ったのも、殺されたからである。

前年、越中、加賀、能登を平定した謙信は、織田信長に向って、使者を立て、

「来春三月十五日を期し、必ず越後を出て、上洛仕《つかまつ》る可《べ》く候間《そうろう》、貴下も安土を出られるべし、両家興亡の合戦致すべし」

と申し送った。

すると、信長は、

「上杉殿の御弓箭《ごきゅうせん》は、摩利支天の所変の業にて、日本一州に長《た》けて、双《なら》ぶべき者覚え申さず候、来

春上杉殿御上洛に付いては、路次迄《まで》出迎え、扇一本腰に差し、一騎乗込み、信長にて候と、降参仕るべし」

と、返答した、という。

謙信は、愈々《いよいよ》、北条氏政を撃って、その勢いをそのままに、京洛へ押しのぼろうと、出師《すいし》の準備を完了した——その矢先に、信長の放った忍者の手で、厠中に屠《ほふ》られたのである。

もし、謙信が、殺されなければ、勿論《もちろん》、信長は、天下を取ることは不可能だった。謙信は、まだ四十九歳であったから、それから十年も生きているうちには、信長ぐらい、攻めほろぼしたろう。

というぐあいに考えると、戦国の歴史は、表面にあらわれた華やかな合戦の部分が五十％で、あとの半分は、全く人目につかない蔭の謀略によって占められていることになる。

で——。

天正十年五月の天下の形勢は、次のようになっていた。

上杉景勝に対する北国押えとして、織田家第一の出頭人柴田勝家が、前田利家、佐々成政、佐久間盛政らを率いて、越中、加賀、能登三国を手中にして、まさに上杉家を滅亡寸前まで追いつめていた。

毛利家に対する中国押えとしては、羽柴秀吉が、山陽道を攻め進んで、総帥小早川隆景の率いる備中諸城主を次々と討ち、清水長左衛門宗治の守る高松城を水攻めにしていた。

信長は、中央（安土）にいて、この北国・中国の両面作戦を視乍ら、孰《いず》れへか出馬して決定的打撃を加えるべく、機会を測っていた。

柴田勝家も、羽柴秀吉も、この信長の態度に対して、極度に神経質にならざるを得なかった。

勝家も秀吉も、この一戦に勝利を挙げれば、織田家における地位は、不動のものとなるのであった。

乱世にあっては、敵は、外にばかり居らず、内にもいた。いや、内部の勢力争いの方が、より深刻であった、ともいえる。今日の政党内の相剋と同じである。

勝家と秀吉の立場を比べれば、秀吉の方が、かなり不利であった。

高松城の陥落は、目前にあるとはいえ、毛利輝元、吉川元春、小早川隆景の協力する大軍は、屹然《きつぜん》として不動のものがあった。それにひきかえて、北国に於《お》ける、織田軍の攻撃力は、凄《すさま》じい脅威をしめしていた。

滝川一益の兵は、三国峠を越え、森長可は太田切より芦川城を陥《おとしい》れ、越後に乱入して、春日山を虎視たんたんとねらっていた。上杉景勝は、やむなく、越中に駐《とどま》ることができずに、退却していた。勝家は、この機に乗じて、魚津を陥れ、松倉を下していた。

ここで、信長が出馬すれば、上杉氏は一挙に潰滅してしまうであろう、と思われた。

秀吉は、信長の北国出馬を、おそれずには、いられなかった。

どうも、信長が、中国出馬よりさきに、北国出馬をえらぶように考えられてならなかった。

一撃、上杉を仆《たお》しておいて、今度は、全力をあげて、毛利を制圧する――この方針こそ妥当であった。信長が、秀吉から、毛利の主力と対抗するには、わが一手のみでは覚束《おぼつか》ない、いや、たとい勝算あるも、敵を降服させるには、主君の出馬があってこそ、と上申して来たのを、応諾しつつも、自身は動かずに、明智光秀をして援軍派遣せしめようとしている肚《はら》は、そのために相違なかった。

有利ならば、正々堂々の陣を張り、窮すれば狡猾な奇法を用いる、という戦国の常識にしたがって、この場合、奸智を働かせなければならなかったのは、誰か！

上杉景勝が、第一。そして、羽柴秀吉が、それに次いだ。

景勝は、窮地に陥りつつ、

「……弓箭を携え、六十余州、越後一国をもって相支え、一戦をとげて、滅亡せしむべきこと、死後の思い出、景勝幅には、甚だ不相応に候歟《か》。若《も》しまた万死を出《い》でて、一生を全うするにおいては、日域無双の英雄たるべき歟。死生の面目、歓悦、天下の誉、人々その羨巨多たるべき歟」

などと、健気な痩我慢をしているが、実は、正面では壮烈なる戦国武将の面目を発揮するとみせて、蔭では、手飼いの忍者を放って、信長の首級《しるし》を挙げるべく、じりじりしていたのである。

秀吉の方は――。

濁水中に浮いた高松城を眺め乍ら、おのれの立場を、正確に計算しはじめていた。信長の北国出馬によって、上杉が全滅すれば、柴田勝家は、当然、信長にしたがって、中国へ駒を進めて来るであろう。

自分の功績は、前年鳥取城を陥れただけにとどまり、毛利征伐は、信長の手によってなされ、勝家その他の諸将が、功績を分けることになる。

信長が北国出馬のあいだ、自分は、最もきらいな明智光秀の援軍を受けて、毛利と対峙しているばかりである。

秀吉は、信長の、自分に対する評価を、正しく判断していた。たしかに、自分は信長の寵を受けている。しかし、決して、自分という人間を愛し、信頼しているわけではない。

信長は、生れ乍らの大名の子である。苦労はしていても、貴族趣味はまぬがれず、下賤の者をあなどる傾向がある。いかに、自分が有能であろうとも、土民の出である限りは、これを、徳川家康や明智光秀などと同列に置いて覧《み》ようとはすまい。

信長は、いかにも、明智光秀を悪《にく》んでいるかにみえる。しかし、肚の中では、決して嫌厭してはいない。光秀は、この戦国の時世にあって、最高のインテリである。これを軽蔑することは、できない。ただ、信長は、家康と光秀が会った時、両者が、インテリ同士として、ぴったりウマが合うのを観て、警戒したのである。

信長が、安土に家康を招き、いったんは、その馳走役を光秀に命じ乍ら、突如、当日にいたって、それを免じて、中国出陣を命じたのは、そのためであった。流石《さすが》の光秀も、腹に据えかねて、せっかく用意した料理の品々を、器具もろとも、安土の城濠へ、投げ込んだ、という。

その一事をもって、信長が、光秀を悪んでいると断定はできない。

自分と光秀と、どちらを信長が、信頼しているか、と比べると、秀吉は、光秀の方だと考えざるを得ない。

卒伍の中より累進した自分と。

当初より一個の人材として採用された光秀と。

生れ乍らの貴族たる信長が、えらぶところは、自《おのずか》ら明白である。

上杉景勝が、春日山城にとじこもって、自滅を待っていられないごとく、秀吉もまた、高松城が陥落するのを待っていられなかった。

景勝は、ひとつの目的をもって、秀《すぐ》れた忍者を放った。

秀吉もまた、ひとつの目的をもって、秀れた忍者を放った。

両者の目的は、実は、全く同じであった。

「ふむ、面白いな」

私は、いった。

老人は、にやりとして、

「戦国の歴史は、隠密がつくります。……隠密となった忍者は、主人の無法な命令を遂行するために、自衛上、時としては、対手方《あいてがた》の隠密とさえ取引きすることがあったのです。つまり、情報の交換ですな。自分が、主人に報告する材料さえ多くなるならば、それ相当のこちらの材料を、対手方へ与えるのも、やむを得なかったものでしょう。子飼いの忍者でさえそうでしたから、まして、伊賀や甲賀のやとわれ忍者たちは、武辺としての節操など持っていませんでした。忍者として、いかに秀れた腕前を発揮してみせるか、その快感だけで、生命の危険を平然としてくぐったのです。今日は、こちらの主人にやとわれたかと思うと、明日は、敵方へやとわれている、といったあんばいでした。斬取強盗は武士の習い、という乱世だったのですからね」

「ひどい奴らだな」

「いや、しかし、忍者仲間の仁義というものは、大層厳格だったようですよ。互いに、喋らぬ、と口約束した以上、たとえ、手足が斬られ、目玉をえぐられても、口をつぐんでいました」

「話をすすめよう」

「そうでしたな。……上杉景勝が放った忍者・才蔵と、秀吉が放った忍者・佐助が、京で、出会い、情報を交換しあいました。その結果、お互いの目的が、柴田勝家を仆すことだと、判ります。そこで、二人協力して、勝家を殺そうと、思案をめぐらすが、陣営中の勝家を討ちとるのは、容易ではない」

ともあれ、才蔵と佐助は、北国路を、風のごとく趨《はし》って、魚津城を彼方にのぞむ山中にひそんで、交《かわ》る交る、城内へ忍び入ろうと企てて、果さなかった。

むなしく、三昼夜を過ごしてから、二人は、松の巨樹の根かたに、並んで仰臥していた。

突然、佐助が、むっくりと起き上ると、

「どうじゃ、才蔵。ひとつ、われわれ二人で、天下の形勢を一変せしめてやろうか」

「なんじゃ？　どういうのじゃ？」

「柴田勝家など殺さずに、肝心の頭領の方を殺してしまう、というテはどうだ？」

「なんじゃと!?」

才蔵は、驚いて、身を起した。

「織田信長を殺す、ちゅうのか？」

「そうよ。信長を殺すのよ。そうすりゃ、柴田勝家は、上杉攻めをやめて、ひきかえすし、わがあるじの羽柴筑前も、毛利攻めをやめて、ひきかえすじゃろ。天下の権は、また、誰が取ることになるやら——混沌として、これは、面白いわい」

「わしら二人の手で、信長を討ちとるなどというはなれ業《わざ》は、ようでけるものではない」

「わしらが討ちとるのではない。討たせるのだ」

「誰に？」

「明智光秀に——」

「そ、そんな莫迦《ばか》な——。明智光秀は、信長の股肱ではないか」

「ふっふっふ……。わしの方が、お主より、チト情勢にくわしいわい。光秀はな、信長に毛嫌いされて居るのじゃ。わしの仲間が、安土に忍んで、ちゃんと見とどけて居る。光秀は、徳川家康はじめ、諸将の面前で、信長から大恥をかかされて居る。光秀は、憤って、家康に食わせるためにつくった料理の品々を、城の濠へ、ぶち込んでしもうたそうな。つつきかたによっては、謀叛を決意するに相違ないわい」

「しかし、信長は、お主のあるじの羽柴筑前守の主人ではないか。お主のあるじは、お主が信長を殺したときけば、憤るじゃろ？」

「なんの――しめた、と内心では、大よろこびするて。主人が死ねば、自分が主人になれる。こんなかんたんな、はっきりした理窟はあるまい。もしかすれば、わしを大名にとりたててくれるかも知れん」

「では、どうやって、光秀に謀反の決意をさせるのじゃ？」

「それよ。いま、この魚津城には、光秀の使者として、明智左馬助が、来て居る。明日は、亀山城へ帰って行く様子じゃ。あの左馬助を利用してやるのじゃ」

佐助は、小鼻をうごめかした。

「うまくやれるかのう」

才蔵は、不安げだった。

「うまくやるのが、忍者の腕前ではないかや。尤《もっと》も、失敗しても、もともとじゃ。その時こそ、身をすてて、柴田勝家の首を狙うことにしようわい」

佐助は、天下の形勢をひっくりかえす昂奮に酔っていた。議事堂内の記者クラブの政治記者が、

「岸の野郎、どうやら、佐藤にバトンを渡すこんたんらしいから、ひとつ、池田をそそのかして――」

などと、政党政治を、自分たちの力で左右しているような気分でいるのと、似ていた。

折もよし、魚津の宿はずれの古寺に、柴田勢によって捕えられ、監禁されていた高野山の能化《のうげ》二名が、隙をうかがって脱走を企てて、斬り殺されたという事実が、耳に入った。

「しめた！」

佐助は、膝を打った。

上杉謙信の在世中から、織田・上杉間の政治交渉は、高野聖が使われていたのである。戦国の世にあって、高野山は、スイス的存在であった。したがって、諸将は、和議の下交渉に、よく使節役をたのんだのである。

才蔵が、その古寺へさぐりに行って来て、

「いやいや、とんだ高野聖であったぞい。百姓娘を給仕に所望して、無理矢理犯そうとして、逆に、娘たちの大根腕でしめ殺されよったのじゃ。逃げ出して、斬られたのではないわい」

あきれて、報せた。

「それは、ますます、好都合というものだて」

「才蔵、坊主になれ」

佐助は、にやにやして、

「お前が、化けるのではないのかい？」

「客観的にくらべて、お前の方が、坊主面をしとる。どこやら、とぼけて、律義そうにみえる。わしは、上杉の密書をつくる。こっちの仕事は、得意じゃて」

「密書を、どうするのじゃ？」

「ない腹をさぐられる不運を、明智光秀にあじわわせてやるのじゃわい」

明智左馬助は、宿舎で、就寝しようとした時、あわただしく、随行の近習に入って来られて、

「高野の僧が、ひそかに、たずねて参りました」

と、告げられた。

「高野の僧が？」

「血まみれに相成り、息絶え絶えの様子にございます」

「殺された、ときいて居ったが……」

左馬助の耳にも、古寺の一件は、入っていた。

「ここへ、つれて参れ」

近習にかつがれるように入って来た高野聖――才蔵は、実際に、額やら頬やら腕やらを、佐助に斬ってもらっていた。

――佐助のやつ、他人のからだじゃと思うて、ようまあ、せっせとアチコチ斬りよったわい。

だんだん痛みが烈《はげ》しくなるのに腹を立て乍ら、手をわななかせて、懐中から、経文一巻をとり出して、

「こ、これを……御主君様へ、御伝達の程を――」といって、俯伏《うつぶ》してしまった。

近習が、急いで、活を入れる。

急所からはずれたところへ、拳を突き込まれて、才蔵は、

――痛いわい、阿呆め、なにさらす！

と、胸のうちで、罵《ののし》り乍ら、意識をとりもどしたふりで、

「火急を、要しまする。何卒、こ、今宵のうちに、ご、ご発足のほどを……」

と、ねがった。

「これは、いったい、何じゃ？」

左馬助が、問うたが、贋僧は、それにこたえず、

「柴田勢に捕えられましたのは、拙僧のほかに、もう一名、居りましたなれど、不運にも、脱走の際、斬られて、あえなく、なりました。彼もまた、拙僧と、同じ、この経文一巻を、所持いたして居りました。必死の使者なれば、上杉家において、経文を二巻作られたのでございまする。一巻は、すでに、柴田勢の手に入ってしまいました。……もとより、梵字にて、記してあれば、解説する人を得なければなりませぬが、これとても、時間の問題。……御仏の加護により、ここまで辿《たど》りついて、貴方様《あなたさま》にお目もじできましたのが、不幸中の幸い、何卒《なにとぞ》、急ぎ御帰城の上、御披見のほどを、願い上げ奉ります。……上杉景勝様より、明智光秀様への、親書にございまする」

そう語って、贋僧は、また気絶のふりをした。

左馬助は、当惑した。

上杉景勝から、主君へ、何の親書か？

思いあたるふしは、さらになかった。

ともあれ、別の一巻が、すでに、柴田勢の手に入ったのは、いかなる内容であろうとも、一大事である。猶予はならなかった。

半刻後、左馬助は、駿馬《しゅんめ》をかって、深夜の街道を、矢のごとく、亀山城をめざした。

その蹄《ひづめ》の音を、とある林の中で、佐助と才蔵は、きいた。

「首尾は上々、これで、天下がひっくりかえる」

「猿智慧と申すものではないかや？」

才蔵が、創口《きずぐち》へ、松脂《まつやに》を塗り乍ら、いった。

「莫迦をこけ！　大名という奴は、味方の肚をさぐり合うのに、いい加減くたびれて居るのじゃ。そこへ、ない腹をさぐられる証拠品をつきつけられると、もう、どうしていいかわからなくなる。そこで、ええい、面倒くせえ、やっつけてしまえ、と自棄糞《やけくそ》になるのじゃ。みておれ。屹度《きっと》そうなる！」


六月朔日《ついたち》。

亀山城の評定広間に於ては、惟任《これとう》日向守光秀を上座に、明智左馬助、同次右衛門尉、藤田伝五、斎藤内蔵助《くらのすけ》、溝尾勝兵衛尉らが、極度に緊張した面持で、中央に坐って、経文を黙読している真言宗の僧を、瞶《みつ》めていた。

やがて、僧は、顔を擡《もた》げて、光秀を見た。

「解読仕りました」

その顔は蒼ざめていたし、その声は顫《ふる》えていた。

光秀はじめ一同は、悪寒をおぼえた。

「読んでもらおう」

僧は、頷いて、ゆっくりと、その意味を解きはじめた。

かねてのお約定通り、いよいよ時節到来、魚津城を柴田勝家に手渡せしは、当方の謀計にて、また、森勝蔵に春日山へ取懸らせるのも、戦略通りにて、まさに、一挙して、信長を屠るべき絶好の機会と相成ったる次第、毛利、上杉、長宗我部とはすでに打合せ済み、長岡の細川藤孝、ならびに筒井順慶も、呼応の準備、全く成ったる由《よし》、何卒蹶起《けっき》されるよう——。

光秀は、僧が、そのくだりまで読むや、黙って立ち上り、小姓の手から佩刀《はいとう》を把《と》るや、つかつかと歩み出て、一閃して、僧の首を刎《は》ねた。

首は高く飛んで、左馬助の膝の前へ、ころがって行った。左馬助は、それをひろって、庭へ抛《ほう》りすてた。

左右に坐った人々のうち、一人として、声を発する者はなかった。

沈黙が、しばらく、つづいた。

この一巻だけが、こちらの手に入った、というのなら、問題はない。もう一巻が、柴田勝家の手に入った、と高野聖は、告げたのである。経文は、直ちに、勝家から、信長の許《もと》へ送られるであろう。いや、もうすでに、送られてしまっているに相違ない。

これが、上杉方の、根も葉もない謀略である、という急使を、信長の許へ、立てるのは、やさしい。

信長が、果して、こちらの弁明を、肯《き》き入れるであろうか？

光秀は、かたくひきむすんでいた口を、ようやくひらいた。

「おのおの方の生命を、この光秀に申請けたい」

それだけ、いった。

光秀は、主君信長を、本能寺に囲んで、討ちとった。

しかし、異変をきいて、急遽備中から兵を返して来た秀吉と、山崎で闘うや、たった一日で、敗れ去った。

まことに、見事なまでの総敗北であった。

光秀は、いったん勝竜寺城へ逃げ込んだが、完全に包囲されるのが時間の問題と判ったので、やむなく、闇にまぎれて、城を出ると、盲滅法に、馬を駆けさせた。

気がついてみると、伏見に来ていたので、近江坂本へ落ちるべく、大亀谷から山地へ入って、小栗《おぐる》栖《す》への道をえらんだ。

つきしたがっているのは、村越三十郎、溝尾勝兵衛ら、わずか十三四名であった。

光秀は、疲労し果てていて、睡魔におそわれるままに、馬上で、大きく、首を傾けていた。

雨が烈しく降っていて、馬蹄の音を消していたし、前後の味方の姿も、闇に溶けてしまっていた。

突如——。

光秀は、脇腹に、焼火箸を通されるような疼痛が走るのをおぼえた。

「うぬっ！」

わななく手で、それをひっ摑んでみると、竹槍であった。

おのが脾腹から抜きとろうとしたが、くり出した者が、そうさせなかった。のみならず、馬の進むにしたがって、歩き乍ら、

「日向守殿」

と、呼びかけていた。

「くそ！」

光秀は、もう一度、渾身の力をこめて、竹槍を抜きとろうとしたが、それは、あらたな疼痛を全身に貫かせる効果があっただけであった。

「日向守殿」

光秀の胴を、竹槍で刺した者は、馬とならんで歩き乍ら、前後の従者にはきこえぬふしぎな声音でいいかけた。

「あの世への土産話《みやげばなし》に、おきかせしておきます。あの経文は、一巻だけしか、つくられなかったのでござる。つまり、もう一巻が、柴田勝家の手に渡ったなどというのは、まっ赤な嘘じゃった。お気の毒に、まんまと、一杯食わされたのでござる。左様、あの経文をつくったそれがしが申し上げるのだから、これほどたしかなことは、ござらぬ」

……光秀は、竹槍が胴から抜きとられるのを感じた。

——この光秀としたことが！

光秀は、おのれをあざけった。次の瞬間、撞《どう》っと、落馬していた。

明智光秀について　一

ＮＨＫの大河ドラマで「国盗り物語」（司馬遼太郎原作）を放映していて、私もときどき観ている。私見を述べれば、織田信長は、現代でいえば、ヒットラーに比すべき、侵略主義の狂気じみた好戦的武将であった。尤も、当時は、食うか食われるかの乱世であったから、こういう武将が出現した必然性はある。

しかし、そのやりかたは、それまでの武将とは比べもならぬ残忍酷薄をきわめた。

中国経略にあたって、山陽道は羽柴秀吉が攻め、山陰道は、明智光秀が総大将となって攻めた。

丹波丹後但馬に、四十余の城、三十余の砦を設けて、難攻不落を誇っている波多野秀治父子がいた。明智光秀は、五千余の軍勢を率いて、亀山・綾部・園部・篠山《ささやま》・萩野・氷上・福住・宇津らの諸城を陥落させたが、かんじんの波多野秀治の拠《よ》った八上城は、どうしても、陥落しなかった。籠城方は、一年余、草根木葉を食いながら、死守していた。光秀は、城に火を放って焼けば、陥落させられると知ったが、光秀の性格上、そうした惨酷な行為はできなかった。

波多野秀治は、光秀の開城勧告に対して、「わが領土の安堵を誓って頂けるならば、まず、御辺の母上を人質として当城へ送り込んで頂きたい」と返答した。

光秀の母は、実母ではなく叔母にあたっていたが、幼少から育ててくれて、実母以上の恩のある女性であった。

光秀にとって、その母を人質に送ることは、甚《はなは》だ忍びがたいことであったが、母に相談すると、「そなたのために、この余命が役立つならば」と承知してくれた。

そこで、母と交換に、八上城をひらかせ、波多野秀治・秀尚兄弟を迎え、主君信長には、かれらを優遇して頂きたいと申し送って、安土城へ、かれらの身柄を送りとどけた。ところが、信長は、優遇するどころか、波多野兄弟を慈恩寺にとじこめて、切腹を命じた。光秀は、困惑して、必死に助命を乞うたが、信長に、しりぞけられた。波多野秀治は、光秀に向って、

「御辺の親切は、草葉のかげまで忘れ申さぬ。但《ただ》し、飛鳥が尽きて、弓矢が蔵に納められた時は、御辺もとくと思案されるがよい。信長殿は、必ず非業の最期をとげられるであろう」

と、予言しておいて、従士十三人とともに、自刃して相果てた。

丹波にあった波多野家の残党は光秀が裏切ったものと激怒して、人質にした光秀の母を、八上城の櫓《やぐら》から逆吊りにして斬り殺した。

このことが、光秀をして、信長は心服すべき主君ではない、と心にきめさせたのではあるまいか。

光秀が、信長から、その後、さまざまの事柄で、武将たちの前で面罵され、排斥され、虐待されたことは、史実らしいものに、さまざまに書かれているので、いまさら、ここで述べるまでもないが、つまりは、信長と光秀の性格が、全く相反していたのが、本能寺謀叛の原因となったものと解釈できる。

独裁者ヒットラーの右腕であったヘスが、ついに、その残忍非情さに、あいそをつかして、英国へ飛んで、裏切ったのと、軌を一にしている。

明智光秀の戦略、学識その他一般的素養は、戦国時代随一であった。細川幽斎よりもまさっていた、といえる。

明智光秀について　二

ついに、明智光秀は、本能寺に、主君織田信長を殺した。

光秀は、十七年間、信長と主従関係をつづけている。丹後全国をもらい、五十四万石の大守となっている。よほどのことがなければ、裏切るはずがない。ただ、信長を殺して、自分が天下を取ろうという野望に燃えて、裏切った、というだけでは、理由にならない。光秀は、そういう性情の持主ではなかった。かれが、諸将に人望があり、それが信長には面白くなく、羽柴秀吉らも嫉妬したことも、ひとつの原因となっている。

武田家攻撃に際して、甲州東山梨郡松里村の禅刹《ぜんさつ》恵林寺に、武田家敗戦の士兵が逃げ込み、足利義昭の使者である上福院・大和淡路・六角承禎も、そこへかくれた。

信長が、かれらを引き渡せ、と要求すると、住職快川和尚は、「窮鳥ふところに入れば、猟師もこれを殺さぬものに候」と拒否した。住職としては、当然の慈悲であった。かれらは、すでに抵抗力を失っていたのである。

信長は、激怒して、光秀に、恵林寺の焼打を命じた。光秀は、これをいさめて、「本堂安置の仏像、宝庫の貴重な経巻など、これを灰にするのは、まことに惜しいことに存じます。さきに、延暦寺の霊仏宝物を烏有《うゆう》に帰されたこと、千秋の遺憾に存じますれば、なにとぞ、おゆるし頂けますまいか」と諫《いさ》めた。

信長は、断乎として肯き入れなかった。光秀を鞭でたたきのめし、恵林寺の建物三十余、仏像法具、経巻ことごとく灰にし、快川和尚はじめ長老十一人、寺僧七十四人その他あわせて、百五十人を、焼き殺した。

快川和尚は、

「安禅不必須山水、心頭を滅却すれば、火もまた涼し」

と云いはなち、泰然自若として、遷化《せんげ》した。

このあたりから、光秀は、完全に、信長の人物に、絶望したに相違ない。

しかし、本能寺に主君を殺した光秀は、妙心寺に入ると、信長父子のために、その菩提をとむらい、一室にとじこもって、自殺の用意をした。

光秀の家臣・比田帯刀と三宅式部が、これを察知して、いそいで、光春らに告げて、それをとどめた。

光秀は、こたえている。

「信長公は、たしかに無道の御仁であった。しかし、わが主君に相違ない。この光秀は、天下のために、主君を滅したが、君臣の道は、明かにせねばならぬ。いま、自害するか、遁世するか、いずれをえらぶべきか、考えていたのだ」

しかし、重臣たちに、説き伏せられて、光秀は、自決を断念した。

光秀は、信長を滅したが、決して、天下を取り、政権をにぎる野望は、毛頭みじん、なかったものと、私は、みている。つまり、「国取り」のために、主君を殺したのではなかった。

それが、証拠に、光秀は、信長父子の菩提を弔うために、阿弥寺に砂金二袋を寄進して、法要を行っているし、京都の御霊・祇園・北野の諸神社に燈籠料として黄金百両あて、南禅寺・相国寺・建仁寺・万寿寺・天龍寺・大徳寺・妙心寺などへ黄金二百両あて、その他、洛外の社寺に祠堂を寄進して、ふかくその反逆の罪を詫びている。また京都の一般庶民にも、永代地子銭（現代の地方税）免除令を発したので、庶民たちは、光秀の恩徳に、感激した。明智光秀は、天下人になる資格をそなえた人物だったのである。

光秀謀叛

小林恭二

小林恭二　1957～

兵庫県生まれ。東京大学文学部卒業後、学習塾で教えるかたわら小説を執筆。1984年に『電話男』で第3回海燕新人文学賞、1998年『カブキの日』で第11回三島由紀夫賞を受賞。その他主著に『ゼウスガーデン衰亡史』（1987年）、『宇田川心中』（2004年）など。2004年からは専修大学文学部教授に就任し、日本文学・文芸創作を指導している。東大在学中は学生俳句会に所属し、『俳句という遊び』（1991）、『この俳句がスゴい！』（2012）など俳句関係の著書も多数ある。

底本：『異色時代短編傑作大全』（講談社、1992年）

一

一五六二年一月、室町幕府はイエズス会士ガスパル・ビレラに対してキリスト教布教の自由を認めた。

まことに遺憾なことに、日本の在来史家はこの事件に対して長年の間、まったく関心をよせなかった。

これは日本人の政治にまつわる奇妙きわまりない志向性、すなわちそれが重大であればあるほど無視し、あるいはあげつらい、ついには何らかのくだらない問題に収斂させて、而《しこう》して己一個の平安を保とうとする、あの志向性によっているものと思われる。

しかしながら、一五六二年一月の幕府によるキリスト教布教公認ほど、近世日本史、ひいては近代世界史に、深甚なる影響を与えた事件はなかった。

実際、これを至急報で知ったカトリーヌ・ド・メディシス（フランス王シャルル九世の母。事実上のフランスの主権者）は、怒りのあまり侍女の右耳をひきむしった。

ちなみにフランス王家は当時スペインとあらゆる局面で対立しており、その出先機関たるイエズス会が、極東武力勢力の代表者たる室町幕府と手を握るのを座視するのは、耐え難い苦痛だった。

一方、スペイン王フェリペ二世の喜びは、当然のことながらたいへんなものであった。

記録によると、報告を受けたフェリペ二世は、喜びのあまりその場で三度バク転をし、それでも興奮さめやらず、廷臣にむけ今日で言う「ガッツポーズ」のごときものを繰り返したという。

それはスペイン王にとって得意になるのも無理はない外交的勝利だった。

当時フランスは宗教政策のまずさから大混乱状態にあったし（ヴィシーにおける新教徒殺戮からユグノー戦争が勃発したのは、ちょうどこの年のことである）、イギリスはいまだ人口三百五十万のとるにたらぬ小国にすぎなかった。なにかと言えばハプスブルグ家にたてつく北ドイツ諸侯は頭痛の種ではあったが、これも宗教改革をめぐる内乱の痛手から回復していなかった。

今ここに室町幕府と新たな提携関係に入ったことは、世界規模のパックス・イスパニカが完成した証左と考えられたとしても無理はない。

だが、はしなくもこの事件は戦国日本における外交戦の号砲となる。

ヨーロッパ諸国は日本における外交戦のうちに、双頭の鷲（ハプスブルグ家の紋章）を堕落させる可能性を発見したのだ。

フェリペ二世の得意顔は長く続かなかった。

三年後の一五六五年、北ドイツのゲルマン諸侯中でももっとも反ハプスブルグ的色合が強いフリードリヒ選帝侯が、三好党の大物松永久秀を教唆して将軍義輝を弑逆《しいぎゃく》せしめたからである。

それは見事なしっぺ返しであった。

これによって室町幕府が滅亡の危機に陥り、ハプスブルグ家の東方外交はそのよりどころを失った。

ヨーロッパにおける双頭の鷲の声望は地に墜ち、評論家もこぞってその見通しの甘さを指摘した。

（この年、司法学士の就職希望調査で、スペインハプスブルグ家は屈辱の七位、ウィーンハプスブルグ家も五位に甘んじた。）

このハプスブルグ勢力の減退をもっとも効果的に活用したのが、ネーデルランドの新教徒である。彼等はこの直後から独立運動への模索を開始。

三年後の一五六八年、オランイェ公のウィレムを旗頭に蜂起することになる。

ちなみにウィレムは反乱後、エリザベス一世の側近に送った手紙の中で、

「スペイン宮廷はもはや無謬の存在ではありません。それは極東における外交的失敗からも明らかであります」

と記している。

だがハプスブルグ家はこのショックから存外早くたちなおった。

将軍家の無力を思い知った彼らは、ついである武将と友好関係を結んだ。

すなわち織田信長である。

この当時、信長は駿河の今川義元を桶狭間に破ってはいたが、いまだその勢力は大というに足りない。

客観的に見て西欧の覇者たるスペインの同盟相手としてふさわしい格の武将ではない。

しかし、そこは婚姻だけでヨーロッパを掌握したハプスブルグである。

伸長してくる勢力に対する勘はなまなかのものではない。

ヨーロッパ諸国は当初この格違いの同盟をあざ笑い、「双頭の鷲もとうとう（梅毒が）二つの頭にまわった」と囃《はや》したが、一五六八年、信長が諸侯にさきがけて上洛するにいたり、ほぞをかんだ。

それまでの間、ヨーロッパ諸国の多くは極東の外交戦よりむしろ国内の宗教対立にかかりきりにな

っていた。

唯一の例外はフランス新教徒の庇護者を任ずるナヴァール家である。

彼らはハプスブルグ家に対する対抗心から、越前朝倉家と友好関係を持った。（越前朝倉家と尾張織田家は、ともに斯波《しばけ》家の守護代で百年来のライバル同士である。）

ナヴァール家は書簡でもって朝倉家の当主義景に盛んに上洛をうながした。

しかし、決断力にかける義景は、その手のうちに有力な将軍候補足利義秋（後、義昭と改名）を擁しながら活用せず、却ってこれを信長に奪われた上、上洛も先を越されるという失態を演じた。

それと同時にあの明智光秀も、義景を見限って信長に随身した。この主替えの裏にはハプスブルグ家の力が働いていたのは言うまでもない。（光秀の推薦状にはハプスブルグの侍臣アンギアン公のサインが見られる。）

信長上洛後、ヨーロッパ諸侯はおっとり刀で日本における対信長網作りを開始する。

イギリスは中国の雄、毛利氏と攻守同盟を結んだ。これは両者が海軍立国を目指していたという共通点による。

ネーデルランドの反乱勢力ユトレヒト同盟は、北近江の浅井氏と秘密同盟を結んだ。信長と同盟関係にあった浅井家と、反ハプスブルグのネーデルランド新教徒の組み合わせは一見奇異に見えるが、おそらく最初から信長を裏切らせて自陣に入れようという目論見《もくろみ》のもとにおこなわれたと思われる。

（オランダ領事館の公記録中に裏付文書あり。）

北ドイツ諸侯も一致して三好の残党への援助を再開。

フランスにおける旧教の大立者ギーズ家も座視しきれなくなり、甲斐の武田家と友好関係を結んだ。

もっともギーズ家はこの時点で比較的ハプスブルグ家と近い関係にある。

ヨーロッパ諸国のしいたハプスブルグ包囲網が一挙に火を吹いたのが、一五六九年の朝倉討伐の際である。

信長は四月二十日、盟友徳川家康とともに越前に乱入し、前衛の城砦をことごとく覆滅しつつ、朝倉氏の本拠一乗ケ谷に迫った。

この時点で朝倉氏の滅亡を疑った者は皆無に近かったであろう。

が、朝倉氏と同盟関係にあるナヴァール家が必死の秘密外交を繰り広げる。

まず同じ新教徒のよしみでネーデルラントのオランイェ公に、浅井氏をして信長の背後をつくよう頼みこんだ。

オランイェ公ウィレムは、はじめこの要請におよび腰だったと言われる。

彼らにとってハプスブルグ家は敵であるが、浅井氏は彼らが日本に有する唯一の足がかりでもある。もしこれを失えばヨーロッパのみでの戦いを強いられる。彼らはハプスブルグに多正面作戦をしいてのみ、独立戦争が遂行可能であると考えていた。

ナヴァール家はそこで今度は北ドイツ諸侯に近づき南近江の六角氏を動かすように説得する。六角が動けば浅井も動くとふんだのである。

ちなみに六角氏は三好氏と近く、三好はフリードリヒ選帝侯と友好関係にある。多少迂遠な関係であるが、この際そんなことは言っていられない。もし、南近江の六角が動けば北近江の浅井も動きやすくなる。

信長の朝倉討伐の前夜、近江小谷城には、フランスの使節団やら、朝倉の使者やら、オランイェ公の密使やら、六角の忍者やらが走りまわり、新情報、偽情報、怪情報、デマ、ウソ、冗談がとびかい、伝言ゲームと借物ゲームとモノポリーをあわせたような壮絶な外交戦がくりひろげられた。

ぎりぎりの折衝は、時間切れ寸前、ついにナヴァール家の若き当主アンリの尽力もあって実を結んだ。

かくして朝倉、浅井、六角の大同盟が成立する。

これを知って泡を食ったのは信長である。

ぼやぼやしていれば、浅井勢に退路を断たれる。

信長はほうほうのていで京都に逃げおちた。が、その麾下《きか》は甚大な被害を被る。

信長とスペイン宮廷はこの事態に激怒した。

ほうっておけば威信の低下ははかりしれない。そうなれば力で威伏せしめている諸勢力が一斉に立ち上がるであろう。

フェリペ二世はネーデルランドに大軍を派遣して、反乱軍に大打撃を加える一方、ギーズ家をそそのかしてフランスにおける新教徒迫害を激化させた。

信長も翌年六月、姉川で浅井朝倉連合軍を打ち破り、先年の鬱憤をはらした。

新教徒も黙ってはいない。

その直後北ドイツ諸侯との同盟関係を明確化させた三好長逸ら三好三人衆が、摂津中島に乱入して、破壊活動に精を出す。

浅井朝倉連合軍も比叡山と結んで戦線をたてなおす。

ここにいたっては急速に日本国は、ヨーロッパと等しくハプスブルグ対反ハプスブルグという二大ブロックの闘争の場となったのである。

二

一五七〇年は反ハプスブルグ同盟にとってエポックメイキングな年となった。

すなわち、ここまで日本における外交戦を傍観していたローマ教皇庁とオスマントルコ帝国が参戦したのである。

まずはローマ教皇庁の方から述べよう。

そもそもこの地球上のあらゆる陰謀に関係していると言っても過言ではない大陰謀組織は、当初から日本国における外交戦に加わりたくてうずうずしていた。

が、彼らは日本のいかなる勢力に加担するか悩んでいた。

本来ならば極東における教皇の忠実な軍隊であるイエズス会とその保護者織田信長を応援するのが筋であろう。

しかし、教皇庁はハプスブルグ家に対してある屈折した感情を抱いていた。

確かに、対トルコ戦においてスペイン及びオーストリアのハプスブルグ家は殊勲抜群であった。

殊《こと》に一五二九年、もしハプスブルグ家がウィーンにおいて身を挺してスレイマン大帝の進撃をとめなければ、キリスト教世界は滅亡の危機に瀕しただろう。

スペインの対トルコ戦の功績も大である。他ならぬこの翌年の一五七一年にも、ベネチア海軍と連合してレパントにてトルコの大海軍を撃破している。

が、その反面ローマ教皇庁はハプスブルグ家の覇権に対して言いしれぬ怒りを覚えていた。

理由は単純である。

ヨーロッパの覇権者はローマ教皇庁以外の何者であっても困るのだ。

彼らは長い討議の末、信長に加担しないことを決めた。

その理由に信長の宗教に対する苛烈な弾圧姿勢が挙げられた。

しかしこれはまことに奇妙なことだった。なんとなれば、信長が弾圧したのは、教皇にとって邪教の仏教であり、カトリックに対しては保護こそすれいかなる圧迫も加えていなかったから。

が、これはまだハプスブルグ家の覇権を阻《はば》むという意味から理解できないことではない。

問題は彼らが同盟の相手として選んだ勢力だった。

それはなんと日本国内における最大の異教徒集団である浄土真宗だった。

この破廉恥な同盟は完全に秘密のうちに結ばれた。事実が露見したのは今世紀に入ってからである。

教皇庁は例によっていまだにこの事実を認めていないが、西本願寺において発見された条約書には、時の教皇パウルス四世以下八名の枢機卿の署名があり、また条約の引き出物として、免罪符徳用セットとバチカン観光絵葉書が本願寺に贈られていた。

釈迦もキリストも思いいたらない破廉恥な秘密同盟を結んだ両者は、一挙に戦局のキャスティングボートを握ることになる。

教皇庁は当初、この巨大な手駒を使うにあたってさしたる計画はなかった模様であるが、信長が姉川の合戦で浅井朝倉連合軍をうちやぶるにいたって、ついに反信長の旗幟《きし》を鮮明にする。

教皇庁の使僧は、謀略の喜びに目をぎらぎらさせながら、洋の東西を走りまわった。

ほどなく教皇庁の謀略があちらこちらで日の目を見る。

まず朝倉義景の娘を本願寺主顕如の長子教如と結婚させる。

ついで浅井長政の娘が、パウルス四世の出身家であるメディチ家に嫁ぐ。

オランイェ公子ルフェーブルが甲斐武田家より嫁をとる覚書がかわされる。

ダメ押しにパウルス四世自らがベルリン伯とホモセクシャルの関係を結んだ。

ここに本格的に、浅井、朝倉、武田、本願寺による反信長同盟が結成される。


この事態にスペイン宮廷は困惑した。

浅井、朝倉、武田のスポンサーはそれぞれ判明しているが、このような大掛かりな同盟を結ぶ力量のある者はいない。

現時点では反ハプスブルグでまとまっている彼らも、内実は利害が錯綜している。

それに本願寺のスポンサーは完全に不明である。不明なものは手の打ちようがない。

が、事態は刻々と重大さを増していた。ほうっておけば早晩信長は滅ぼされる。そうなれば極東におけるハプスブルグ家の足場は永遠に失われよう。

なんとかしてこの厄介な包囲網を破らねばならない。

フェリペ二世とその廷臣たちは、将軍義昭を動かして、浅井、朝倉に信長との和睦を命じさせることにした。

一五七〇年十二月のことである。

疲弊していた浅井、朝倉はこの要請に応じ、信長は危機を脱した。

しかし陰謀のスペシャリスト教皇パウルスはくじけない。

彼はこれを機に、なんと足利義昭をも自陣にひきずりこんでしまったのである。

これ以降足利義昭は大陰謀家に変身して、信長とハプスブルグ家を苦しめぬくことになる。


次にトルコ宮廷の動きである。

彼らは爾来ヨーロッパ風の外交戦は得意ではなかった。ひとつには圧倒的な強者である彼らにとって、外交と恐喝はほぼ同意語であって、ヨーロッパ風の謀略は必要なかったということもあげられる。

が、一五六六年、偉大なるスレイマン大帝が没すると、そうは言ってられなくなった。トルコ帝国はすでに絶頂期を過ぎており、それを何よりもよく知っていたのは、帝より遺詔《いしょう》をうけた宰相ソコル・メフメット・パシャであった。

メフメット・パシャの憂慮は五年後、実際の事件となる。すなわちそれまで無敵を誇ったトルコ海軍が、レパントでスペイン・ベネチアの連合海軍に大敗を喫したのである。

地中海の制海権は一朝にしてトルコからスペインに移った。

大宰相ソコル・メフメット・パシャは躊躇なく、極東における反ハプスブルグ網に身を投じた。

彼らが手を握ったのは、越後の勇将上杉謙信であった。(いかにも勇敢さを重んじたトルコ帝国らしい選択と言えよう。もっとも時のトルコ皇帝の大好物が笹団子だったからという説もある。)

トルコ帝国の参戦はある副産物をともなった。すなわちベネチアの参戦である。

ベネチアは当初ハプスブルグ家をめぐる党争には局外中立を保っていた。

が、その商業上のライバル、ネーデルランドに加えて、地中海上のライバル、トルコまで参戦したとあっては、もはや悠長なことは言ってられない。

ベネチアの元首《ドージェ》は迷うことなく、信長の忠実なる盟友徳川家康に同盟を申し込む。

かくしていまや極東とヨーロッパは完璧にふたつに割れて抗争することとなったのである。

三

いかにハプスブルグ家の後援を受けた信長とて、こうまで敵がふえれば苦戦はまぬがれない。

しかもここにきて最大の敵が動き始める。すなわち甲斐の武田信玄である。

先に記したように信玄はギーズ家と結んでいた。

旧教を奉ずるギーズ家はハプスブルグ家に近く、必然的に信玄も信長と友好関係を結んでいた。実際、信玄としては都よりも関東の制圧に興味があり、それゆえ上杉、北条と宿命の対決を繰り広げていた。

これをくどき落とし反ハプスブルグ網に参加させたのは、またしてもローマ教皇であった。

教皇パウルス四世は今や、ハプスブルグ家さえ倒れれば、すべての旧教勢力は再び自らの傘下に結集すると信じていた。

このため新教勢力はもとよりイスラム勢力との妥協もいとわなかったのである。

またフランス側の事情もあった。

フランスは宗教対立に倦《う》んでいた。彼らの間には、この不毛な争いに費やされるエネルギーを、国家的な目標にふりむけるべきだという機運が高まっていた。おそまきながらギーズ家もこの機運にのって自らの影響下にある甲斐武田氏を動かして、反織田陣営に参加せしめたのである。

ちなみにフランスのこの機運は一五九三年、新教の守護者である筈《はず》のナヴァール王アンリ四世をして、フランス統一のためカトリックに転向せしめ（ブルボン朝の誕生）、更《さら》に一五九八年、ナント勅令でクライマックスを見ることになる。

武田家の参戦によってハプスブルグ＝織田をめぐる力のバランスは一挙に崩壊した。

一五七二年、名将信玄はついに西上を開始。

この信玄西上こそは、スレイマン大帝のウィーン攻撃とともに波乱の十六世紀を象徴する二大戦役だったと言えよう。

ともに受けてたつ側にまわったハプスブルグ家の決意は悲壮だった。

信長ハプスブルグ軍の主力は畿内の敵勢力に足をひっぱられて京都を動けず、信玄の進路に位置する徳川家康は、信長とベネチアのわずかな支援をたよりにこれを迎えうった。

結果は火を見るより明らかで、武田の誇る騎馬軍団は徳川軍団をこっぱみじんにする。織田軍の平手汎秀《ひろひで》は戦死、ベネチアの傭兵隊長バスコ・ビュルギも重傷を負い、三日後に死亡した。

悲報はほどなくスペイン宮廷に届いた。

フェリペ二世は卒倒し、廷臣は色をうしなった。

ベネチアでは総動員令がしかれ、日本まで艦隊を派遣する準備が始められた。

が、こうした中、ひとり泰然として慌てる気配を見せなかった男がいる。

信長その人である。

信長は武田軍団の強さは評価しつつも、それが半軍半農の兵士であることに注目し、長期の戦役に堪え切れないとふんでいた。このため武田に対しては終始主力軍団を温存する方策をとる。

翌七三年、信玄陣没。

武田家は信玄の遺言にしたがって喪を伏せる。

しかし信長は一挙に大攻勢に転じる。

まずはっきりと反信長の立場をあらわし、兵をあげた将軍義昭を追放し、幕府を滅亡させる。

ついで朝倉の本拠一乗ケ谷に侵攻。

義景自刃。

更に返す刀で近江小谷城を囲む。

浅井父子これまた自刃。

ここにあっけなく第一次反ハプスブルグ網は壊滅した。

教皇パウルス四世は失望のあまり、大声で「エリ、エリ、ラマ、サバクタニ」と叫んでこの世を去り、ネーデルランド独立戦争は冬の時代を迎えた。

四

第二次反ハプスブルグ網は意外な勢力の台頭によって実現した。

イギリスである。

島国イギリスはこの時代急速に発展しつつあった。

彼らは第一次反ハプスブルグ網においては静観の姿勢をたもっていた。

彼らの海軍はいまだ弱小で、強大なスペイン艦隊と正面きって対決する力がないことを知っていたからである。

しかし彼らは表面上スペインとの友好を保ちながら、その裏で猛烈な対スペイン闘争を繰り広げていた。

すなわちスペイン船をターゲットとした海賊行為である。

卑怯という点では史上類をみない才能を有するこの国家は、スペインの抗議をうけるたびに海賊摘発を約束しながら、陰ではこのあくどい私掠行為を奨励した。（その代表者ドレーク船長は、その残忍きわまる海賊行為によってサーの位を授けられた史上稀なる存在である。）

イギリスはまた浅井家滅亡で虫の息となっていたネーデルランドの独立勢力（ユトレヒト同盟）にも援助を与えていた。

しかし、日本における反ハプスブルグ勢力の壊滅は、もはやそうした対症療法ではまにあわないほどヨーロッパ情勢を逼迫《ひっぱく》させていた。

かくして彼らはヘンリー八世以来犬猿の仲である筈のローマ教皇庁とも和解した。

そして毛利氏と共同で本願寺を支援する態勢を整えた。

またトルコとも外交関係をひらき、その同盟国である上杉家に款《かん》を通じた。

これらはすべて秘密裏におこなわれた。

このため信長がこの謀略に気づいたとき、すでに第二次反ハプスブルグ網は完成した後であった。

それは第一次のものと比べても遜色がない陣容であった。

すなわち外からは毛利、武田、上杉の大勢力でもって囲み、内からは本願寺、三好党でもって攪乱《かくらん》する。

裏切り工作も盛んになされた。

摂津守護の荒木村重の謀叛はイギリスに使嗾《しそう》されたものだし、松永久秀の再謀叛もゲルマン諸侯と血縁関係にあるイギリスが一枚嚙んでいるのは明らかであった。

が、信長は慌てなかった。

毛利には羽柴秀吉をあて、上杉には柴田勝家をあてた。本願寺は佐久間信盛父子をして包囲せしめ、松永、三好の徒は一瞬にしてうちたいらげた。

そして最大の脅威、武田騎馬隊も一五七五年五月、有名な長篠の合戦で壊滅させた。

信長はこれを機に積極的にうってでるようになり、反織田同盟は攻撃的なものから防御的なものへと変質した。

世界がハプスブルグ家と織田家で分け取りになるのは時間の問題と思われた。

五

さて、いよいよ問題の一五八二年である。

織田、ハプスブルグの枢軸にはもはや弱点はほとんど見当たらなかった。

この二者は財政的にも軍事的にもほぼ他を圧していた。（ただし、ポール・ケネディが指摘するように、ハプスブルグ家は借財のほうも莫大だった。しかし、ハプスブルグ家のヨーロッパ支配がそれによってついえたとする見方には問題がある。なんとなればハプスブルグの借財の大半は軍事費であり、もしこのまま軍事的にヨーロッパを制圧しきれば、それらは大幅に削減される性質のものだったから。）

両家の敵はすべて、そのスケールにおいてはるかに両家を下回っていた。

たとえば、一五八〇年における両家及びその味方の動員可能兵力の概算をあげると次のようになる。

織田家二十二万
スペインハプスブルグ家二十万
徳川家五万
ベネチア共和国二万

計四十九万

次に敵対勢力をあげてみよう。

毛利家四万
上杉家三万
フランス八万
イギリス三万
スウェーデン一万五千
ユトレヒト同盟二万

計二十一万五千

見ての通りその勢力に二倍以上の開きがある。

尋常にことがとりおこなわれれば、その勝負は戦わずとも明らかだと言ってよい。

だとすれば、反対勢力にとってとりうる闘争形式はただひとつ、すなわち非尋常なる闘争形式のみである。

尋常な闘争が味方の長所をして敵の短所を討つことだとすれば、非尋常の闘争は味方の短所をして敵の長所を討つことにある。

織田家の長所、それは信長の天才性である。ハプスブルグ家の長所、それは財政力である。

ということは、織田家の場合は信長個人の消滅、ハプスブルグ家の場合はその財政上のメリットの消滅が最大の打撃となろう。

後者の方は、すでにイギリスが海賊行為というかたちで、ネーデルランドが消耗戦というかたちで、それぞれ繰り広げている。

残るは前者、すなわち信長の消去である。

ここに「本能寺の変」の歴史的必然が用意されたのである。

六

信長消去のもっとも確実性の高い方法は、信長の信頼厚き者をして信長を討たしめることである。

だが、これは口で言うほど簡単なことではない。

なんとなれば、信頼される者はまさにそのゆえをもって厚遇されており、反逆して得られるうまみがないからである。

明智光秀の場合もまさにそうであった。

彼は自他ともに認める織田政権の顕官である。多くの予定調和主義者の切なる願望にもかかわらず、彼が信長から不興をかったという記録はない。それどころか並みいる譜代の重臣をおさえて、臣下のうちでは破格の待遇を受けていた。

この彼をして謀叛にもっていった黒幕は誰であるか？

そしてその黒幕はなんと言って彼をくどいたか？

歴史上この二点はこれまでまったき謎とされてきた。

常識的に考えるなら、まず光秀謀叛による最大の受益者を疑うべきである。

それは毛利でもなく、上杉でもなく、本願寺でもなかった。

それは羽柴秀吉であった。

だが、羽柴のバックにヨーロッパ諸国の影はない。（羽柴秀吉が天下を握ることによって、特別な地位を獲得した勢力はない。）

それに羽柴に天下をとらせるために、光秀に謀叛をそそのかすという設定には無理がある。

ここで信長消去によるもうひとりの受益者を思い出さねばならない。

すなわち徳川家康である。

彼こそは短命に終わった豊臣政権を受け継ぎ、二百数十年にもわたる徳川政権を樹立した、最大の受益者であった。

ここで状況を整理する。

この時点で、家康をバックアップしているのはベネチアである。

ベネチアにハプスブルグ家を追い落とそうという動機はない。この昔気質の商業国家にとって、新興のイギリス、オランダ以上に憂鬱な存在はない。

が、家康自身には信長をしりぞける動機はある。なんとなれば、彼は本来ならば織田家との対等の同盟者である筈なのに、幾多の戦役で家来の武将同様に扱われていた上、信長が日本を平定してしまえば、その功績の大きさゆえ邪魔者になりかねない存在である。

しかし、在来の史家の多くは家康はシロとする。

理由はふたつ。

ひとつは、本能寺の変のおり、家康は丸腰で大坂にいたということ。そのため家康は命を失いかけたということになっている。

もうひとつは先に述べた通り、家康の同盟勢力たるベネチアがハプスブルグ＝織田体制を望んでいたということによる。

だが前者は怪しい。

話が出来すぎている。

問題は後者である。

確かに説得力がある。

しかし、ここでわたしたちが見のがしてならないのは、信長が消去され、それにひきずられるようにしてヨーロッパの覇者ハプスブルグ家が没落した後、家康とベネチアの関係は急速に冷え、逆にイギリス、オランダと友好関係を厚くしているということである。（その代表者が三浦按針である。）

家康がベネチアと関係を結ぶ一方で秘かにイギリス・オランダ連合と気脈を保っていたとすれば、話は一変する。（それを裏書きするように当時家康は数着のイギリス製のツイードの大礼服をあつらえている。）

前後の状況を勘案すれば光秀をくどいたのは、まずは家康とイギリスとオランダ（ユトレヒト同盟）であろう。

くどき文句は当然、光秀、家康、イギリス、オランダによる世界支配である。

だとすればいかな織田家の顕官光秀とて食指は動こうし、イギリス、オランダ、徳川氏がバックにつけば、万が一にも仕損じることはないと踏んだであろう。

逆に言えば、それ以外に光秀にやる気をおこさせる条件はありえないと見るのが妥当である。

だが、光秀のクーデターがうまくいったのは、信長消去までだった。

羽柴秀吉なる者が彼らの十中八九手に入れた天下を横合いから奪い去ってしまったのだ。

家康は慌てて被害者の演技に没頭する。

イギリス、オランダもこの新しい権力者の意向が分からない以上はほっかむりをする。それにそもそもハプスブルグに大打撃を与えただけで、彼らにとっては大成功なのである。（オランダの独立宣言は一五八一年、本能寺の変の直前になされた。しかしこの独立宣言が実質的な効力を持つのは、本能寺の変によってハプスブルグ家の力が大幅に減退した以降のことである。）

かくして光秀は見捨てられ、この史上最大のクーデターは秘密のうちに葬り去られたのである。

七

秀吉政権成立後も、家康とイギリス、オランダは秘密裏に連絡をとりあったと思われる形跡がある。が、秀吉は半ばそれを黙認していたようである。なんと言っても彼らの陰謀のおかげで天下を握ることができたのだ。

そして一五八八年、ついにハプスブルグ家の没落を決定づける事件がおこる。すなわち無敵艦隊の敗北である。

この報を聞いた秀吉は、もはやハプスブルグに義理だてする必要なしと、即座にイエズス会系のキリスト教徒の追放を決める。

これが結果的には世界覇権を目指すハプスブルグ家のとどめとなる。

以後、ハプスブルグの双頭の鷲はヨーロッパ以外のいかなる土地にも新しく掲げられなかった。

この後、世界はイギリス＝結城秀康と、オランダ＝徳川秀忠の対決に焦点を移してゆくことになるのであるが、それはまた稿をあらためて記すことにする。

光秀と紹巴

正宗白鳥

正宗白鳥　1879～1962

岡山県生まれ。1896年に東京専門学校（現在の早稲田大学）に入学。内村鑑三に出会い翌年にクリスチャンの洗礼を受けるがその後棄教。島村抱月の指導を受け、在学中の1901年に読売新聞に批評「鏡花の註文帳を評す」を発表する。同社に入社し文芸記者として批評を発表するかたわら1904年に『寂寞』を発表し小説家デビュー。1907年には専業作家となり、1908年の『何処へ』が認められ自然主義文学の旗手として注目を受け、以来、虚無的・冷笑的な作風で知られる。戯曲や評論も多数発表し、1936年に小林秀雄との間で「思想と実生活論争」が起こる。1950年文化勲章受賞。

底本：『日本の文学　第十一巻』（中央公論社、1968年）

人物
明智光秀
紹巴《じょうは》
明智左馬助
同次右衛門尉
斎藤内蔵助《くらのすけ》
藤田伝五
溝尾勝兵衛
野武士三人
侍者、飛脚など

（一）ノ一

時は、五月二十八日夜。

所は、愛宕山の西の坊。

昼間の連歌興行に用いた文台が、書類筆硯などを載せたまま置かれてある。その側にほの暗い燈火《あかり》が置かれてあって、寝床を並べて寝ている二人の姿をかすかに照らしている。

一人は明智光秀（五十五歳）で、一人は連歌師里村紹巴（五十歳くらい）である。

光秀、ふと何ものかに脅かされたように起き上って、室内を見廻し、やがて窓を開けて外を見る。紹巴も頭も持上《もた》げて、うさんくさい目で光秀の方を見る。光秀、何か考えながら寝床へ戻ったが、横になるのを忘れているように、蒲団の上に坐る。

紹巴、起き上る。

紹巴　殿様は御気分がお悪いのでございますか。
光秀　いや、気分は悪くはない。（慌てて打ち消して）おれは面白い句を考えていたのだ。
紹巴　面白い句とおっしゃるのは？（光秀の顔を見守って）今日の百韻の連歌のうちでも、殿様のお作りなされた発句はことのほか凜然としているのに驚きましたが、それに飽き足りないで、もっと奇抜な面白い句をお考え遊ばしているのでございますか。
光秀　いや、年甲斐もなくあんな血気に早った
ような句を作ったことを、おれは後悔している。
古格に通じた其方《そち》などの気にも入らないに違い
ない。
紹巴　（感慨を籠めて）わたくしどもの守ってい
る連歌の道はもう末でございます。誰《だ》れも彼《か》れ
も、前人の模倣ばかりをして、千篇一律無味乾
燥になりましたから、近年ますます連歌の衰え
るのも無理はございますまい。山崎宗鑑や荒木
田守武の開いた俳諧の道に志す者を、一概に下
賤な好みとして嘲《あざけ》るわけにはまいりません。
光秀　其方がそんなことを云うのは不思議だよ。
応安の新式目とか、宗祇や兼良卿の新式追加と
か、旧来の連歌道の講釈を後生大事に聴かせて
くれていた紹巴先生が、今日の卑俗な流行を是
認するのはおかしいじゃないか。
紹巴　そう仰せられると一言もございません。
……わたくしも今夜は眠っていながら、いろい
ろと物を考えておりました。
光秀　其方はさっきまでよく鼾《いびき》を掻いていたよ。
紹巴　でも、あなた様がおりおり溜息をお吐《つ》き
遊ばすのを、夢のうちに耳に入れておりました。
光秀　おれが溜息を吐いたかしら。それは其方
の夢じゃないか。……おれは今日、連歌を終え
たあとで、すぐに丹波へ帰城すればよかったの
に、皆なの風流な話に引き込まれてぐずぐずし
ているうちに帰りそこねてしまった。こんな静
かなところで考え事をしてると、かえって頭の
疲れるものだな。其方などは気楽で羨《うらや》ましいよ。
紹巴　それはあなた様は中国筋御出陣の日が迫
っておりますから、何かとお心遣いをしていら
っしゃるのでございましょう。
光秀　おれも長い年月《としつき》、戦場《いくさば》では艱難《かんなん》辛苦をし
て来たのだ。今度の門出に格別に心を悩ますわ
けはないのだが、このごろの蒸し暑い鬱陶しい
空模様がおれの頭を圧《お》しつけるようでしょうが
ないよ。今も外の爽やかな夜風に吹かれて頭を

冷すつもりだったが、今夜は外の風もじめじめしていていけない。……こういう時には気持のいい晴れ晴れとした句は思い浮かばないものだな。

紹巴 さようでございましょうか。でも、「時は今天《あめ》が下知る五月哉《かな》」……御元気過ぎるほどのいきいきとした名句ではございませんか。

光秀 あんな句がなんで名句なことがあるものか。いたずらに文字を並べただけのものだ。西の坊の脇も平凡であったが、其方の附けた第三の句だけは、何だかわけがありそうだ。意味深長に思われるよ。おれは、さっきも、独りでその句の意味を考えていた。……「花落つる流れの末を関とめて」

紹巴 (慌てて打ち消すように)わたくしの句には何の意味もございません。

光秀 いや、そうであるまい。連歌興行の折から、其方の目がおれに何か云ってるように思われてならなかった。不断は剽軽《ひょうきん》な風流人の其方の顔がおれには眩《まぶ》しくってならないのだ。

紹巴 どうかさようなことを仰せられないように。(恐怖に打たれたように)わたくしには、今日はあなた様のお眼力が胸に響いて怖うございます。

光秀 いや、其方の眼力が恐ろしいよ。耳を留めて聞いて見ろ、どこかで梟《ふくろう》が鳴いてるだろう。

紹巴 (耳を澄まして)なるほど鳴いております。それに一時止んでいた雨の音がまた微《かす》かに聞えだしました。

光秀 外は真暗だ。おれが生まれてから見たことのないほどに気味の悪い真暗な闇の夜だ。その闇の中に梟が鳴いているが、其方の目が梟の目のようにおれには見えるよ。

紹巴 どうかさようなことは仰せられないで、お心を鎮めておやすみ遊ばしませ。夏の短夜は明けるに間もございますまいから。

光秀 おれはさっきは、夜の明けるのを待ち焦《こが》れて、窓の外を覗いて見たのだが、今其方の顔を見ていると、もっと夜が続けばいいと思われるのだ。

紹巴　あなた様のおっしゃることが、わたくしにはどうも合点がまいりません。

光秀　おれも合点が行かない。（燈火《あかり》の方を見て）そこの弱々しい燈火《ともしび》を、おれの溜息で吹き消したら、部屋の中も真暗だ。外の暗さにまけない闇の夜になるのだ。おれと其方の二人きり、闇の世の中に差し向いでいることになるのだ。

紹巴　どうか燈火はお消しなさらないようにお願い申します。

　ふと、窓から洩れ来る風で燈火が消える。舞台真暗になる。

紹巴　（震え声で）殿様、どうなされました？

光秀　おれはどうもしない。燈火はおのずから消えたのだ。……其方とおれとは暗闇の中に向い合っているのだが、梟のような其方の目では光秀の心が見えるのか。

紹巴　わたくしはあなた様の御贔屓《ごひいき》に預かっている平凡な連歌師でございます。どうしてあなた様のお心の中が分りましょう。……わたくしは燈火を持ってまいりましょう。

光秀　まあ待て。……其方は昼間、連歌興行の最中に、おれが本能寺の溝の深さ浅さを訊ねたら、もったいないお訊ねだとおれを咎《とが》めたではないか。このごろ降りつづく五月雨《さみだれ》に、どこの溝も水量《みずかさ》が増したであろうのに、それを訊ねたのがなぜいけないのだ？

　紹巴、答えず。

光秀　オイ、紹巴、返事をしろ。……おれの心に疑いをかけている者は、天下に其方一人だ。……おれが句作に心を取られて、粽《ちまき》を包葉《かわ》のまま噛《かじ》ったのを、其方はうろんな目つきで見ていた。……おれの溜息の数までも数えていたのだろう。

　紹巴、答えず。すぐ側で梟が鳴く。

光秀　貴様は声までも梟の真似をしておれを脅かすつもりか。

そこへ、ふと、小姓吉之丞が手燭を持って入って来る。光秀一人が端坐していて、紹巴の姿は見えない。

光秀　紹巴はどこへ行った?

小姓　わたくしどもの臥所《ふしど》へまいっております。

光秀　紹巴をここへ呼べ。それから、夜明け前に出立するから、其方どもも今から支度《したく》に取りかかれ。

小姓　はい。……まだ真夜中でございますが。

小姓は燈火を点ける。

光秀　暗ければ松明《たいまつ》の用意をさせろ。闇にも雨にも構わないで急いで丹波へ帰るとおれは決心した。

小姓　お供の衆にさよう申し伝えます。

小姓、次の間に入る。

光秀、文台を引き寄せて、連歌用の懐紙に向って、発句を書きつける。

紹巴は恐る恐る入って来る。

光秀　これを読め。

紹巴、懐紙を受け取って読みながら、光秀の顔色をぬすみ見する。

光秀　「時は今天が下知る五月哉」(凜然と言い放って)……おれは闇を冒し雨を冒して帰城する決心をしたよ。それで、其方をも一しょに連れて行こうと思っている。

紹巴　(当惑して)わたくしに亀山までお供しろとおっしゃるのでございますか。

光秀　いやとは云うまいな。

紹巴　お仰せつけは有難《ありがと》うございますが、旅の用意はいたしておりませんので、一度帰宅いたしました上で。

光秀　それはいかんよ。用意も何もいるものか。……其方の目つき顔つき言葉つきの一つ一つが、おれの心を動かしているのだ。梟のような其方の口がおれの心を突っついている。おれは其方を離すわけには行かない。亀山へも連れて行く。おれの戦場へも連れて行く。おれの発句の意味が実際にどう働くか、其方のその目でよく見るようにしろ。

紹巴　臆病者のわたくしは、戦場は恐ろしゅうございます。

光秀　今日のおれの心の動きをいろいろに監視していた其方だ。これから先《さ》きも、おれの側に附き添っていて、よく見ているといい。（脇差を手に執って）おれはお前と寝床を並べて、連歌の話をしている間に、いく度この刀に手をかけようとしたか知れなかったのだが、今は其方に対して毛頭害意を持っていないから安心していろ。

紹巴　（おどおどしながら）お殿様はなにゆえ今日に限ってわたくしをお憎み遊ばすのでございましょうか。

光秀　安心しろ。ただ今は決して其方を憎んではいないよ。躊躇逡巡していたおれを其方は刺《し》戟《げき》して、行くところまで行くように決心させてくれたようなものだ。今書いた発句と、昼間書いて神前に収めた連歌の発句と、同じ文字でも、おれの心の現われが違うのが、其方に分らないことはあるまい。……昼間はまだ文字に遊びがあった。

紹巴　何の御決心でございますか。

光秀　空呆《そらとぼ》けるな。……其方の首を出陣の血祭りに備えるかわりに、其方を召し連れて、闇の夜を駆け廻るのだ。おれの発句がおれの出陣の旗じるしだ。……さっき其方の云ったように、人真似ばかりして古くさい文字の並べっこをしている連歌師も、生命《いのち》がけの戦場を往来したなら、少しは活気のある句が作れるようになるだろう。

紹巴　いえ、わたくしどもは、師匠譲りの連歌の真似事さえいたしておればよろしいのでございます。大それた望みを持ってはおりません。

光秀　自分で望まなくっても、其方はおれと一しょに行くところまで行かなければなるまい。其方をおれの目の届くところから放すわけには行かないよ。覚悟をしろ。

紹巴 （ようやく決心したように）ハイ。……では、どこまでもお伴いたしましょう。
光秀 おれは馴染《なじ》みの深い其方を決して苦しめようとは思っていないよ。ただおれの心に最初に疑いを挟んだ其方を打っちゃるわけに行かないのだ。だから其方も覚悟をして、行く先々で面白い句でもつくって、おれを慰めてくれ。
そこへ、小姓入って来る。
小姓 御出立の用意が調《ととの》いました。
光秀 そうか。……紹巴先生も丹波へ御同行なさるのだ。（紹巴に向い）さあ、行こう。一しょに闇の中をつっ走ろう。
光秀、紹巴の腕を取って引き立てる。

（一）ノ二

闇の中を松明で道を照らして、四五騎が馳《は》せている。そのうちの一人は光秀で、一人は紹巴である。紹巴は半死人のごとく喘《あえ》ぎ喘ぎ随《つ》いて行く。
光秀 鬱陶しかったおれの頭も次第に晴れ晴れしくなりかけたよ。東の空もいくらか白んで来たではないか。今日は久しぶりで五月晴れのうららかな空が見られそうだな。
紹巴 御意にございます。（苦しげに云う）
光秀 光秀はもう、昨夕《ゆうべ》のように溜息ばかり吐いてはいないぜ。（ふと、向うを見つけて馬を留める）みんな馬を留めろ。向うから怪しい奴がやって来る。……紹巴、其方の目ではあれが何だと思われる？
紹巴 さあ、何でございましょうか。
光秀 吉か凶か。先見の明のある其方にも分らないのか。……燈火を持って夜道を急いで此方《こちら》へまいる奴は、おれの前途の運に関わりがありそうだ。
紹巴 お殿様の御運に関わりのあるかないかは分りませんが、今時こんな淋しい野道を通っている人間は、ただ者ではございますまい。……そう云えば、わたくしも、何のために殿様にお随き申して、こんな夜道を通っているか、われ

とわが身が分らなくなりました。（泣き言のように云う）

光秀　歌詠《うたよ》みという者はよくよく意気地がないものだ。（笑う）

そこへ、飛脚某が急ぎ足で入って来て、ふと、光秀の一行を見て驚く。会釈して道を避けようとする。

光秀　オイ、待て。其方は何者だ？

飛脚　亀山のお城へまいる者でございます。

光秀　亀山の城へ？……おれはさっきからそうだろうと思って見ていた。……其方はいいところでおれに会ったのだ。亀山まで行くには及ばん。用事を云え。聞いてやろう。

飛脚　（相手の顔を注視して）あなた様は亀山のお殿様でいらっしゃいますか。

光秀　おれが光秀だ。おれの顔も知らないような雑兵を使者によこしたのか。……そんなことはともかく、早く用事を云え。

飛脚　森お乱所《らんどころ》様からの御書状を持参いたしました。

光秀　何、蘭丸からの手紙？（昂奮して云って）見せろ。

飛脚、背負った包みの中から文箱《ふばこ》を取り出す。従者の一人、それを光秀に捧ぐ。光秀それを開けて、従者の差し出した松明の光にて読む。

光秀　承知した。

読み終ると、そう云って、ふと、手紙を松明の火にて燃す。

飛脚　（それに驚きながら）お乱所様への御返事は承らせて頂くわけにはまいりますまいか。お殿様へ確かにお届け申し上げた証拠を頂きとう存じます。

光秀　おれの返事が欲しいというのか。欲しければ返事をしてやろう。

光秀、咄嗟《とっさ》に飛脚を斬り殺す。紹巴、その他の従者驚く。

光秀　信長公の御上意に、中国出陣の用意が出来たなら、人数のたきつき、家中の馬などの様子を見たいから、早速引き連れて京へ上れと仰せられたと、蘭丸からおれに知らせて来たのだ。主君の御寵愛を笠に着て、権柄《けんぺい》ずくでおれに物を云う森の小倅の手紙を焼いて、使者を斬った。（泰然として云って）紹巴にはおれの心が分っているだろうな。

紹巴　虚弱なわたくしは、疲労して夢のようでございます。

光秀　もう一走りだ。みんな急げ。

光秀馬を走らす。

（二）ノ三

亀山城外の広場。六月朔日《ついたち》の夕暮れ。

明智光秀、小姓吉之丞を連れて出て来る。

光秀　紹巴は城内のどこにもいないと云うのだな。

小姓　午《うま》の刻までは、あの方は死人のような顔して寝てばかりおりましたが、しばらく立って部屋を覗くと、どこへか行って姿が見つかりません。

光秀　出陣の準備に取りまぎれて、あの男のことは忘れていたのだ。……あの臆病者、逃げたってどうもしないだろうが、念のため、も一度捜して見ろ。

小姓出て行く。光秀床几《しょうぎ》に腰を掛けて、五月晴れの夕空を仰ぐ。そこへ、明智左馬助、同次右衛門尉、斎藤内蔵助、藤田伝五、溝尾勝兵衛が入って来る。

左馬助　みんなを召し連れてまいりました。

光秀　（ふと元気づいて）こうして五人の揃ったのを見ると、おれも非常に心丈夫だよ。

左馬助　殿には人払いをなされて、我々五人の者に、火急な御談合があると云うのだ。（他の仲間に向って云う）

光秀　おれ一人でくよくよ物を思っているよりも、早く其方だちに相談すればよかった。長い間おれと艱難を共にしてくれた其方だちに、おれの心中を打ち明けるのを躊躇したのは愚かなことであった。

内蔵助　殿には先日来、ひどく物を案じていらせられたように思われました。愛宕山御参籠を終えて御帰城なされた時には、殿のお顔色はひどくお窶《やつ》れなされたように拝察いたしました。

光秀　愛宕山中の一夜は、おれも気が狂ったかと思われるほどの苦労をしたよ。一夜のうちに頭の髪も白くなったかと思われる。（苦笑を洩らして、ふと調子を変えて）さっきこの広場で人数調べをした時に、内蔵助は、大丈夫一万三千人は揃っていると断言したが、間違いはあるまいな。

内蔵助　それに相違はございません。皆なよく食って充分に休息している元気者ばかりでございますから、中国へ押し出しても、戦場の稼ぎは、羽柴殿の軍勢に勝るとも劣る気遣いはございますまい。

光秀　それは頼もしいな。（喜色を浮べて向うを見る）

次右衛門尉　（もどかしそうに）我々五人の者への内密の御談合は何事でございましょうか。出陣の手配りはすでに出来上っているのでございますが。

光秀　……まあ、おれの申すことを心を落ち着けてよく聞いてくれ。……おれも上様のお取立てで、三千石の小身から、にわかに二十五万石も拝領いたすようになったのだが、岐阜表で三月三日の節句には、大名高家《こうけ》列座の前で、面の皮を剝がれるような目に会わされたし、その後、信州上諏訪の御本陣では、欄干に頭を押しつけられて殴り飛ばされて、衆人稠座《ちゆうざ》の中で恥を掻かされた。今度は今度で、徳川殿御饗応のことから、無残なお叱りを受けて、にわかな西国出陣を仰せつけられた。こんな有様では、この次には、どんなわが身の大事に及ぶかも知れないと、おれは案ぜられるよ。

次右衛門尉　殿の御胸中は御推察申し上げております。

伝五　わたくしどもも、人知れず無念の涙を呑んだこともございました。

光秀　この年齢《とし》になって、子供か何ぞのように、打擲《ちょうちゃく》されているのを見た者は、さぞ腑甲斐ない奴だとおれを嘲るだろうな。

勝兵衛　上様はかような御気象だとお思いになって、御忍耐遊ばしたらよろしかろうと存ぜられます。上様は特別に殿に対しておにくしみを持っていらせられるのではございますまい。

光秀　勝兵衛はおれを忍耐力の薄弱な男とでも思っているのか。

勝兵衛　決してさようのことは。……

光秀　いや、今はくどくどと愚痴をこぼすために、其方どもを寄せ集めたのではないよ。おれは非常な決心をしている。

五人は目を凝《こ》らして光秀を見上げる。光秀は床几を下りて、敷皮の上に居直り、五人の者に近く接す。五人は光秀の言葉を待ち設けている。

光秀　……老後の思い出に、一夜なりとも天下をおれのものにしたいという決心をしている。（独り言のように云う）

五人の者驚いて言葉を発せず。

光秀　有為転変、栄枯盛衰の世の習いだ。一日たりとも望みを遂げればそれでいいと覚悟を極《き》めた。……其方だちが同意してくれなければ、おれ一人で本能寺へ斬り込んで、腹を掻き切るまでのことだ。……其方だちは何と思う。

しばし沈黙の後、

左馬助　殿御一人の御胸中でさよう思《おぼ》し召された上は、天知る地知る我知ると申すたとえの通り、そのままでは済みますまい。まして、五人の者にお打ち明けなされたのだから、御実行遊ばすほかはあるまいと思われます。

内蔵助　これほどの大事をよくも御決心遊ばしました。

次右衛門尉　おめでとう存じます。わたくしども、多年の胸のつかえが下ったように存ぜられます。

伝五　わたくしも双手《もろて》を挙げて御同意申し上げます。

光秀　（勝兵衛を見て）其方は何と思う。おれにもっと忍耐しろと申すか。

勝兵衛　どういたしまして。……明日から、わが殿を上様として仰ぎ奉られるように相成りました。こんな喜ばしいことはございません。……この上の御談合は御無用かと存ぜられます。

光秀　五人が五人とも同意してくれて、おれも満足だ。こんな時には、一人や二人は、唐人の古い言葉など持ち出して諫言《かんげん》立てをしたがるものだが、みんなが符節を合わせたように意見が一致したのは愉快だ。

左馬助　このごろは夜が短うございますから、これからすぐに発足いたしましょう。ほのぼのと夜の明けるころに本能寺をひたひたと取り巻いて、なるべくなら、五つより前に本能寺を片づけて、それから妙覚寺の若大将を討ち果すように手順をつけることにいたしとうございます。

光秀　おれもそう思っていた。……人数の少《すくな》い本能寺を片づけるに手間暇はいらないが、何よりも味方の士卒に二心《ふたごころ》を起させぬように注意するのが肝心だよ。

左馬助　その御心配は御無用でございます。右へ向おうと左へ向おうと、士卒どもの出陣の気持にかわりはございません。毛利の軍勢へ斬り込むのも、本能寺へ矢を向けるのも、彼らの気持に差別はございません。……京近くなってから、殿が天下様にお成り遊ばすと触れ廻らせましょう。下々の者草履取り以下にいたるまで、手柄次第で知行を与えると触れましたら、みんな揃って喜び勇むに相違ございません。

内蔵助　こう極《きま》ったら一刻も時を遅らせてはならない。速刻出陣のお触れを廻さなければなりません。

皆々立ち上る。

光秀　気おくれをするな。

あとから立ち上る。

(二)ノ一

六月十日の日暮れごろ。
下鳥羽の陣屋。
光秀、入浴後の軽装にて、例の陰鬱な顔して独酌でチビチビやっている。
そこへ、侍者が入って来る。

侍者　紹巴どのがお目通りを願っておりますが、いかがいたしましょうか。

光秀　紹巴が来ようとは思いもかけぬことだ。

侍者　上様は御多用でお疲れ遊ばしているからと、一応は断わりましたが、たってお目通りいたしたいと申しますので。

光秀　会ってやるからすぐに此方へ通せ。

侍者　ハイ。

出て行くと、光秀、また、物を考えながら盃を舐める。おりおり団扇《うちわ》をも使う。
紹巴、恐る恐る入って来て、恭《うやうや》しく平伏する。

光秀　其方にまた会えるとは思わなかったが、あの後どこで何をしていた?

紹巴　戦場を見せてやろうとの仰せに背きまして、お許しをも乞わないで、亀山のお城を退去しまして、申しわけのいたしようもございません。

光秀　それはもうすんだことだよ。……しかし、今度のことには其方も関係があるのだから、時々は其方のことを思い出していたよ。

紹巴　恐れ入ります。(やや安心して)上様がわたくしを憎んでいらっしゃるように思われましたので、お城を抜け出して、丹波の山中に二三日潜んでおりました。路用の金は持っていませんので、食うや食わずのひどい思いをいたしました。

光秀　馬鹿な奴だ。其方には骨折り賃を与えようと思っていたのに。

紹巴　上様の御大業に何一つお役に立たなかったわたくしにまで、御勝利のお裾分けをして下さるのでございますか。天下様におなり遊ばしたお噂を、山中で承りまして、それでは、お祝いに上らなければならないと思いまして、急いで京へ戻ってまいりますと、洛中の地子御免《ごめんじょ》恕の有難い御高札を拝見いたしまして、御仁政に感涙を催しました。

光秀　梟のような目をした其方も、おれの側に随いていなかったから、真相はなんにも分らないのだな。……まあ一杯やれ。……愛宕山の西ノ坊の一夜のことが、おれには遠い昔の夢のように思われるよ。

光秀の差す盃を紹巴は受ける。

紹巴　上様お手ずからのお酌はもったいのうございます。それに、あまり御酒をお嗜《たしな》みにならない上様が、今夜はお一人で召し上るのは不思議に思われますが。

光秀　なるほどそう思うだろう。おれもこのごろは連歌をつくる気持にはなれず、ほかに鬱憤晴らしの手段がないから、酒でも飲むことにしたのだよ。

紹巴　さすがは風雅の道を弁《わきま》えていらせられるので、尊い御身分で、お手酌を楽しんでいらせられるのは恐れ入ります。

光秀　ところが、こうしていても、なかなか風流な気持にはなれないのさ。酒というものは人の心を浮き立たせるものと極っているので、その名前に惚れて無理に飲んではいるものの、ちっともうまくはないよ。心が浮き立ちもしない。……酒と云えば、おれは七杯入りの大杯を内府殿に押しつけられたことがあったのだ。御辞退すると、酒を呑まんのなら、これを呑めと、鼻先へ白刃を指しつけられたので、おれは夢心地で大杯を呑み干したが、内府殿は、さては生命は惜しいものなんだなと冷笑なされたよ。

紹巴　内府様は残忍な方でございました。

光秀　もはやおれに、飲めない大杯を押しつけるものは、天下に一人もなくなったわけなんだが、それがおれにとっていいことだか悪いことだか、おれにはサッパリ分らなくなった。

紹巴　それはお身分が尊くおなり遊ばすほど、お心遣いも多うございましょう。わたくしどもは、上様御仁政の下に安穏に日が過されますれば、それで満足いたすのでございます。

光秀　其方はおれの力で天下がおさまると思って訪ねて来たのか。愛宕の山の闇の中を突き抜けて来たおれの名が天下に輝きだしたのを慕ってやって来たのか。

紹巴　もはやわたくしに対するお疑いは解けたことと存じまして。

光秀　其方があの時おれのことを本能寺へ注進するか知れないと気遣っていたのだが、それはもう済んだことだ。……これからおれの側にいてくれ。決して無慈悲な取扱いはしないよ。……たとい、まだ連歌の遊びをする気にはなれなくっても、其方のような男が側にいてくれると、おれは好きでもない酒をチビチビ飲むよりは、気晴らしになっていいのだ。

紹巴　上様のお側に置いて頂ければ、これほど仕合せなことはございませんが、戦場のお役に立たないわたくしが、お側でまごまごしていましては、かえってお目障りになりそうに思われます。

光秀　いや、其方も知ってる通り、おれは、内府殿や以前の朋輩とは好みが違って、女子供を側に置いて酒宴を催すことには、あんまり興味をもっていないのだよ。其方のような男と、とぼけた話でもしている方が、おれの柄に合っているのだろうな。……ところで、紹巴、おれはひどく人気の悪い男だよ。大望を遂げた今日、しみじみそれに気がついたよ。松永弾正でもおれほどには世間から毛嫌いされてはいなかったろうな。

紹巴　わたくしにはさように存ぜられませんが。……

光秀　其方は愛宕の山でおれの心を見破った最初の男だが、今日以後おれの運勢をどう思っている？（相手を注視する）

紹巴　わたくしはただの連歌師でございます。上様の御運勢のよろしいようにと願っておりますばかりで、世上のことは何事も分りません。

光秀　今まで神隠しに隠されていたような其方が、今日だし抜けにやって来たのは、何か深いわけがありそうにおれには思われるのだが。……とにかく、今夜から、おれの陣所へ留めておくから、その覚悟をしていてくれ。荒武者ばかりに取りまかれているので、おれの息が詰まりそうなのだ。

　紹巴、当惑している。そこへ、内蔵助が入って来る。

内蔵助　紹巴殿か。悠長らしく酒のお相手などして。……早くお立ちなさい。

光秀　そうむつかしく云うな。この男は陣屋に留めておいてくれ。この男はおれの運を左右する魔力を持っていそうに思われてならないのだから。……今日だし抜けに訪ねて来たのが、おれの仕事に関係がありそうに思われてならないのだよ。この男を帰さないで留めておいてくれ。……紹巴、其方はしばらく次の間に控えていろ。

　紹巴、おどおどして入って行く。

内蔵助　あんな坊主をなぜお相手になさいます。（不機嫌に云って）……ただ今、郡山から使いの者が帰りましたが、筒井順慶はお味方に加わる望みは全くなくなりました。郡山の城内に兵糧を貯えて、我々に敵とう準備をしているそうでございます。此方から持ち出した有利な条件さえ受け入れる見込みはなさそうでございます。

光秀　あの打算的の男がそう思ったのは、いよいよわが軍勢に勝目がないと見込んだのだな。

内蔵助　どうせ他人は頼みになりません。われわれだけでやれるところまでやるよりほかしようがございますまい。

光秀　婿の忠興にさえ憎まれたおれだが、こうまで四方八方から愛想を尽かされようとは思わなかった。……しかし、内蔵助、其方だちはまだおれに背こうとはしないか。

内蔵助　何を仰せられます。衣服に火のついたようなただ今の場合に、無用な口を利いてはいられません。

光秀　それもそうだ。速刻みんなを集めておけ。今後の方針を極めよう。……どうせ、亀山出立の際のように、衆議一決というわけには行くまいな。

内蔵助　しかし、仲間内は主君と生死を一つにする覚悟がついておりますから、それだけは御安心遊ばしませ。

光秀　ウウン。（気乗りのしない返事をする）

内蔵助、出て行く。光秀はなお盃を舐めている。顔には憂鬱の色が加わる。ふと側の団扇を取って煽《あお》ぐ。やがて、隣室から唸《うな》り声が聞える。光秀、不思議そうに耳を傾けて座を立ちかける。

光秀　誰れだ？　唸っているのは。

紹巴　わたくしでございます。紹巴でございます。

光秀　どうしたのだ。腹痛でも起したのか。

紹巴　ただ今内蔵助様に手足を縛られました。

光秀　（微笑して）内蔵助に縛られたのか。なぜそんな目に会わされた？

紹巴　生き死にの騒ぎの場合に邪魔っけだ、不吉な奴だとお怒りになって、あの栄螺《さざえ》のような拳でわたくしの頬骨をお殴りになりました。それでわたくしを柱に縛りつけて、ここを動くなとおっしゃって行かれました。

光秀　内蔵助は素早い奴だ。……亀山ではおれが其方の身体を自由にさせておいたから逃げられたが、そうしておけば大丈夫なんだな。

紹巴　どうかお揶揄《からか》い遊ばさないで、お小姓でもお呼びになって、わたくしの縛《いまし》めをお解きなすって下さいまし。

光秀　連歌興行の折り、おれの旗揚げの心を最初に読んだ其方だ。おれが、ドン詰りまで行って腹でも切る時には、辞世の発句を詠むから、其方が脇をつけてくれ。……連歌師は花見月見の句は詠めても、死生の境にはそれどころではないと云うのか。……しかし、無意味に苦しめては可哀そうだ。おれが縛めを解いてやろう。

光秀、座を立とうとしているところへ、侍者某アタフタと入って来て、跪《ひざまず》くや否や、

侍者 羽柴筑前殿の数万の人数が、摂州境に近づいたとの御注進がございました。

光秀 なに、秀吉が、……秀吉がもう此方へ向ったのか。

光秀、慌《あわただ》しく立ち上る。

他の侍者某入って来る。平伏して、

侍者 上様には速刻御評定の席にいらせられるようにと、内蔵助様がお願い申しております。

光秀 ただ今出かけるところだ。

光秀、出て行く。

「どうぞ、わたくしの縛めをお解きなすって下さいまし」と、紹巴の声。

「それどころではないのだ」と、光秀の声。

（二）ノ二

陣屋の一室。あたりは薄暗い。

紹巴、紐で縛られている。

斎藤内蔵助、溝尾勝兵衛と一しょに評定の室《ま》から出て来る。

内蔵助 （昂奮して）此方が堅まっていないところへ、こう早く秀吉に乗り込んで来られちゃ、味方に勝目はないよ。ひとまず坂本へ退却して籠城して工夫を凝らすのが差し当っての良策だが、おれの説を用いないと、大将もあとになって思い当るだろう。

勝兵衛 しかし、秀吉に恐れて退却したようで、味方の意気が沮喪《そそう》するかも知れないよ。どうせ此方には世間の人望がないのだから、破れかぶれでやっつけるよりほかしかたがあるまい。上様の腹の中はそうなんだろう。お前も我慢して、多数の意見に従って、やれるまでやって見てくれ。

内蔵助　どうせ、おれ一人で退却するわけにはは行かないからな。

二人はそう話しながら、ふと、紹巴の方を見る。

紹巴　内蔵助様、お慈悲でございます。この縛めをお解きなすって下さいまし。

内蔵助　坊主、まだそこにいたのか。

勝兵衛　紹巴どのじゃないか。何をして縛られたのだ。

内蔵助　こいつ、大将のところへ胡麻《ごま》を摺《す》りに来やがった。それで忌々しいからおれが縛ったのだ。

勝兵衛　可哀そうに。

内蔵助　連歌師だの絵師だの禅坊主だの、今日の時世にうるさい奴だ。大将もこんな奴に取り合っているから、勇気が減って気が迷っていけないのだ。

勝兵衛　しかし可哀そうだな。風流という名前は立派だが、贔屓の旦那がなければ生きていられないのだから。

内蔵助　ここの大将が天下を取ったから御機嫌伺いに来たのだろうが、今に、秀吉の軍が勝ちでもしたら、今度は猿奴《さるめ》のお髭《ひげ》の塵を払いに出かけることだろう。

そう云いながら行き過ぎる。勝兵衛も一しょに出て行く。紹巴、怨めしそうに見送って、自分で縛めを解こうとしてもがく。

そこへ光秀が考え事をしながら入って来て、紹巴に気づかないで行き過ぎようとする。

紹巴　上様、お慈悲でございます。

光秀、ふとその方に気がつく。

光秀　其方はまだそこにいたのか。

紹巴　どなたにお願いしても紐をほどいては下さいません。

光秀　其方がもう少し辛抱していれば、戦場へ連れて行ってやろう。

紹巴　さっき、上様は縛めをほどいてやろうとおっしゃったのをお忘れになったのです。……さっきお手ずから酌をして下すったように、恐れながら、お手ずから縛めをほどいて下さいまし。

光秀 さっきと今との間に、光秀の胸には槍の穂先きが突きつけられたのだ。其方の縛られた身体はおれの身体みたいだ。

紹巴 わたくしの目の前にも白刃が突きつけられているように見えます。どうぞお許しなされて下さいまし。

光秀 なに、おれは其方を斬りも突きもしないよ。お前が秀吉の間者になっておれの軍の準備を索《さぐ》りに来たのじゃあるまいし。

紹巴 わたくしは上様の御勝利をお祝いに上ったのでございます。

光秀 上様だの、御勝利だのという其方の言葉は、冷かしのようにおれには聞えるよ。……そこに坐っていて、おれのために辞世の句の用意でもしていろ。

光秀、行き過ぎる。紹巴、怨めしそうに見送っている。

鎧武者幾人も通り過ぎる。怪訝、軽蔑、さまざまな表情をして紹巴を見ながら行く。

紹巴 わたくしも戦場へお伴いたします。縛めを解いて下さい。

皆な黙って行く。あたりは暗くなる。しばらくして、覆面した野武士三人忍んで来る。

甲 大丈夫、この陣屋は空っぽだ。(次の室へ入って行く)

乙 オイ、誰れか縛られているぜ。(紹巴の方を見る)

紹巴 助けてくれ。

乙 お前は罪人か。

紹巴 お前だちは野伏《のぶせり》か。それなら、この紐をほどいてくれ。おれが案内して一儲けさせてやろう。

丙 そんなことを云って、この男を信用出来るだろうか。

乙 刃物を持っていないから大丈夫だろう。古ぼけた弱そうな奴だ。

紹巴　おれは歌詠みだ。安心して縛めを解いてくれ。

甲　待て待て。今の時世に人間の云うことが信用出来るか。ここの大将は大恩のある信長公を暗打《やみう》ちに会わせたのだ。そういう世の中に迂闊に他人の云うことが信用出来るか。

紹巴　なに、羽柴筑前どのがそこまで攻め寄せているのだから、ここの大将の寿命はもう知れたものだよ。

甲　どちらが勝とうと、おれだちの知ったことじゃないよ。負け軍《いくさ》の落武者どもの物の具を剝ぎ取るのが目のつけどころだ。

丙　全体お前は何をして縛られたのだ？

紹巴　（気取った口調で）ここの大将を打ち取るつもりで、頭を剃って連歌師になって入り込んだのだ。

乙　それがばれて縛られたのか。誰れに頼まれてそんな危いことをやる気になったのだ？

紹巴　信長公のお身内の方のおいいつけだよ。

甲　お前は見かけによらない太い奴だな。信長公の仇討《あだう》ちを一人でやろうとしたのか。

紹巴　おれを助けてくれ。あとで御主君に御褒美を貰ってやろう。

乙　そんな方なら、とにかくお助け申そう。

乙は手早く紹巴の縛めを解く。

甲　さあ、おれだちを案内しろ。

紹巴　おれに随いて来い。

紹巴あわただしく駈け出す。

（二）ノ三

十三日の夜、深更。

小栗栖《おぐるす》の田舎道。

野武士三人。紹巴、疲労した様子で一しょに歩いて来る。

甲　おれだちの目を忍んで逃げようたって駄目だ。信長公のお身内の家来だと云ったのが、嘘でもまことでも、光秀公の御陣所へ突き出すことにしよう。大罪人を引っ捕えたのだから、いくらかの御褒美が貰えるだろうよ。

乙　いくらの御褒美になるもんじゃあるまいが、二三日騙されていた腹癒《はらい》せに突き出してやろう。ここでぶち殺したところで一文にもなるもんじゃなしさ。

丙　何か由緒《いわれ》のありそうな男だが、おれだちの仲間に入らせるわけには行かないし。

紹巴　お仲間にでも何にでも入りますから、どうぞ生命はお助けなすって下さいまし。

甲　天下様を暗打ちに会わそうとした奴が弱い音《ね》を吐きあがる。

紹巴　本当はわたくしは、つまらない連歌師でございます。

甲　そう云って、おれだちをごまかそうとするのか。お陣所へ連れて行って調べてもらったら分ることだ。……おれだちもこのごろはいい目に会わなかった。

乙　どこかへ御奉公しようとしたって、今日の時世じゃ、どこの大名が勝つか負けるか分らんのだから。

丙　いや、強い方を選《よ》っていったって、戦場へ出されて殺されちゃ三文にもならないからな。どうせ生命がけなら、追いつかわれないで、隙《す》間《き》を見て野稼ぎをした方が気が利いている。

乙　それにしても、このごろのように不漁《しけ》が続いちゃしようがない。

甲　まあ、こんな坊主でも飯の種にして見るか。

丙　しかし、此奴《こいつ》は本当に、磔刑《はりつけ》になるほどの大罪人だろうか。空巣ねらいのコソコソ泥棒だったら、陣所へ連れて行ったって、三文にもなりゃしない。

乙　この面魂はどうしてもただの者じゃないよ。……さあ、行こう。

紹巴を引き立てて行こうとしているところへ、馬の音聞《きこ》ゆ。

甲　オイ。こんな夜更《よふ》けに馬の音のするのは変じゃないか。

乙　落武者だな。……占めた。隠れろ。（紹巴

を引き連れて、みんなが藪蔭に隠れる）

光秀、二三の従者と、疲れた馬に乗って、トボトボとやって来る。藪の中から槍の穂先が現われて、グサと光秀の脇腹を突く。紹巴、月光にて藪の隙間から苦悶している光秀の顔を見て驚く。光秀もそちらを見て驚きながら、トボトボと行き過ぎる。

その行き過ぎたあとで、野武士と紹巴現われる。

甲　たしかに一人だけはやっつけたはずだが。

（と、あたりを見まわす）

乙　血が滴《た》れているじゃないか。おれが見て来よう。（入って行く）

紹巴　今のはたしかに日向守どのだ。

丙　お前が暗討ちに会わそうとした光秀公か。いい加減なことを云うな。

紹巴　たしかにそうだ。おれは、あの方の謀反のはじめからしまいまで見せつけられた。おれだけが見たようなものだ。おれも恐ろしい世を見せつけられたものだ。あの方もおれの方を見ていられた。（震えている）

甲　あれが大将なら、占めた。……さあ行って見よう。

丙　用心しろ。あれが天下様なら、お供の者も相当の腕利きだろうぜ。

甲　なに、落武者になって大将も草履取りも差別があるものか。へとへとになって、半死人も同様だ。おれが行って見る。お前、この男の番をしていろ。

丙　あれが天下様なら、天下様を暗討ちにしかけたこの男なぞどこへ連れて行ったって、もう売物にならないじゃないか。召し取っても御褒美の種になりゃしない。

甲　なるほどそうだ。……この坊主、三文の値打もなくなった。どこへでも行きあがれ。

紹巴、悲しいような悦《うれ》しいような顔して、トボトボと出て行く。

明智太閤

山田風太郎

山田風太郎　1922～2001

兵庫県生まれ。少年時代から受験雑誌の小説懸賞に応募、何度も入選を果たしている。東京医学専門学校（現在の東京医科大学）在学中に、探偵雑誌「宝石」に応募した「達磨峠の事件」でデビュー。ミステリー作家として活躍するが、1959年刊行の『甲賀忍法帖』からは、超絶的な忍法を使う忍者の闘争を描く“忍法帖”シリーズで一世を風靡する。1975年の『警視庁草紙』からは明治時代を舞台にした伝奇小説で新境地を開き、その後『室町お伽草紙』、『柳生十兵衛死す』などの室町ものに移行している。晩年には、シニカルな視点から人生を語ったエッセイも執筆している。

底本：『明智太閤』（東京文芸社、1967年）

一

若《も》しもあのとき、本能寺の変の第一報が敵方に入っていたら？

のちのちまで、そのことを思い出すと、太閤自身、天意というものに一脈の肌寒さをおぼえる。

天正十年六月二日未明、本能寺にあがった炎と叫喚に、界隈《かいわい》の人々はおどろいて起きあがったが、三条の茶屋四郎次郎の寮でもその例外ではなかった。はじめ、ただの近火かと思い、それが本能寺であることに気がつき、さらに凄《すさま》じい矢うなりと刀槍のひびきに、次第に四郎次郎の顔いろがかわっていった。様子をみにかけ出していった使用人たちも、すぐににげもどってきた。殺気にみちた武者たちに追いかえされてきたのである。最初の知らせをもたらしたのは、信長の茶道衆長谷川宗仁《そうにん》であった。

「たいへんです」

「お、宗仁さん、いったい何事が起ったんです」

「明智の謀叛です。たいへんだ、たいへんなことになってしまった！」

「えっ、では右府さまには――」

宗仁はそれにはこたえず、四郎次郎にしがみつくようにして、

「御主人、飛脚を貸して下さい。この場合、織田家の飛脚をさがしているひまがありません。それで、そうだ、このおうちならばと気がついてとんできたのです。寸刻もあらそう使いです。はやく飛脚を貸してください」

「飛脚――ど、どこへ？」

「備中陣の羽柴筑前どのへ」

茶屋四郎次郎は庭にむらがってさわいでいる人々のうち、ひとりの男の名をよんだ。主人によばれてかけてきたその男の足は筋肉が黒びかりして、異常に長かった。四郎次郎が彼に用をいいつけているあいだにも、宗仁は縁側に腰をかけて、もらった紙にふるえる矢立をはしらせている。

「宗仁さん、ここから高松まで、およそ七十余里、それをこの男なら一日半で走りとおしてみせるといっています」

と、四郎次郎はいった。

すぐに兇変を知らせる書状は状筥《じょうばこ》におさめられ、その男にかつがれて、疾風のごとくかけ去った。

茶屋四郎次郎は堺の納屋衆海外貿易を家業としている。それで、堺とか、博多とか、京とか、一日を争って連絡する必要があるので、そんな飛脚をやとっているのだが、それにしても七十余里を一日半でゆくとは超人的な脚力であった。

「四郎次郎」

うしろで呼ばれて、茶屋四郎次郎はふりむいて、はっとした。そこに十六七の異様なばかりに美しい娘が、真っ黒な瞳をひろげて立っていた。

「お茶々さま」

と、四郎次郎はあわててその娘をおしもどして、

「おちついて下さいまし、えらいことになりましたが、どうにもなりませぬ、いまのところは、どうかこのまま、じっとなさって――いや、明智衆の眼にかかって、万一のことでもありましたらいけません。お茶々さま、どうぞ奥へ――」

おしもどされながら、西空の、いまにもここへ燃えうつってきそうな炎を、恐れる風もなくその娘は見あげていた。

信長の姪お茶々さまである。ふだんは未亡人の母といっしょに尾張の清洲城内にくらしているが、こんど伯父の信長が三日ばかりまえから安土から京都にやってきて、すぐに中国へ出陣してゆくというので、それを見おくりがてら京見物をするように母からゆるされて在京していたのであった。信長でさえ京に特定の宿舎がなく、本能寺に泊っているくらいだから、彼女が有名な富豪の茶屋四郎次郎の寮に託せられたのは、決して不自然なことではない。

お茶々は素直に人だかりからはなれたが、庭の泉水のそばにくると、ひとり不安そうにあとについてきた小柄な老人をふりかえった。

「源八爺や」

「はい」

「いまの飛脚に追いつくことができるかえ?」

「一日半で七十里はしると申しましたな」

老人は、指をおり、かるく足ぶみした。

「おそらく。――」

お茶々の陶器のように白い顔に朱がさしたが、それは燃え狂う炎の火照《ほてり》か、血潮のいろかわからなかった。

「追って、あの飛脚を殺し、書状は毛利におとどけ」

空は暗いのに、大地はひかっている、墨のように渦まいてながれる雲の下は、渺々《びょうびょう》たる泥湖のひろがりであった。ところどころ点々と黒く浮いてみえるのは、森のいただきだが、そのまんなかに、いまにも沈みそうに小さな城があった。毛利方の最前線、高松城の惨澹たる姿だ。これをめぐる百八十八町歩の泥湖は、城の抵抗に業をにやした羽柴秀吉が足守川、長良川、長野川などをせきとめ、流れを変えて、五月十九日の一夜につくり出したものであった。

毛利勢四万の大軍が来援したのは二十一日のことである。わずか二日の差で救援軍はこの人造湖の汀《みぎわ》にくいとめられた。わるいことに、中国路に豪雨がふりつづき、湖の濁流は渦まきかえって、さすが毛利の精鋭も、むなしく水中の城を遠望するばかりであった。が、拱手《きょうしゅ》してすごせば、刻々ふえてゆく水に城は没するのみである。いや、それより、信長自身大兵をひきいて出撃していくるという情報があり、五月末、ついに割地をみとめる代り、城兵の生命を保全する条件の和議を提出した。秀吉はこれを拒絶した。城将清水宗治の誅戮《ちゅうりく》はゆずれないというのである。毛利方は憤然として話は物別れになった。

そしてきょう、六月三日、雨はあがりはじめた。三万の羽柴軍は、湖の西岸に四万の毛利軍が、船やら筏《いかだ》やらくみたてて、しきりにうごきはじめたのをみた。やむなく毛利が戦闘準備にとりかかりはじめたのはあきらかであった。夜に入って、「いよいよ警戒を厳にせよ」という命令が秀吉から発せられた。

うすい月さえ出たその夜半。——羽柴軍の歩哨線に、まろぶようにかけていった影がある。ただし、後方の東からだ。そのため、それをみた哨兵もとっさの判断をうしなって、はっと眼を凝《こ》らしているうす闇に、

「もしっ羽柴さまの御陣はこのあたりですか。筑前守さまの御本営はどこに——」

絶叫が、そこでぷつんと弦でもきったように消えると同時に、影はもんどりうった。

「何だ」

「何ごとが起ったのだ」

数名の哨兵がその方へかけるよりはやく、もうひとつの影がやはり東方から疾走してきて、たおれた影の上にとびかかると、何やらうばいとった気配であった。とみるまに、たちまちとび立って、殺到する兵士のまえから、横へにげ出した。

「怪しい奴だ」

「待てっ」

抜刀して追いすがる哨兵より、にげる影はふいごみたいな息をはきながら、もっと疾《はや》かった。ひとり、たおれていた影をひきずり起して、その背に異様な武器がくいこんでいるのを発見した。ぬきとってみると、半月のような錐《きり》である。忍者独特の大坪錐という道具だと知れたのはあとになってからだ。これに刺された男は、もう死んでいた。

「曲者《くせもの》だっ」

「のがすな、待てっ」

「そっちは泥の海だぞっ」

ののしりながら追撃する前方からも、いたるところ哨兵がとび出す。二三度とらえかけたが、影は敏捷にそれをくぐりぬけ北へはしった。そしてにぶくひかる泥湖のふちまでかけつけると、いちどふりむいた。ほそい月にその男の髪が銀のようにひかるのをみて、すぐうしろまで追っていた兵が息をのんでわらじを土にくいこませたとき、その老人は水けむりをあげて湖へとびこんだ。

十四五人も水際にかけつけてきた哨兵から数条の赤い火線が湖面にたばしった。が、うすい月に渦まく泥湖は、人影やら浮流物やらしかとみえず、そのうえ、その月影さえもまた密雲に閉じられてしまった。

二

この怪事に色めきたった羽柴の哨戒線に、もうひとりの怪しい男がかかったのは五日ひるすぎのことである。それは鴉天狗《からすてんぐ》みたいな顔をした修験者であったが、弁解の言葉もきかずに屯営にひかれていって、無数の槍の柄でたたきのめされた。その痛みより、屯営のただならぬ様子から、すぐに彼は絶望的になったらしい。明智日向守から毛利へゆく使者であることを白状した。

鞘よりも二三寸みじかい戒刀の鞘のおくから、小さく折りたたまれた書状を読んで、調べにあたった部将の総身から血の気がひいた。六月二日、悪逆無道の信長を討ちとった。しかれば日向守近日に羽柴筑前追討のため発向するつもりであるが、そちらと中にはさんで、筑前にぬき足させず討ちとり申すべし、その上はいかようにもお望みに応じ候《そうろ》わんとかいた明智の毛利への秘状であった。

これをみて、秀吉は驚倒した。一時間あまり、呆然自失のていであった。やがて、黒田官兵衛、浅野弥兵衛、蜂須賀彦右衛門ら帷幕《いばく》の臣たちがぞくぞく呼ばれてからも、湖を俯瞰する立田山の本営は、数時間、そこに入った人間はみな死にたえたかと思われるくらい寂としていた。

敵にのしかかっていたところを、ふいに大地を崩されたようなものである。常人ならば失神状態におちいるところだ。しかし、この十死に一生もない窮地に、実に途方もない大ばくちをうち出したのは、さすがは秀吉であった。このまえ毛利方の申し出た条件のうち、領土はいらぬ、ただし、織田の面目にかけて、清水宗治のみに切腹させろ、それならば和議はうけてもよいという高飛車な申込みなのである。

「では、さっそくにも、安国寺を」

と、たちかける弥兵衛を、

「待て、夜に入ってにわかに呼び出せば、安国寺も敵も不審の気を起そう、肚《はら》をしずめて、明六日まで待て」

「そうです、筑前どの、敵が不審の気を起す――しかし、敵の手にすでにこの兇報、敵にとっては快報が入ってはおりますまいか。昨夜、哨戒線をのがれて湖へとびこんだ曲者が気にかかるのですが」

と、黒田官兵衛が不審げにいった。

「うむ、それはわしにもちと気にかかる。しかしな、この明智の書状によると、この兇変の起ったは二日の朝であるぞ。それが一日半で京からここまで七十余里とんでくるとはかんがえられぬ、明智の密使がせいいッぱいのところであろう。ましてや、湖へとびこんだ曲者は白髪の爺《じじ》いであったという。いよいよ以《も》って無縁のものとみる。おそらくあれは、盗賊同志の争いではあるまいか」

と、秀吉は断じた。

こちらからさし出した手をむこうがにぎるかどうか――和議なるや、疾風のごとく兵をかえすという奔放不敵な奇策が成功するかどうか――そのための最低条件は、信長死すという悲報を断じて敵に知られてはならないのだ。すでに哨戒の網の目は蟻一匹ものがさぬほど張られていたが、一方で、味方の兵にすら、撤退の時間まで秘密をたもたなければならぬ。なかんずく、毛利方から先日来の和議の談判にきて、その不調になおみれんをのこしてこちらの陣中にとどまっている外交僧安国寺恵瓊に知られてはならぬ。明智の密使は即刻ひそかに斬るように命じて、秀吉は席を立った。

すでに深夜であった。幕のむこうでは、すぐに放胆ないびきがきこえた。いつのころからか、じぶんに天運がついていることを確信しはじめている秀吉であった。信長の死をきいて、一時は自失したものの、いまや密議の席ではすでに眼に笑いのひらめくのを一同はみた。この大兇報すら、もはやおのれの天運のひとつにかんがえていることはあきらかであった。

翌六日朝、安国寺恵瓊は毛利方へもどっていった。敵陣営に属する人物ながら、はやくより秀吉に眼をつけて、秀吉に天運ありという信仰をうえるのにもっとも影響をおよぼした怪僧である。

しかし、小舟にのって、湖をわたり、毛利の陣営にちかづいてゆくにつれて、彼の背に理由のわからぬ妙な不安感がしのびよった。いつのまに作ったのか、いや、そのいくつかは、おととい、きのう、織田方の陣営で遠望したが、それからは想像もつかないおびただしい筏が、濁水にひたる森蔭に陰顕しているのである。それよりも、毛利の陣営そのものに、曾《かつ》て見たことのない、天もつくような壮気と戦意が波うっているのが感じられるではないか。何が起ったのか、見当もつかない。

「小早川の殿はおられるか」

舟とともに心の動揺をおぼえつつ、安国寺は岸にちかづいてよびかけた。

「織田方より、安国寺帰陣つかまつった。先般来の和議の件につき、あらためて話合いたしたいことがあるとのことです」

岸につくと同時に、向うから扈従《こじゅう》をしたがえて、小早川隆景がゆっくりとあるいてきた。

「安国寺か。ちといそぐことがある。この場できこう」

と、彼はいった、いったい最初の和議はこの隆景と安国寺の方寸から出たもので、父の元就に似て穏厚《おんこう》篤実そのもののような面貌に、いままで恵瓊のみたことのない凄じい気魄《きはく》があった。

安国寺恵瓊は、すでに気をのまれて、秀吉の新しい条件をのべた。

「筑前は狂人か」

穴のあくほど恵瓊の眼をのぞきこみながら、ききおえて、最初に隆景の口からもれたのがこの言葉であった。

「右府を討たれて逆上したか。それとも、あの猿冠者め、苦しまぎれの鬼面でわが方の胆《きも》をひしごうという子供だましの悪智恵をしぼったか？　もはや、すべては承知だ、その手はくわぬ！」

気死したような安国寺は、殺到してきた雑兵に両腕をとられ、隆景のまえにひきずられていった。

「それにしても安国寺よ、そちは毛利のために敵営に使いしながら、いつのまに筑前の犬となったか。それほどの大事を秘して、何くわぬ顔で左様な白痴の話をうけてもどるとは、あきれはてて二の句がつげぬ。それが毛利に過ぎたるものと評判たてられた安国寺のすることとか」

「右府——右府が討たれましたと？」

恵瓊はあえいだ。けれど脳裡には、昨夜から秀吉の本営にながれていたただならぬ空気を思い出して、さては、と驚愕していた。不覚といえば大不覚、迂闊といえば大迂闊だ。しかし、だれがそのような大変事を空想できたであろうか。

「うそです。筑前が、それほど手ひどく拙僧をあざむくものとは存ぜられぬ！」

「うそか、まことか、あの世へ参って信長にきけ。いいや、やがて筑前も追いおとしてくれるゆえ、地獄で筑前に恨みをのべよ。裏切者！」

隆景の陣刀が一閃して、安国寺の首はまえにおちた。その血のしずくを刀とともにたかく宙にあげて、隆景は吠えた。

「よし、討って出《い》でよ、右府信長はこの世にないぞ、敵はすでに喪神しておる。恐れるな、ひるむな、一押しすれば崩れるは必至、崩れたらまっしぐらに、ひとりのこらず追い殺せ！」

その声がりんりんと湖の果てまでひびきわたると、穂すすきのような刀槍と雄たけびを盛った無数の筏が、対岸めがけて漕ぎ出された。

突如として秀吉が、鼠みたいににげ出したのがわるかった。

顔も鼠に似ているが、それに似げなく豪気で陽性なこの人物にはめずらしい醜態である。——もっとも、まっさきに馬で駆けながら、「かまうな、毛利に手出しするな、京にこそ大事がある。おれのあとからこい、おくれるな、いそげ、いそげ！」と叱咤の声を風にのこしてはいったのだが、何もしらされていない羽柴の将兵の大半は、ただあっけにとられたばかりであった。

もっとも、秀吉が狼狽したのは当然だ。本能寺の難を知った直後、彼の何より戦慄したのは、ここに膠着して、明智軍との挟みうちとなることであった。だれよりも、光秀自身が毛利にその決意をつげているのである。その運命をのがれる唯一の方途は、一刻もはやく上方へもどって、織田の諸将をみずからの手に糾合し、優勢の裡《うち》に明智と相対することにあった。といって、なんの策もほどこさずに退却を開始すれば、毛利の追い討ちをうけるは必定である、そこで、まず当面の敵の胆をぬいておくべく、のるかそるかの大ばくちをうったのだが、事態は最悪の相を以て酬《むく》いてきた。策士策にたおれるの趣《おもむ》きがあって、こういう結果になるならば、最初に事変を知った四日の未明になんのためらいもなく撤退作戦にうつるべきであった。

彼がまっさきかけてとび出したのは、むろん毛利をおそれてではなく、この最初の考えに敏速にもどったからである。恥も外聞もあとになればすすげることだ。何か一事に失敗してもそれに拘泥せず、涼しいばかりの回転速度を以て新しい方策にのりかえるのは、秀吉の一大長所に相違なかった。——しかし、あとにのこされた将兵こそ災難であった。

秀吉の遁走もしらず、ござんなれと毛利軍を迎撃しようとしていた将兵は、このときようやく、「右府さまが亡くなられたのだ。信長公が明智に討たれなされたのだ」という地震《ない》のような声にゆりうごかされた。

ひとたび潰乱におちいった部隊の退却ほど惨澹たるものはない。雪崩《なだれ》をうって敗走する羽柴軍を、またふり出した六月の雨しぶきが無情にうちたたいた。河はあふれていたるところで道を絶ち、追いすがる毛利勢の鉄蹄の下に血泥になった。これがいかに悲惨な退却であったかは、三万の羽柴軍が、秀吉の本城姫路にたどりついたとき、実に一万を相当下廻っていたことでもしれる。すくなくとも、九日の朝、秀吉が疲労困憊した痩軀を姫路城になげこんだ前後にはそうであった。気だけはあせりながら、高松から姫路まで二十里の路に三日を要したのは、この河の氾濫と敵の追い討ちに足をからまれたせいである。

それも秀吉には覚悟のまえであった。しかし、彼の心にはじめて暗澹とした風が吹いたのは、自負にみちた彼が、或《あ》る意味では自分以上に買っていた諸将黒田官兵衛を失ったことをきいたときであった。ちんばの官兵衛は、毛利軍がようやく追撃をあきらめた備前の辛川までやってきてから、落馬して、うしろにつづく馬の蹄《ひづめ》に脾腹を蹴られて落命したという。そして――「ちえ、猿めの猿智慧にうかとのって、あたら天下取りが野たれ死するわ」という自嘲が、雑巾のような唇からもれた最後の声だというのであった。

惜しい人間を殺した、と思う。信長の死には泣かなかった秀吉も、じぶんと背中合わせの双生児みたいに相似した頭脳、死生観をもっていた官兵衛の死には落涙した。――が、これもまた、この戦国の世にはあり得ることだ。さむらいはだれでも、おれだけは死なぬと思っているが、死ぬときにあえば、だれでも死ぬ。とはいえ、官兵衛にはきのどくだが、秀吉だけはべつだ。おれには死ぬときはこぬ。それはおれの確信のみならず、天のこころだ。げんにおれはちゃんとこうして生きぬいておる。

それにしても、あの官兵衛が、最後に愚痴をこぼしたというのは可笑《おか》しかった。おれだけは、どんなことがあっても泣きごとは吐かぬ。それだけでも官兵衛とはちがう。

――官兵衛、やはり、天下取りのほんものはおれだ。

秀吉は彼特有の天空海闊の笑顔のまま、眠りたらぬ眠りに、ぐうぐうとまた入ってしまった。

三

秀吉が迅雷の行動をふたたび開始したのは、十日の夜明け前からであった。彼のみは前日の夕刻には眠りからさめて、蘇ったような活力を回復していたのだが、あとの将兵が泥のように疲れはてて、棒でぶってもたたいてもうごかなかったのだ。

姫路から明石へ、兵庫へ、尼ガ崎へ——十二日、河内の富田に進出するまでは神速であったが、ここではじめて秀吉は真の蹉跌に気がついた。期待していた織田方の諸将がほとんど参陣しないのである。

光秀の娘を嫁としている丹後の細川藤孝、忠興父子がこないのは当然として、大坂にある織田信孝、丹羽長秀、有田の池田勝入斎、摂津の中川瀬兵衛、高山右近ら、すべて或いはすくみ、或いはすでに明智の側に寝返っているのだ。秀吉の急使に彼らはすべていった。「筑前どの、一日おそかった！」

それは一人がひかれ、二人がくずれ、はてはことごとくが浮足だったことの弁解もあったが、たしかにそれも事実であることが看取されたのである。たとえ光秀が逆賊であるにせよ、過去の実績現在の勢望からみて、正面きって光秀に対抗できるものはひとりもない。「一日おくれた」——わずか一日、しかし、あの大変事以来、これにかかわる諸将すべて一日の狂いによって全運命を狂わせる危急存亡の事態におちいったのだ。そのもっとも典型的な例が山城の筒井順慶であった。彼は最後までにえきらず、むしろ一時は光秀と絶つ決意までしていたが、きのう十一日まで、山城と河内の境にある洞ガ峠まで出張して彼にせまった光秀に、ついにひきずりこまれてしまったというのであった。

一日ちがい！

秀吉はふと虚《うつ》ろになった眼を、やがてたたかうべき敵のいる東の空にではなく、あとにたたかってきた西の空になげた。毛利に小細工をした酬いが、恐るべき明瞭さを以ていまあらわれてきたのである。時日と、兵力と——すべては、あの策略がこっぱみじんにくだかれたことからくるつまずきだ。彼の天才が成功することを直感したあの奇策が、みごとにうらをかかれたのは毛利が自分よりさきに本能寺の変を知っていたことによる。それを毛利に知らせた者はだれか。

事態がことごとく期待からはずれてゆくので、焦燥ににえくりかえるような富田の屯営に、信長の茶道衆長谷川宗仁がかけこんできたのもその十二日であった。事変はじぶんのたてた飛脚によって知ったのか、というのである。「左様なものは知らぬ」と、秀吉はめずらしくふきげんに一喝して追いかえしたが、いまふと彼の虚ろになったあたまをかすめたのは、三日の朝、高松の哨戒線で殺された男と、にげた男のことだ。殺された男が宗仁の飛脚にまちがいないと思われた。しかし彼を殺して湖ににげた老爺は何者か。それはさすがの秀吉にもまったく見当がつかない謎であった。おそらく毛利に告げたのは、その老爺だ。じぶんをこの大苦境におとし入れたのは、その魔のごとき怪老人に相違ない。

しかし、彼のあたまは、過ぎたつまずきをすぐ捨てた。それを呪っておれる場合でもなかった。局面は文字どおり一刻ごとに悪化しつつあった。もはや、二度と退却はできぬ。織田家の四天王、柴田、滝川とならぶ明智が、やはりその一人と目されたじぶんを他の小大名なみに大目にみるものとは思われぬ。それどころか、野と巷《ちまた》からともに身を起した木下藤吉郎、明智十兵衛の時代から、いまの羽柴筑前、惟任《これとう》日向守の栄光に照らし出されるまで、その立身のはやさから、いずれの天運強きやと、ひともおのれ同志も生涯の好敵手と目されてきたふたりである。しかも近来急速にじぶんの側に陽があたり、むこうの側の日あたりがわるくなってきた相手であった。光秀がどんなに深刻な嫉妬の眼でじぶんをみているか――いや、急遽、中国から陣をかえしたじぶんの意図をいかにさかんな闘志の眼でむかえているか、それは山崎のむこう円明寺川一帯にかけて、雲霞《うんか》のごとき大軍を終結しつつあるという情報でもあきらかであった。

明智本来の兵力、一万六千、これに高山二千、中川二千、池田五千、など確実にその陣営に加わったもののみを加えても総計二万五千。これに対して孤軍の味方は、なお中国陣の傷癒えぬ一万足らず。絶体絶命であった。

しかし、それで意気屈する秀吉ではなかった。彼のあたまを田楽挟間に於《お》ける信長の乾坤一擲の快勝がかすめすぎた。挟間――はざま、京と大坂をむすぶ山崎街道こそ、天王山と淀川にはさまれた典型的な隘路だ。寡を以って衆をうつ絶妙の戦場が光秀とじぶんのあいだにある。

「惟任――なんじの天運と、わしの天運と、どちらが最後に笑むかまだわからぬぞ。主君を害して、かたむきかかったなんじの天運を一挙に中天におしあげようとしたことがそもそもむりだ、不自然だ」

秀吉の眼が電光のようなひかりをおびてきた。彼は命じた。

「天王山を乗っ取れ」

明智の桶挟間は本能寺だ、と光秀は考えていた。

先天的に肌があわなかったせいもある。そのことにひとたび鋭敏に気がつくと、徹底的に相手をいためつけずにはすまない強烈な意志の犠牲となってかぞえきれぬほどあびせかけられた恥辱や怨恨の想い出もある。しかし、とうてい抵抗はできないと思っていたあの恐ろしい独裁者を、一夜にして夢まぼろしのごとくかきけした可能性の根源は本能寺にあった。いやそのみごとな結果よりも、そもそも、信長が扈従わずか四五十人の軽装で本能寺に泊るということを知ったとき、光秀の全身をはためきすぎた最初の霊感にあるといってよかった。

悪夢につかれたようにその一夜に脳漿《のうしょう》をしぼり、それがあまりにもあっけなく成功したあと、一日ばかり光秀はむしろ虚脱状態におちていた。突如としてその虚ろな体内に現実的な野心がふくれあがってきたのは、そのあとである。彼はたちまち織田家随一の智将といわれた本来の面目を発揮しはじめた。いや、それどころか、彼はすでに、まさしく天下様であった。変後の掃除に少々手がかかるが、いまじぶんのやってのけた大仕事にくらべれば何であろう。

三日には安土に入って城を収めると、ただちに京へひきかえして、八方の大小名に懐柔と威嚇の矢をなげはじめた。最初計算していたとおり、もっとも警戒すべき柴田は越中に、滝川は上州に、そして羽柴は備中に、それぞれ当面の大敵に釘づけにされて、とっさに反転できるはずはなかったし、あとにのこった大小名は、案のごとくであった。そのなかでいちばん光秀を笑わせたのは、信長に招かれて上洛し、そのあと堺にあそんでいた家康が、あの変事に胆をつぶして三河ににげもどろうとして、途中伊賀伊勢の国ざかい加太越えの難所で土賊のために殺されたという情報であった。一方で光秀は朝廷に供物を献じ、五山の寺院にそれぞれ贈遺し、洛中の地子銭を免じて上下の甘心を買うことを忘れなかった。一日彼の陣営に地子銭免除の礼に町人たちがやってきて、ちまきを献上したとき、ふと心ゆるんで笹ごと口に入れたことまでも、なんとなく大気で愛嬌があると市民の好感を得たくらいである。

その順風満帆の光秀の船のゆくてに、波があがったのをみたのは、九日、秀吉が兵をかえしてすでに姫路に入ったという情報をうけたときである。羽柴がどうして毛利から足をぬいたのか、やや意外で光秀は動揺した。しかしそれが強引な撤退作戦で、敵の追撃と道中の険難のために、かえったのは半死半生の三分の一足らずの兵だときいて、さもあろうと手をうって笑った。ゆだんのならぬ男ではあるが、しょせんは倶《とも》に天をいただかない相手である。時をかして、秀吉特有の奇策をめぐらされるよりも、いま意気天をつくじぶんに、のぼせあがってとびかかってくる猿冠者は飛んで火にいる夏の虫といえた。光秀は大々的にこれを迎撃する戦闘準備にとりかかった。

十三日、御坊塚の本陣にあって、羽柴軍の動静をみていた光秀は、一万の敵が猛然として山崎の隘路に入ってきたという伝騎の報告を受けて、

「筑前は狂気したのか。——なんじの天運はきわまったり」

と、これをまた眼を電光のごとくかがやかせて立ちあがった。彼は命じた。

「天王山を乗っ取れ」

ひぶたの切っておとされたのは午後四時ごろであった。梅雨どきではなかったが、無数の黒雲が疾風のごとくながれ去り、日と翳《かげ》の交錯する天王山に死闘がくりひろげられた。しかしそのはげしさに反して、たたかいはみじかかった。明智の二万五千と羽柴の一万、明智の方が一万の兵をあげて羽柴がこれに対抗しようとすれば、かんじんの本陣は無人となるわけである。勝敗はたたかわざるにすでにあきらかであった。

——その日の深夜、宇治から山城の方へむかって、這《は》うように山中をさまよってゆくふたつの影があった。ふたりとも鎧は血泥によごれ、ひとり杖についた刀はきっさきが折れている。雲間から出た月がその凄じい姿を蒼く染め出した。これはたたかい敗れた羽柴筑前とただひとりついてきた小姓であった。

月は樹間の草むらの中に、地におちている小さな桃をも照らし出した。秀吉はふいにかがみこむと、

それをひろいあげて口にもっていった。

「殿、お待ち下さいまし」

と、あわててとめた。

「なんじゃ、佐吉」

「それはまだ熟しておりませぬゆえ毒でござります」

「たわけ、いくさにまけた大将が毒忌みをして何とする」

小姓の石田佐吉は流血と饉餓《きんが》にゆがむ表情のうちにも、利発げな眼をかがやかせていった。

「そうではございませぬ。大将たるものは、たとえ首をはねられるときまでも命を大切にして、あくまで本意をとげようと努めるべきではございますまいか」

秀吉は、返事もせずに坐りこんで口をうごかしていた。かたい山桃を夢中でかじっている主人の顔を何かに似ていると思い、佐吉は落涙した。

「本意か。――」

と秀吉はようやく桃をたべおえてつぶやいた。

「もし大将の本意というならば、わしは山崎で討死すべきであったろうな」

「そうではございませぬ。生きかわり、死にかわり、どこまでも再挙をはかるのがまことの武将でございましょう。殿、しっかりなされませ、いつもの殿のようではありませぬ」

「まことの武将――では、おれはないようだ。すくなくとも、武運の星はついておらなんだようだ。おれは大ばくちをしくじったよ。しかし、だから、おれは生きのびたことを恥とは思わぬ。おれはもともと野から出た男だ。いまこの山の気を吸い、山桃をかじって、三四十年のむかしを想い出した。

野にかえるのも、わるくはないな。……」
秀吉は腰がぬけたように坐ったきり、いつまでもうごこうとしなかった。

四

太閤光秀が、本能寺の変の第一報が敵の秀吉の手に入らず、毛利の手に入ったわけをはじめて愛妾の淀君の口からきいて、一脈の肌寒さをおぼえたのは、それから五年後のことであった。

わずか五年のあいだに、世は、これが信長の君臨していた世とおなじものかとじぶんでもふしぎなぐらい変った。世間には、どこか武士らしい折目ただしさをもちながら、知性と優雅を失わない文化が咲き匂っていった。こうまで天下が泰平になったのは、本能寺変後、秀吉、家康、黒田官兵衛など、一波瀾起さなければおさまらない野心家たちが死んだせいもあるがやはり人心が信長の鉄血政治に戦慄して、心から平和をのぞんでいることをみぬいた、じぶんの低い姿勢の施政にあったと思う。毛利はもとより、南の果ての島津やら、北の果ての伊達までもが存外やすやすと慴伏《しょうふく》したのも、しょせんはこの世の潮に抵抗することができなかったせいであろう。柴田勝家にしてもそのとおりなのである。それに聡明な光秀はすべて先手先手と粗放な柴田の意気をくじいていった。柴田が以前から恋着していた信長の妹お市御寮人を彼に再婚させる世話をやいてやったのも光秀であった。お市の方に対しては、柴田のみならず、じぶんも、はて可笑しいことに、あの猿までも憧憬していたので、すこし残念であったが、しかしそれまで髯《ひげ》をくいそらせて不平満々の表情をしていた柴田が急に泰平をたのしむ顔に変ったのは、たしかにその結果にちがいなかった。お市の方を再嫁させるのと同時に、彼女が最初にとついだ夫で信長に攻めほろぼされた浅井長政とのあいだに生まれたお茶々とふたりの妹をひきとって、淀の城に住まわせたのは、光秀の信長に対する罪ほろぼしのこころからである。

まるで天龍の化身のごとく、じぶんのゆくところ栄光と幸運の夕映がついてまわるようになると、いっときは信長の世にのこしたものすべてを打ちくだきたいとさえ思われていたものも、寛大にみとめるようになったのも、次第にわいてきた仏ごころからである。

切支丹の教会や伴天連《バテレン》もそのひとつで、それには光秀がその一点だけ信長と共鳴する近代性のゆえもあったが、もうひとつ細川忠興のところに嫁にいった娘のお玉が、いつのころからか洗礼をうけて、教名も伽羅奢《ガラシャ》と名のる熱烈な切支丹となっているのにひかれたせいもあった。そのせいでいまでは、京洛に黄金の十字架をそびやかす壮大な教会も二三にとどまらない。

光秀がお茶々を愛妾としたのは、一年ばかりまえのことである、淀の城へ何かの用でいった伽羅奢が、また別の用で父にあったとき、ふと、

「お茶々どのはこわい方ですね」

と、つぶやき、その意味をきくと、

「どういってよいかわかりませんが、あのお方にはすこし悪魔的なところがあります」

と、いよいよわけのわからない返事をしたのに、ふいと好奇心を起して、一日淀の城へ出かけてみたのがはじまりであった。

お茶々はそのとき二十一になっていた。光秀は若い日のお市の方があらわれたのかとびっくりした。いやそれより、この世のものならぬ美しさに息をのんだ、この絶世の美姫が淀の孤城にだれ手折《たお》るものもなく咲いているのをみて、光秀の心はいたんだ。といって、だれか余人のものとする気持はいよいよなかった。伽羅奢のいうことはあたっているのかもしれない、と光秀がこころにさけんだとき、

光秀はすでに欲望の悪魔にとらえられていた。

本能寺の変という凄じい狂乱の炎を生涯にただいちどもえあがらせたきり、それ以前にはいくたびか信長から「日向の分別面」とからかわれ、それ以後はますます分別の皺をふかくしている六十歳の光秀に、二度めの炎をあげたこの欲望は、まさに悪魔的な力をもっていた。彼は彼女を愛妾とした。

伽羅奢はお茶々をこわいひとといったが、光秀はしかし幸福の絶頂にあった。六十になって、はじめて女というものを知ったような気さえした。いまの光秀の小さな心配は、もし淀のお茶々に男の子でも生まれたら、二年前関白をゆずった養子の忠興をどうしようということくらいであった。彼のふたりの男子はひとりは病死、ひとりは山崎のたたかいで死んで、すでに世になかったからである。

さて、太閤光秀が、淀君の口からはからずも本能寺の飛報にからまる秘密をきいたのは、梅雨にけぶる夜ふけの閨《ねや》の中であった。

光秀は、淀君への愛がたかまればたかまるほど、彼の心にしみこんでゆく或る不安をふと口にした。

「そなたは、伯父御を殺したわしにこう抱かれてねて、くやしいとは思わぬか」

「くやしくはございません。信長はわたしの父を殺した敵《かたき》でございますから。あの男は、父の生首を薄濃《はくたみ》にしてそれを肴に酒をのんだというではありませんか」

しかし淀君はけろりとしたあどけない顔であった。

「それでは、わしはそなたの父の敵をうったわけか」

「ですから、あの本能寺のやけた夜、わたしは三条の茶屋四郎次郎の寮からみていて、心のなかでおどりくるっていました。そして、もうひとりの敵もほろびるように、あなたのいくさを手つだってあげたのです」

「もうひとりの敵とは？」

「浅井家をほろぼし、わたしの弟万福丸を串刺しにして殺した人非人、羽柴筑前」

「それに……そなたは、何をしたのじゃ？」

「あの夜、茶屋の飛脚をかりにきて、備中の羽柴にいそいで知らせようとしたものがありました。それでわたしは中間《ちゆうげん》の源八に、追いかけてその飛脚を殺し、毛利家の方へさきに知らせるようにいいつけたのです。源八爺やは、浅井家に忍びの者としてつかえた男でした。山崎で筑前がどうしてあのようにもろくまけたか、これでおわかりでしょう。せっかくわたしが手つだってあげたのに、あなたはみすみすあの男をにがしておしまいになりましたけれど……」

はじめて淀君はからかうような笑い声をあげて、白い指で光秀のひげをひっぱった。光秀は啞然として、ひげをひっぱられるのにまかせていたが、やがて背すじにぞうとするような寒けをおぼえたのである。

やがて、なんとなくつぶやいた。

「猿め、どこへにげたか？……きゃつ、いま生きておれば五十はとっくにこしているはず、しかし生きておって、何もしでかさぬ男ではない。いくどか草の根わけてさがしたがついにあらわれなんだところをみると、どこかの山中で野たれ死したか、どこかの野で土民に犬のように殺されでもしたか？……案ずるな、天はもはやあいつを殺しておるに相違ないわ」

五

六月十三日のことである。無数の黒雲が疾風のごとくながれ去り、日と翳の交錯するその夕、下京姥柳にある南蛮寺のまえにたくさんの人間が環《わ》をつくっていた。

まんなかに立って、ひとりの伴天連が妙な日本語で小鳥みたいにしゃべりつづけていた。まだ恐ろしがって教会のなかに入ることをためらう人々のために、ここの伴天連オルガンチノが、街頭に出て呼びかけているのであった。それをとりかこんでげらげら笑ったり、黙禱したり、口まねをしたり、十字をきったりしている人々は種々雑多である。茶筅髪《ちやせんがみ》をむらさきの元結でむすんだ公卿、まないた烏帽子《えぼし》の京侍、放下師、山伏、蒔絵師など——そこへ、すこしはなれた輿《こし》からおろされたふたりの女が加わった。むしの垂衣をたれているので顔はわからない。しかし、輿のそばに数人の供のものが待って、心配そうにこちらをながめているところをみると相当身分のたかい女にちがいなかった。

説教がひとまず終ったところで、

「伴天連さま」

と、女のひとりがむしの垂衣のかげから呼びかけた。オルガンチノは髯につつまれた顔をむけて、

「おお、ガラシャ」

と、笑顔になってあるいてきた。

急にざわめき出した。その名を知っていたものがあったらしい。

「あれが関白さまの御台さま」

「え、太閤さまの姫君」

そんなささやきがながれて、人々はあわててちりはじめた。

伽羅奢は伴天連に話をしていた。

「伴天連さま、きょうはひとり罪ふかい小羊をつれてまいりました」

「ほ、だれ？」

とオルガンチノはもうひとりの女の方をふりむいた。彼が虚飾をきらうので、関白御台の伽羅奢は、ほとんど供らしい供もつけないでやってくる。

しかしきょうはすこし様子がちがうので、オルガンチノはすこしけげんそうな顔をしていた。

そのとき、地をおどってきた小さな影が、いきなり伽羅奢にとびついて、むしの垂衣をひきさいた。

伽羅奢は思わず悲鳴をあげた。

それは一匹の猿だったのである。もういちど歯をむいてとびかかろうとするところを、とっさに伽羅奢は胸の銀鎖をひきちぎって聖十字架で猿のひたいをはたとうった。

そう力をこめてうったともみえないのに、猿はひっくりかえって、悶絶した。

「あっ、赤兵衛！　とんでもねえことを――」

と、あわてて猿をつかまえにはしってきた若い猿《さる》曳《ひ》きは、茫然として伽羅奢の顔をみて立ちすくむ。

伽羅奢はふりむいていった。

「だれか、この男をひきたてていって下さい」

「あっ、どうぞゆるして下さいまし、いつ紐がきれたのか、いきなりこいつがとび出しやがったんで――」

「ちがいます。おまえがわたしに猿をけしかけたにきまっています。おまえはたおれた猿をみないで、わたしの顔ばかりみていますさ」

供侍たちがはしってきた。

若者がさっと顔色をかえて、口をもがもがさせた。

そのうしろから、眼ばかりのぞかせた赤い放下師頭巾をかぶった猿曳きがはしってきた。

「佐吉、あやまれ、あやまるんだ、おまえは猿曳きのくせに、いつも猿より女の顔をみとれるくせがあるからこんなことになる。伴天連さま、いたい目をくらった猿に免じて、ゆるしてやって下さいまし」と、老人らしい声でいって、土下座した。そのとき、もうひとりのむしの垂衣の女がしずかにすすみ出た。

「おまえたち——女の顔というより、関白さまの御台さまのお顔がみたかったのでしょう？」

「えっ、関白さまの——そんな、とんでもない」

「というより、明智光秀の娘の顔を」

老猿曳きは両腕を砂ぼこりのなかについたまま、頭巾のあいだの眼をあげたが、とっさに声もない。

「筑前、あいかわらずいたずらがすぎましょう」

老猿曳きはおどりあがった。女はみずから、むしの垂衣をとり去った。

なかから月輪のように冷たく美しい笑顔があらわれた。

「頭巾で顔をかくしても、その眼を忘れてなろうか。望みどおり、明智の娘の顔をみたら、その眼でついでにとくとわたしもみるがよい。太閤光秀の側妾淀のお茶々です」

いまにも前足を折りそうな駄馬にのって、老猿曳きが、大亀谷を伏見の方へ、とことこ駈けていった。

本人もいまにも落馬しそうな姿だ。

「佐吉め、どうしてしまったか？　ひょっとすると、六条磧《ろくじょうがわら》あたりでもう斬られてしまったかもしれない。あれが伽羅奢ときいて、明智の娘のしゃっ面をのぞきたいというあいつのいたずらはちと過ぎた。しかし、それより、お茶々にはおどろいたな。美しくなった！　お市御寮人そっくりじゃ。あれをおのれの妾《めかけ》にするとは……」

羽柴筑前は夢みごこちにつぶやいた。

しかしからだは、ぼうきれみたいに痛めつけられていた。

雲間と梢からこぼれる月光が、どこやら死相を呈したその猿面を照らし出し、翳らせる。

あれから京都じゅう、おびただしい追手に追われて、ようやく百姓の馬をうばってにげてきたが、にげられたのがふしぎなくらいであった。——馬のくびにしがみつき、はあはあとあえいでゆく息もほそい。

じめじめとぬかるんだ路は小栗栖《おぐるす》に入っている。

このあたり、土賊の多い土地だが、それを思いわずらう余裕もないらしく、みじめな姿が、まっくらな木下闇《このしたやみ》に入ってゆく。闇のなかで、夢遊病のうわごとのような声がきこえた。

「明智太閤！　明智太閤！　天運はあいつに——」

声が、ふいに断ちきられた。竹藪からつき出された一本の竹槍が、その脇腹をさしとおしていた。

六

——声にもならぬ苦鳴とともに、馬は竹槍と、身をおりまげた影をのせたまま、木下闇をかけぬけた。

水のようにひかる路上におちる血潮は、この夕刻よりの敗戦と逃避行に、身気ともに極限の絶望にのたうち、半死の脳膜に走馬燈のごとく明滅した夢想、幻想、妖想をも流していって、ついに音もなく地上にころがりおちた明智日向守光秀の死相を、月が蒼々と照らし出した。

生きていた光秀

山岡荘八

山岡荘八　1907～1978

新潟県生まれ。高等小学校中退後に上京、逓信官吏養成所で学ぶ。17歳で印刷製本業を始め、1933年に「大衆倶楽部」を創刊。編集長となり、山岡荘八の筆名で小説を発表する。1938年には「約束」が「サンデー毎日」の懸賞に入選し、私淑していた長谷川伸の新鷹会に参加して新たな大衆文学の可能性を模索する。第二次大戦中は従軍作家として様々な戦線をめぐり、戦後は日本の復興と家康の国造りを重ねた『徳川家康』は一大ブームを起こす。『織田信長』『伊達政宗』『毛利元就』など、大作の歴史小説を多数執筆している。

底本：『生きていた光秀』（講談社、1963年）

一

その日曾呂利新左衛門は、堺の西目口町の自宅の庭の小庵で香を聴いていた。

香道では志野流の建部隆勝の門下で、坂田宗拾と云う名取りの新左である。堺切っての武具商、馬具商であり、自分でもまた刀の鞘作りでは当代随一という特技を持っている。茶も紹鷗《じょうおう》門下の逸材だったし、金はあるしで、先《ま》ず堺衆としては何の不足もない数寄者の一人だったが、人柄にはどこか他人を容れない圭角が眼立っていた。

機嫌のよい時には今にも溶けだしそうな笑顔で洒落《しゃれ》のめしてゆく癖に、少し風向きのわるい時には、鋭い皮肉と毒舌で他人に口を利かせなかった。

そうした新左が香を聴いているときは大抵自分で自分の感情を扱いかねるといった、険悪な風向きの日が多い。

「旦那さま、京都から甥御さまが、お客人を連れておいでなされましたが」

手代の平助がおずおずと小庵の露地で声をかけると、

「なに、玄琳が来たと。玄琳ならば用のあるのはわしではない。金簞笥《かねだんす》の方じゃ」

新左はそう答えて、そのまま香具をしまいにかかった。

甥の玄琳は妙心寺の学僧である。たった一人の妹の子なので決して憎い筈《はず》はない。口では金簞笥に用があって来たのだろうなどと毒突きながら、肚《はら》の中では全く別のことを考えていた。

（そうだ。今日は久しぶりに坊主に酒の無理強いでもしてやろうか……）

梅雨に入ってうっとうしい天気の続くところへ近ごろ耳に入って来ることは、いちいち新左の癇《かん》にさわることばかりだった。

信長の天下がようやく定まったと思ったところで去年の本能寺騒ぎ。続いて山崎の合戦から、こんどは羽柴と柴田に織田信雄、信孝兄弟のからんだ大喧嘩となり、聞くところに依《よ》れば、柴田勝家は夫人の織田氏とともに先月末に越前の北の庄で自尽して果てたという……

天下が誰の手に落ちようと、そんなことは武具商馬具商の知ったことではない。いや、天下など乱れれば乱れるほど商売は繁昌するのだから苛立《いらだ》つ理由はないようなものだったが、やはりそうはいかなかった。

或《あ》いは、勝家に依頼されて、折角《せっかく》作りあげた兼光の太刀を納める鞘の注文が流れたのと、うっとうしい梅雨空と、数寄の友の津田宗及の言葉などがひっからんで、やたらに新左の神経を刺戟《しげき》してくるからかもしれなかった。

津田宗及は、千宗易（利休）などと共に、新左にとっては心を許した数寄の友だった。その宗及が、勝家夫妻の自尽の話から聞き捨てならぬことを云った。

「——宗拾よ。おぬしの鞘作りも、まだまだじゃの」

「——どうしてじゃ。ソロリと音もなく抜け、音もなく納まるところから曾呂利新左と異名をとったわしの鞘に、おぬしケチをつける気か」

「——と云うがな、おぬしに鞘を注文した者は、ここもとみな不運につきまとわれる。松永どの、織田どの、明智どの、神戸どの……そしてこんどは柴田どのじゃ。これはおぬしにまだまだ武具を通して泰平を祈り出すほどの誠が足りないからであろうが」

そのあとで、宗及は、名人と云われるほどの鞘師ならば、よくよく人を見て、これこそ天下人と思う者の注文に精魂を傾けよなどと利いた風なことを云った。

「――すると、宗及は、羽柴こそ天下人……そう思うて茶の相手に罷《まか》り出たのか」

はげしい皮肉で応じてはみたものの、この宗及の言葉は、いまでも新左の胸に後味わるい爪あとを残している。

（そうじゃ酒がよい。久しぶりに酒で甥の成道《じょうどう》の邪魔でもしてやろう）

香具を箱に納め、ふと顔をあげて、新左はギクリと腰をうかした。

手代の平助が、当然母屋の客間へ通してあるものと思っていた甥の玄琳が、自分と同じ雲水姿の僧侶と肩を寄せ合うようにして小庇《こびさし》の下に立っていたのだ。

いや、その連れの僧侶が、見知らぬ人だったらこれほど新左は愕《おどろ》きはしなかったろう。新左はわが眼を疑った。瞬いては見直し、見直してはまた瞬いた。

甥の玄琳をそのまま年取らせたと云ってよい連れの僧侶は、そうした新左の愕きの前で、縋《すが》るような、しみ入るような微笑をうかべて珠数をまさぐっている。

「伯父さま、玄琳一生のお願いがあってやって参りました。どうぞ入ってもよいと仰有《おつしや》って下さりませ」

その声を聞いたときに、新左は思わず眼を閉じた。玄琳の声にはそのまま妹の匂いがする。しかし、そのわきに立っている雲水はまた、何とよく姿も形も玄琳に似ていることか。

（玄琳めが、父親を連れて来くさった！）

いや、去年の六月十四日、三日天下の名をわらわれて、信長を本能寺に弑逆《しいぎやく》してから十三日目、勝竜寺の城から坂本へ引きあげる途中、小栗栖《おぐるす》の里で土民の槍にかかって果てた明智光秀の幽霊を連れて来くさった……

「伯父さま、お願いでござりまする」

と、又庇の雨にうたれながら玄琳は云った。

「このお方は、私同様、この世の恩怨とは縁を断った修行僧にござりますれば……」

新左衛門は、いきなり手にしていた香箱を、力いっぱい雨の庭に叩きつけた。

二

死ぬ奴ではない……と、どこかで新左も思っていた。誰に聞いても、何処《どこ》でさぐってみても、光秀の首級を確かめたという者は一人もなかった。

山崎の戦で秀吉の先鋒、高山右近と中川瀬兵衛の両人に天王山を占拠され、六月十三日の合戦で全敗を喫した光秀は、わずかな近臣と共にいったん勝竜寺城に入り、深更、溝尾勝兵衛茂朝等を従えて坂本城へ向った。そして丑の刻（午前二時）ごろ、伏見の北方、大亀谷の山中で物具をぬぎ捨て、勧修寺を経て小栗栖の村はずれに達し、そこで土民の槍にかかって死んだと云われている。介錯は溝尾勝兵衛がして、斬りはなした首は鞍の覆いに包んで近くの藪の中にかくし、隠した当人の勝兵衛もまたその場で切腹して果てたという……

ところが、その溝尾勝兵衛茂朝は、その後たしかに坂本の城で生きていたと語る者があったし、発見された光秀の首は面皮を剝かれていてふた目と見られぬむくろであったという噂も聞いている。

新左衛門が知っている限りの武将の中では、恐らく光秀ほど用心深く、光秀ほど雑学者で謀略好きな人物は類がなかった。しかも当日の正面の敵は、中川瀬兵衛にしろ高山右近にしろ一度は光秀に味方したほどの親友なのだ。それだけに、主従数騎で小栗栖の里を通ったなどと云うことは疑い出せば二重三重に不審のつのる噂であった。

正直に云って、妹の香矢《かや》と光秀の間に、玄琳という子まである関係から、新左はそれとなく光秀の生死を確かめようとしたものだった。

光秀の娘の嫁ぎ先である細川家をはじめ、光秀と深い交際のあった吉田兼見卿や多聞院、それに秀吉側の関係では浅野家の内部にまで探りを入れてみたのだが、誰も、光秀の首級をハッキリと見たという者はなく、確かな所持品も現われた様子は無かった。

かつて、新左衛門と光秀は茶道でも香道でも同門であった。

それが生れながらにして仏門へ入らねばならぬ玄琳の不幸な誕生の機縁にもなったのだが、ひと頃の新左は、光秀に兄のような親のような気持で師事していた。

それでその光秀の心願のために、新左は、白牛十八頭の胸皮を剝いだ千筋の鞘巻も作ってやったし、彼が身辺を離さなかった秘蔵の郷義弘の鞘もみずから作ってやった。

したがって、坂本落城のおり光秀に代って娘婿の明智秀満（俗称左馬頭光春）が、焼くにしのびないとして、秀吉側の堀秀政に、光秀所持の名宝類を引渡した際、その義弘が品書の中にあったかどうかを秀政に問い合せたものだった。

すると堀秀政の答えは、

「――わしも郷義弘は得難い名宝ゆえ、目録の中に無いが何《ど》うしたのだと秀満にただしたところ、義弘の一刀は、光秀が、常に生命に代えてもと秘蔵していたものゆえ、それがしが冥土まで持ち行きて手渡す所存……そう答えて引き渡さなんだ」と云って来た。

考えてみれば、それも臭い。やはり光秀は、巧々《うまうま》と影武者を立てて秀吉の眼をたばかったのかも知れぬ……そんな風に考えていたのだが、しかしそれから半年経ち、一年経とうとしている昨今では、やはり、これは死んだのだと思うようになっていた。

この一年間で光秀の評価はめまぐるしく上下した。はじめは信長という残虐無類な暴将を神仏に代って誅したのだと、或る種の人々からは救世主のように云われたものだったが、今では、許しがたい主殺しの謀叛人になり下ってしまっている。信長の後継者として秀吉が次第に地歩を固めて来たからで、その点では新左もなんとなくホッとしていた。

新左が光秀と義絶したのは、もう九年も昔のことになる。その頃光秀は、信長の秘命を受けてしきりに足利義昭を強諌《きょうかん》したり、煽動したりしていた。

足利義昭が信長の庇護によって京都へ帰っていながら、次第に信長を怖れて、秘かに信長打倒の画策をはじめていたからである。

しかし、今になって考えると、その義昭煽動の秘幕の中に、果して光秀も加わっていなかったのかどうか……?

とにかくそれよりずっと以前から、光秀は新左衛門の京の出店へも堺の本邸へもしげしげと出入りして泊っていた。

そして、忘れもしない九年前の、天正二年の秋に、光秀は、父無《てて な》し子を抱えてひっそりと屋敷の奥に潜んでいる新左衛門の妹の香矢を、母子もろとも手許《てもと》に引取りたいと申入れて来たのだ。

はじめ新左衛門は啞然とした。香矢は、決して無器量な女ではなかったが、十六歳で誰とも知れぬ男の胤《たね》を宿し、その子が十歳になっているという、二十六歳の寡婦とも後家ともつかぬ女性《にょしょう》であった。

それを子供ごと引取って側室の地位を与えようという……新左はポロポロと涙が出て来てたまらなかった。光秀に逢うたびに洩した愚痴が、光秀の心を動かしたのだと思った。

「――どのように問いただしても父の名を明かしませぬ。明かさぬと約束したのだから許して欲しいと泣くばかりなのです。そうなると、たった一人の妹のことゆえ、一層ふびんが増して来て……」

そうした話が光秀を動かし、意志の強さと優しさを認められての求婚であろうと判断した。同情されることはたまらなかったが、そうした見栄以上に、不幸の妹に人間らしい生き方をさせてやりたいと希《ねが》う気持は強かった。

それだけに、その名を明かさなんだ子供の父が実は、光秀その人だったと香矢に知らされた時の、新左の胸は泥土の中へ踏みつけられたようなやり切れなさでいっぱいだった。

「――有難《ありがと》うはござるが、お断り申上げまする」

新左はわなわなと震えながら明智家からの使者を追返した。

「――すでに子供は、妙心寺の大和尚に頼んで仏門に入れることに致しましたし、香矢も、十年間も捨てておいて顧みない相手に懲りて、もはや生涯男は持たぬと申しまする」

むろんこれは新左の片意地で、香矢の意志ではなかった。香矢はどのように辱しめられても、光秀の許へ行きたかったものらしい。その証拠に、新左が光秀と義絶を申入れて半月ほど経って、香矢は、自分の居間で首をつって冷たくなっていた。

そして、香矢の産んだ子はその年の暮に、ほんとうに仏門に入ることになってしまったのだ……

新左衛門は今、五月雨《さみだれ》の中に笠を寄せ合うようにして立っている二人の雲水のうしろに、そのおりの香矢の死に顔をまざまざと見てしまったのだ。

三

「伯父さま、このお方を無理にお連れして来たのは、この玄琳でござります。玄琳は伯父さまが、うわべの気むずかしさとは違って、どのように広くやさしいお心を持たれたお方か……と、そのことを説いて、無理にお伴い申したのでござりまする」

しかし新左衛門は、まだ入れとは云い得なかった。

世間も男も知りようのない十六歳の娘を犯して、その娘の口を封じ、生れた子供を十年間もそ知らぬ顔で抛《ほう》っておいた男……その男を戦国の世には珍しい高潔な道義の人と信じて師事したのはこっちの甘さとしても、その後の光秀は、しかく簡単に許せる相手ではなかった。

妹の香矢を殺した男……それも或いは光秀ではなくて、新左の性格の偏狭さにあったかも知れない。しかし、今の光秀は、主殺しという名で葬り去られている、俗世の敵でありこの堺の町を握る秀吉の敵なのだ……

現に光秀がこうして生きている……という事は、秀吉もまた光秀の死の確証は摑めず、絶えず秘かに探し続けていると考うべきことであった。

しかもその秀吉は、この堺からは眼と鼻の大坂の石山城を修築し、そこを居城と定めて天下に臨もうと、すでに工事を起しかけている。

そんな時に、光秀をかくまったりしたら、新左衛門はとにかくとして、堺衆一般がどのような迷惑を蒙《こうむ》るか知れなかった。

「伯父さま！」と、玄琳は声をはげました。

「このお方は世間に見放されたお方、伯父さまならでは頼むところのないお方なのでござりまする」

「玄琳！」

はじめて新左は顔をそらして叱りつけた。

「そなたまでその手に乗ろうとするのか。たわけた奴だ。世の中にはのう、世事にうとい真ッ正直な人間を欺しては、してやったりと快をむさぼる獣がいるのだ」

「その獣でも、み仏は抱くのでござりまする」

「ならぬ！　抱くみ仏の許へゆくがよい。わしは、その獣を追いかける猟師の怖さも知っているのだ」

新左がそこまで云ったとき、笠の中ではじめて雲水は合掌した。

「宗拾どの、その怖い猟師をこなたのお手でお呼び下され。獣はそれを望んで来ました」

新左衛門は、思わず急き込んで、

「な……なんだと!?　何と云ったのだ雲水は」

「悪い獣、ずるい獣が、こなたの手で猟師に捕えられようとしてやって来た……それが、何時《いつ》かこなたの心を裏切った、獣の詫びじゃと信じて下され」

「うぬう、また誆《ばか》そうとかかったな。玄琳信じるな。これはな、わが朝へも唐土《もろこし》へも、類の無い古狐じゃ。金毛九尾どころか、尾の尖《さき》の二十にも三十にも裂けた古狐じゃ。この手でこなたの母を欺し、総見公（信長）を欺し、世間を欺して、妻子眷族を殺して来た曲者《くせもの》じゃ！」

大声でわめき立てると、玄琳はあわてて母屋《おもや》の方を見やった。

「伯父さま、そのような声を出して下さりまするな。玄琳は悲しゅうなりまする」

「悲しいのはわしの方じゃ。選《よ》りに選って、そなたは又、何という悪い狐を伴うて参ったのじゃ」

「伯父さま！　玄琳は伯父さまをもっともっと心の温い分別のあるお方だと思うて居りました。たとえこのお方が、伯父さまの云われるような人であっても、笑うて力を貸して下さるお方じゃと……しかし、もう頼みますまい。これは玄琳の眼がね違い……これから母屋へ引っ返して、伯母さまからときの布施を受けて立去りまする。どうぞそのような大声は出して下さりまするな」

そう云うと玄琳は相手の雲水に、

「お許し下さりませ。お聞きのとおり、お羞《はずか》しゅう存じまする」

と、頭を下げた。

年寄った雲水はもう一度笠のふちに手をかけて新左衛門を見上げた。薄い唇辺がピクピクと震えている。しかし、何も云わずに合掌すると、そのまま玄琳のあとから雨の露地を出ていった。

四

新左衛門が、小庵の板木を割れるように叩いて、走って来た平助に、

「於夏を呼べ！」と、怒号したのは、それから小半刻ほどしてからであった。

一ぷくして気を静めようと炉に炭を継いだので、それでなくとも蒸し暑い四畳半のうちは、チンチ

ンと湯の沸《たぎ》る音を加えてむれ返っていた。

「まあ、どうしたのでござります。その額のあぶら汗は……?」

於夏の云うのに押しかぶせて、

「玄琳はどうした!? まさかあの謀叛人めを家へなど入れなんだであろうな」

「謀叛人……とは誰のことでござりまする」

「あの雲水じゃ。あの雲水の正体がこなたにわからぬ筈はあるまい」

するとお夏は悲しそうに首を振って良人《おっと》の前に坐っていった。

「旦那さま、今日は香矢どののご命日、誰彼《だれか》れの区別なく、命日に来られたご出家は、仏前で回向を頼むがわが家の慣わしでござりまする」

そう云ったあとで、

「めったなことはお口になさりまするな。旦那さまらしゅうもない。玄琳どのが羞《はじ》ろうて、しきりに連れに詫びてでござりまする」

「なに玄琳が詫びて居ると……」

「はい。玄琳どのは、わが身の伯父御は日本一の器量人、生きたみ仏……そう信じてお連れしたのでござりましょう」

新左衛門の汗だらけの顔がくしゃりと崩れた。歯痒かったが於夏の言葉は急所をついていた。

母の無い玄琳にとって新左衛門は今まで父であり母であった。生命につながるたった一つの支えであった。

「あのご出家が、誰であるかをお考えなさることはござりますまい。玄琳どのが納得するよう相手の申し分も一応はなぜ聞いておあげなさりませぬ。その上でとかくの仕様はあろうものを……」

「小賢しいことを！　そなたの指図は受けぬわい」

吐き出すように叱りつけてから、

「誰が会わぬと云ったぞ。二人きりで会う気でこの通り、釜まで沸らせているのが見えぬかい」

云ってしまってハッとなった。会うと自分が負けそうな気がする。知識でも弁巧でも光秀には何時も圧迫されて来た新左だった。

しかもその相手は、見向きもしなかったわが子の玄琳を語らって、玄琳の母の命日に訪ねて来ている。

きっちりと利己の計算を組み立てて否応云わさぬ構えのような気がするのだ。

「はいはい、これは私が悪うござりました」

於夏はすかさず新左の前へ両手をついた。

「そうとは知らず余計な差出口、では、早速これへ寄こしまするほどに、お点前ひとつ無心に振舞うてあげて下され」

新左衛門が、全身に闘志をみなぎらせて思いがけない来訪者に会う気になったのはそれからだった。

何よりも玄琳の純情を利用しての出現が許せない。あれだけ大きな博奕《ばくち》を打っておきながら、それまでかえりみもしなかった捨て児《ご》同様のわが子を頼ってこの家に現われる。どんなに追い詰められた果とは云え、あまりに未練でありすぎる。

（よし、そうなったら、こっちも相手を思いきり揶揄するまでじゃ）

新左衛門がそう決心した時には、もう於夏に伴われた光秀は小庵の入口に立っていた。

「さ、ずっとお入りなされ。話によっては茶も振舞おう」

「お邪魔仕《つかまつ》る。うっとうしい雨で」

相手はそう云って中に入ると、先刻とは打って変った落着き方で一礼した。於夏はそのまま心得顔に去ってゆく。

「さて、ご出家は甥の知人のようじゃが、生国は何《いず》れで、どこの寺で、何と仰せられるお方かな」

新左衛門は、隙を見せずに斬り込んだ。相手はさすがに狼狽のいろを見せた。

「ご存知でもあろうが、曾呂利新左は、この堺では、口のわるいので通った男じゃ。言葉は飾らぬ。そのおつもりで」

「心得てござる。それがしは美濃の生れ、大日と申す学僧にて、ついこの間まで、焼け残った比叡山の松禅院にあって、深い迷いと相対して居た者にござる」

「ほう、叡山にござったか。叡山とあれば総見公に焼き払われて荒廃に帰した霊場、定めしそこで明智光秀などの噂も聞かれたことでござろうなあ」

いったん斬り込むと新左衛門の切ッ尖に容赦はなかった。

「どうじゃな、御僧、光秀をどう思われるな。叡山の仏敵に仇を報じた、あっぱれな人物と思われるか。それとも野心のためには主殺しも敢《あ》えてする奸物と思われるか」

「されば、まことに詰らぬ、小心な野心の徒であったと存じまする」

「では、その光秀に、もし今日お会いなされたら、御僧、いったい何と云うてさとされる?」

光秀はあまりに鋭い問いにあって、見る間につやつやと禿《は》げあがった額にいっぱい汗を噴かせていった。

「もし光秀が生きてあれば、罪の償いが第一じゃ。そうさとすつもりでござる」

「フン、罪の償いか……すると光秀を羽柴どのの手許に突き出して、火あぶりにでもさせると申されるか。たしか総見公は、本能寺にあってみずから火を放たれ、火中に焼け死《じに》なされた筈だと思うが……」

光秀は頭《こうべ》を垂れて、すぐには答えようとしなかった。いや、答えられないような問いを選んで連発しているのだから当然だった。

「どうじゃな？　それとも、無責任に捨てておいた、不義理な血筋をたよって生きよ、生きるが死にまさる贖罪じゃとでも説かれるかな」

「………」

「実はのう、その光秀は生きているようじゃ。わしもつい最近になって気付いたのじゃが、もともとあ奴、身を捨てて義挙の出来る男ではない。総見公に中国出陣を命じられ、手柄次第で出雲、石見の二ヵ国を所領させようぞと云われたときに、二ヵ国はまだ毛利のもの……それを手に入れないうちに、丹波と近江の旧領を召上げられるのに違いないと早合点して、器量にもない大それた謀叛をしてのけたほどのあわて者じゃ。しかし、目先の計算だけはなかなか隙のない男での、万一失敗したおりには、家来どもは見殺しても、わが身だけは生き残れる手筈を細かく立てていた、その辺のいきさつは知らぬかの……」

「………」

「そうか、ご存知ないか。今にして思い当るのじゃが、あ奴め、勝竜寺城から坂本へ落ちる途中と見せかけて、伏見の北方大亀谷あたりで、わが身と影武者と入れ替った。世間の人は勧修寺を通って小栗栖の里へかかったと信じているが、わしがわざわざ歩いてみたのではこれは勧修寺ではのうて六地蔵を通る筈……この辺があ奴の奸智にたけた策略じゃ。恐らく小栗栖の土民たちに、影武者の通ることを前もって匂わせておいたのもあ奴自身の仕業《しわざ》かも知れぬ。そして影武者はむざんに顔の皮まで剝がれて処理されたが、あ奴はうまうまと叡山に遁《に》げこんだ。叡山は総見公を仏敵として呪っている。それゆえ主殺しの光秀を喜んで匿《かく》まう筈と、これも目先の勘定ずくじゃ。そして、あやつは叡山から妙心寺へ使者を出して、妙心寺の大嶺院にわざわざ首塚を築かせ、天正十年六月十四日に歿した態《てい》にして位牌までをととのえ、わが死を二重に装うた。そうそう法名はたしか明叟玄智大禅定門……妙心寺へ使者になって、永代供養料を納めに来たのは、明智光宗と名乗る武士であったそうだ」

「………」

「その武士は、その折供養料のほかに大金を持参して来て妙心寺に預けていったというのじゃから、これも前もって光秀の命じてあったことに相違ない。いや、それどころか、その後になって、その預けてあった大金を受取りに現われた者があるとも聞いた。今にして思えば、それこそ光秀自身であったに相違ない。光秀は、やがて叡山に潜むことの危険をさとって遁げ出したのじゃ。仇敵の羽柴筑前の勢威が、再興の名目で次第に叡山まで伸びて来たのでは、坊主どもとの利害の勘定が合わなくなるでのう。それにしても、叡山を遁げ出すおりの路銀の用意までしてあったとは、何というすぐれた玄智の深さであろうか。これはたしかに玄智大禅定門じゃ。身勝手もここまで来ればあっぱれ至極じゃ！　さて、そのような光秀に、御僧もしどこかで会われたら、仏徒としてどのようにおさとしなさるか、ゼヒともそれを伺いたいものじゃ。このような罪障はどうすれば償われるかとのう」

　云っているうちに新左衛門は次第に自分の毒舌に酔っていった。期せずして彼の闘志と性格とが、火を呼び風を捲《ま》いて光秀をなぶりだしてしまったのだ。

光秀はと見ると、いつか眼を閉じてひっそりと坐っている。はじめに額から剃り立ての頭いっぱいに噴き出ていた汗の粒は、きれいに拭かれて何か寒々とした止寂《しじやく》のさまを帯び出している。

「どうじゃな。何故お答え下さらぬな。仏徒として何もご意見が無いとはおっしゃれまい。わが身のためには、まことに至れり尽せりの計算じゃが、近づく者はみな犠牲者……その意味では光秀は、人間の善意のすべてを裏切っててんと恥じない大悪党じゃ。神仏というはそれをしもそのまま不問に付されるものかどうか」

詰め寄られてはじめて光秀は眼を開いた。

「宗拾どの、神仏はすでにその悪党を罰されてござる」

「ほう、どのような罰を喰わしたか、それが聞いておきたいものじゃ」

「宗拾どの、その前に、この大日が申すことにはっきりお答え願われまいか。こなたは、この身をこのまま堺奉行の許へ突き出すか、それとも、わが身のために住まう庵《いおり》をこの近くにご寄進下さるか」

「な……な……なんと云われる。この近くに住まう庵を寄進せよと!?」

「それとも、こなたの手で突き出すかと申した筈……何れを選ばれてもわしは喜んで従う気じゃ」

「これはびっくり仰天じゃ。すると御僧はこのわしは突き出せぬ男と思うてやって来られたな」

「宗拾どの、よく考えてみて下され……人間はみな平等に、一度は死なねばならぬ身の上じゃ」

「それが、わしを甘く見させた原因か」

「生れた時から、その仏罰はきびしく約束されている。総見公もむざんな死を遂げられたが、やがてわが身も羽柴筑前も、お身も玄琳もみな死ぬのじゃ。みな一度は、死という仏罰に追いかけられて、わが身の罪障におののくのじゃ」

「始《はじま》ったな。御僧も光秀に劣らぬ詭弁家じゃ。話の構えがそっくりそのままじゃ」

しかし光秀は軽く無視して話しつづけた。

「今になって想うと、わしは香矢どのが羨《うらや》ましい。香矢どのは、はじめから、その子の父に引取られていたからとて、今となってはやはり生きては居れますまい。いや、九年前の死に方よりも、もっとむざんな死に方を強いられたに違いない。と云うて、これは子供の父の罪が軽いというのではない。その父親は、戦国の武将と云うものの自分の地位に絶えず恐れを抱いていたのじゃ。何時、どのようなことから妻子諸共白刃のもとで生命を落すことになるかと……それで決断がつかなんだのじゃ。出来得れば、その恐れの少《すくな》い町家にひっそりと生かしてみたいと……いや、それもこれも今は云うまい。さ、宗拾どの、ここでわが身を突き出すか、それとも小庵を寄進して追い詰められた身の苦悩をひき伸ばして罰されるか、何れにしても遁《のが》れぬ仏罰の続きなのじゃ。こなたの思案を決めて下され」

そう云うと、そのままひっそりと眼を閉じた。

五

新左衛門が動揺しだしたのはその頃からだった。会うとニガ手なのだ。裏に裏のある話術できっと巧みに説き伏せられる……そう思ってきびしく用心していながら、今の光秀には何の詐謀もない気がしだした。

すでに罰されていると云うのも頷けたし、妹を抛っておいたのも、そんな迷いからだったのかと、始めてわかった気もしだした。

いや、何よりも甥の玄琳がすでに光秀を憐れんでいるのがやり切れなかった。そして、伯父ならばきっと力になって呉《く》れようと、無邪気に信じて縋って来ている。ここで若《も》し相手にならなんだら、玄琳は自分を冷たい伯父とさげすんで、この冷たさが或いは母を殺したのだとも解しかねまい。

（それにしても企んでのことであったら……）

そう思うと、じりじり腹立ちも募って来る。

全く、策略と考えるとやり切れないほどよく条件がそろっていた。ここが大坂に近いという点から隠れ棲《す》むには却って恰好の場所であった。誰も秀吉の足許に、のうのうと光秀が余生を送っていようなどとは思いも寄るまい。それに新左衛門がかつて光秀と親交のあったことも、義絶して怨んでいることも堺では誰知らぬ者もない。その新左衛門がどこかの寺に小庵を建てて入れた僧……となったら、恐らく光秀の名などは連想の端へものぼらぬ道理であった。若しそれ等をうまく計算しての出現だったら何という忌々しいことであろうか……

（そうじゃ。相手も悪党だと、自分で自分を認めているのだ……）

そうなったら、こっちもそれ以上の悪党で裏切られることの無い垣を作っておくに限る……

そう考えだしたのが、すでに新左の人の好さであるとも云えるのだが……

「わかった！」と新左は云った。

「御僧はわしをナメて居られる。が、この新左とてただの飴ではない。仮りにわしが、御僧を突き出せばどのような得があり、小庵を寄進すればどのような利益があるか、赤裸にそれを伺うて、算盤《そろばん》はじいて決めるとしよう」

光秀はびっくりしたように眼をみはった。

「よいかの、光秀ならばとにかく、玄琳の同行して来られたこなたに、怨みもつらみも無い新左、これは一つの取引じゃ」

「なるほどのう」

「さ、申されよ。御僧を突き出せば何の得が、わしにあるのじゃ」

「されば、……宗拾どのには、何の得もござるまいが、玄琳どのの為にはなろう……と云うのは、妙心寺へも羽柴の目が及びだしてござる。それゆえ、光秀に似た男……それを訴え出たということで玄琳どのは、あらぬ血続きの色目をのがれ、ほどなく塔頭《たっちゅう》にもあげられようでなあ」

「では、もう一つの方じゃ。もしわしがこの近くで小庵を寄進したらどうなるのじゃ」

そう云った時には、もう新左衛門は、腹の立つほど自分の気勢のそがれているのに気がついた。光秀を突き出せば、あらぬ疑いをかけられず、玄琳の出世が保証されようとは、何という哀れで善良な老爺の愚痴になり下ったものであろうか……?

「さ、この方は、うっかり世間へ事が洩れると、わが家の興廃にもかかわる事じゃ。ちょっとやそっとの利益では算盤に乗らぬぞえ」

新左は口調の軽くなるのを警戒して、わざと大きく眼を据えた。

「宗拾どの笑うて下されゆ。生きるとなると、わしには一つの持病がある」

「持病があるゆえ、それで苦しみとおして、仏罰を味わい直すと云われるのか」

「いや、そればかりでは無い。実は、わしは叡山でも、秀吉の天下が早く定まり、万民泰平の世がひらけるようにと祈りつづけた……」

「フン、それが持病か」

「笑うて下され。わが身の持病は、どのようなみじめな境涯に落ち込んでも、天下のことが頭を去らぬ。おそろしい仏罰じゃ。恐ろしい持病じゃ……」

「して、その持病が、わしに何のかかわりがあると云うのじゃ」

「もし宗拾どのが、わしに小庵を寄進して下されたら、わしはそこで、羽柴が天下の安泰を祈りながら、ひそかにそれを手伝いたいのじゃ」

「な……なんと云わっしゃる!? そのような追い詰められた世捨人になり下って、羽柴の手伝いがしたいとは……」

「それゆえ笑うて呉れと云っている。業じゃ! 今も、こうして話していると、その手伝う夢が次々に瞼《まぶた》にうかんで困るのじゃ」

「ウーム」

さすがの新左衛門も唸《うな》り直した。たしかに光秀には、そんな持病が昔からあった。誰の天下の失政は何であったとか、誰の城の造りは巧いとか拙《まず》いとか……

しかし、いまこのように追い詰められた境遇で、その追う相手の天下取りを手伝いたいとは、何という度はずれた奇想であろうか……?

(これは話が面白くなって来たゾ!)

そう思って、危く新左は自制した。これで何時も光秀の話にまき込まれ、必要以上に信じて悔いた過去のことが想い出されるのだ。

その点では、新左衛門にも、幾分光秀に似た病の気があるのかも知れなかった。

「これとても、むろん宗拾どのの助勢が無ければ出来ないことじゃが、生きてあると決まればそれをやってみたい。いや、やらずに居れぬ持病がわしを苦しめる」

「それと利益が、結びつくと思うなら云わっしゃるがいい」

「これは叡山にあるうちから、あれこれ思案していたことじゃが、羽柴の許には勇将は多くあるが、帷幕《いばく》のうちにあって政治の献言の出来る者は数少ない」

「それで、光秀が、改めてしゃしゃしゃり出て政治の指南をさっしゃるお気か」

「宗拾どの、それを案じているのが羽柴の舎弟の秀長じゃ。道は必ずわしがつける。こなたのところへ羽柴から刀の鞘の注文を出させるのじゃ」

「なるほど……それで？」

「こなたはそれを一応断わってから引受けるがよい。こなたは常々云われていた。わしは生涯に三十本だけ会心の鞘を残したら、その後はたとえ天下人の注文なりと作らぬと」

「それは云うた。今もそのつもりじゃ」

「そしてその鞘はすでに二十六本になっている筈と思うが間違いはあるまいか」

新左衛門はもう表情を取りつくろってはいられなかった。光秀という男は何という奇妙な男であろうか。十年近く義絶していて、自分の作った刀の鞘の数まできちんと知っていようとは……

「いかにも二十六本、あと四本で、決して鞘は作らぬ気じゃ」

「それそれ、それを羽柴に云うてやるのじゃ。あとの四本は天下泰平のため、天下人のためでなければ作らぬと……すると羽柴は、わしが天下を取ると思わぬかと、気色を損じて喰ってかかる。その日はそのまま退《さが》って来よ。そして翌日、あらゆるところで占卜《せんぼく》、祈禱者の予言を求めてみたところ、何れも羽柴筑前こそ次の天下人と符節を合せたように云われる。ついては一本だけなりと、ぜひ献上させて欲しいと申入れるのじゃ」

新左衛門はポカンとした。そのあとはもう聞かずともわかっていた。こうして羽柴筑前のお伽衆《とぎしゅう》になれというのに違いない。すでに堺からも宗及や宗易は茶堂のことでしばしば秀吉のもとへ出入りを続けている。

それにしても光秀の秀吉分析は、何という的確さであろうか。曾呂利の鞘はあと四本より作らぬなどと放言したら、手を叩いて喜んで、すぐにも自分を近づけそうな気がしてくる。しかもそうしておいて背後から自分を操り、秀吉に光秀の体験と智恵とを注ぎ込もうとしているのだ。

(なるほどこれは、死ぬまで治らぬ持病だわい)

追い詰められて雨の中をさまよいながら、敵に対してこのような夢を追っている男を、果して悪人と呼んでよいのかどうか……?

ふと胸苦しさを覚えて新左衛門が顔をあげると、小庇の下にまた誰か立っていた。すでにあたりは暮れかけている。

「誰だ? あ玄琳か。何をしているのじゃ。まだ酒が来ぬぞ。伯母に早う運んで来いと云え」

そう云ってから、新左衛門ははじめてテレたようにニヤリとした。

＊

光秀はその後新左衛門の助力で、泉州助松村の蓮正寺内に助松庵《じょしょうあん》というのを建ててそれに住み、後に貝塚市鳥羽の大日庵(今は岸和田の本覚寺と合併)に移った。

そして、秀吉の死んだあと一年、慶長四年の春、ふたたびここへ位牌を残して、飄然と何れかへ立去ったことになっている。

本覚寺に残っている位牌には「鳳岳院殿輝雲道琇大禅定門」とあり、輝雲の輝、道琇の琇に光秀の二字がかくされている。裏には慶長四年　月　日とあるだけで月日の記入はない。生きていた人の位牌というしるしであろう。この時光秀を連れ去ったのは家康の政治顧問であった天海僧正だと伝えられている。それが事実ならば、光秀の持病は徳川氏の天下にまで及んだことになるのだが、堺関係の資料にも、そこまでのものは見当らない。

天海が光秀だったなどと云う伝説も、このあたりから出たものであろう。玄琳は、後の妙心寺大嶺院の南国梵珪《ぼんけい》和尚のつもりである。

解説

末國善己

〝謀叛〟という言葉には、ダーティーなイメージがある。

だが本能寺の変で主君・織田信長を討った謀叛人でありながら、明智光秀を悪役にする歴史小説は少ないように思える。大陸に渡ってジンギスカンになったとされる源義経、真田幸村の知略で大坂城を脱出し薩摩に庇護されたといわれる豊臣秀頼のように、庶民に愛された武将には、非業の最期を遂げたのではなく密かに落ち延びたとする生存伝説がある。

光秀にも、山崎の合戦で羽柴秀吉に敗れ小栗栖《おぐるす》で討ち取られたのは別人で、その後、徳川家康の宗教、外交政策のブレインを務めた天台宗の僧・南光坊天海になったとの俗説がある。ここからも光秀の人気の高さがうかがえるのではないだろうか。

ただ光秀は、最初から評価が高かったわけではない。江戸中期の岡山藩士で儒者の湯浅常山が武将の逸話をまとめた『常山紀談』（一七七〇年頃完成、版本での刊行は一八〇三年頃）の「光秀反状の事」には、「信長の暴なる固《もと》より論を俟《ま》たず。光秀土地を略せん為に老母を質にして殺しぬる不孝を信長の賞せられたる。君臣共に悪逆の相合える、終を令せざること理《ことわり》なり」とあり、比叡山の焼き打ちを始め数多くの虐殺行為を行った信長はもとより、謀叛を起こした家臣の光秀も〝同じ穴の狢《むじな》〟と断じている。〝武士は二君に仕えず〟といった儒教的な武士道が広まっていた江戸時代の武家社会では、謀叛人＝光秀は、批判されねばならない武将だったのである。

ところが物語の世界には、まったく違う光秀がいるのだ。

長岡万作『艶競《はでくらべ》石川染』（一七九六年初演）は、石川五右衛門の正体を、真柴久吉（モデルは豊臣秀吉）に滅ぼされた竹地（明智）光秀の父に養育された惟任《これとう》左馬五郎とする。その事実を知らないまま天王山にやって来た五右衛門は、父の霊に導かれ、忍術の秘伝書を手に入れる。そして「隠れ蓑にも優る忍術を身につけた五右衛門は、父を滅ぼした久吉への復讐を始めるのである。また本能寺の変から山崎の合戦までを伝奇的な手法で描いた近松柳、近松湖水軒、近松千葉軒の合作狂言『絵本太功記』（一七九九年初演）は、武智（明智）光秀を、暴君の尾田春永（モデルは織田信長）のイジメに耐える貴公子としている。激怒した春永が、美少年の家臣・森の蘭丸に鉄扇で光秀を打擲《ちようちやく》するよう命じる場面は定番になり、四世鶴屋南北『時桔梗出世請状』（一八〇八年初演）などでも踏襲された。歌舞伎や浄瑠璃の世界では、光秀はいわれなき虐待を受ける悲劇のヒーローであり、それが判官贔屓《はんがんびいき》の感情を刺激して、次第に魅力的な武将になっていったのである。

古典芸能が光秀像に影響を与えたことは、佞臣の森蘭丸が明智一族の娘を手に入れるために奸計をめぐらせ、それに失敗すると信長に讒言《ざんげん》して光秀を窮地に追い込む展開になっている鷲尾雨工『明智光秀』（一九三八年）からもうかがえる。

現在、信長は中世の因習を破壊した改革者とされるが、このイメージが定着するのは、太平洋戦争中に精神論で戦争に勝とうとする軍を皮肉るため「信長はその精神に於《お》いて内容に於てまさしく近代の鼻祖であった」と書いた坂口安吾の短篇「鉄砲」（一九四四年）と、同じテーマを長篇化した『信長』

（一九五二年〜一九五三年）以降のこととなる。

そして高度経済成長が始まると、時代を切り開くイノベーターとして信長をとらえる歴史小説が登場する。その代表が、信長を「何が出来るか、どれほど出来るか、という能力だけで部下を使い、抜擢し、ときには除外し、ひどいばあいは追放したり殺したり」もする「すさまじい人事」を断行する武将とした司馬遼太郎『国盗り物語』（一九六三年〜一九六六年）である。司馬は、人間性より効率を優先する信長を、大量生産した工業製品を輸出して外貨を稼ぎ、国を安定させた戦後の企業経営者になぞらえた。これに対し司馬は、改革者の信長に畏怖を抱きながらも、足利幕府の復興、古くから伝わる文化などの伝統的な価値観を捨てられない武将として光秀を描いている。司馬が伝統対革新という図式で物語を進めながら、改革路線を一方的に正しいとしなかったのは、一国の価値は経済だけでは計れないとの想いがあったからのように思える。

順調に経済成長を続けていた日本だが、一九七三年のオイルショックで戦後初めてマイナス成長になると、公害や労働者が置かれた劣悪な環境など、発展の陰で見えにくくなっていた矛盾が噴出する。この時代に発表されたのが、経済学者でもある南條範夫の『桔梗の旗風』（一九七七年〜一九七八年）である。

信長は家臣を消耗品のように使い捨てる「冷酷非情」な主君であり、「およそ忍耐の限りを尽して奉公したとて、信長はそれをどれほど評価してくれるのか。使うだけこき使うて、もはや用なしとみれば弊履《へいり》の如《ごと》く打ち棄《す》ててしまう。（中略）頼むべからざる主、人の主たる資質に欠けたる人物と云うほかはない。信長の暴虐に苦しんでおるものは、天下に充満している。（中略）信長を討てば、悦《よろこ》びの声が天下にわき起こるだろう」と語る光秀は、虐げられているすべての労働者のために謀叛を決意したとされている。

戦後の日本は、犯罪に手を染めた社員や職務怠慢な社員を懲戒解雇することはできても、不況などによる経営上の判断での整理解雇は難しい状況にあった。そのためオイルショックの不況で整理解雇の嵐が巻き起こると、それが経営者に許される通常の解雇権の行使なのか、それとも解雇権の濫用なのかが裁判で争われた。『桔梗の旗風』は、こうした人事のあり方の変容を的確にとらえた作品なのである。

二度のオイルショックを乗り切った日本は、一九八〇年代半ばからバブル景気に突入する。この時期に書かれた堺屋太一『鬼と人と』（一九八八年〜一九九〇年）は、同じ事件を、信長と光秀がそれぞれ一人称で語る手法で、二人の違いを浮き彫りにしている。

楽市楽座が成功したのは規制緩和を推進したから、信長は幕府が何でも手を貸すのではなく、官僚から市民までが己の意志と責務で職責をまっとうする自己責任型の社会を作ろうとしたなど、作中にはバブル期の社会常識と経済官僚出身の堺屋らしさが随所に見受けられる。その一方で「銭は便利なものだが感情がない。何時《いつ》、何処《どこ》で、何に使おうが同じように働く。銭は役に立つが恩義がない。銭のお蔭で命を救われようと、払った銭に恩義を感じる者はない。信長様の人使い、正に銭のごとく、身分も感情も恩義もない」と考える光秀は、拝金主義を批判する役割を与えられていた。ここには、経済の健全な発展には欲望を刺激するアクセルと、それを抑制するブレーキが必要との問題提起がある。

バブル期の作品だが、信長に叛《そむ》いた荒木村重、松永弾正らにも着目した遠藤周作『反逆』（一九八八年〜一九八九年）は、独自の視点で光秀謀叛の真相に迫っている。

村重は、一向宗との巧みな交渉が認められ、一向一揆に手を焼く信長の家臣団に迎えられた。信長に請われて中途採用に応じた村重だったが、すぐに新しい主君が功績のあった重臣さえも平気で切り捨てる非情さを持っていると気づく。村重の不安は、やはり中途採用の光秀にも伝わり、「この時の光秀と村重との思いは信長の家来すべてが漠然と心に感じたことである。使われるだけ使われる。そして使えなくなれば古草履のように棄てられる」と考えるようになる。ここには、成功者を礼賛するのではなく、どんな時代にも存在する敗者、弱者に目を向ける姿勢がある。遠藤は、信長を恐れる凡人＝光秀を主人公にすることで、バブルで浮き足立った時代に、一石を投じようとしたのではないだろうか。

もう一つ忘れてならないのは、クリスチャンだった遠藤が、キリスト教を含むすべての宗教を妄想と切り捨て、自ら絶対的な存在になろうとする信長を象徴的な〝神〟、村重や光秀を絶対者に跪《ひざまず》くしかない〝人〟の図式で描いていることである。そのため光秀が謀叛を起こした理由の一つには、〝神殺し〟の欲望も加えられている。日本人にとって（キリスト教だけでなく普遍的な）信仰とは何か、心の平穏とは何かの問い掛けは考えさせられる。

一九九〇年代初頭にバブルが崩壊すると、日本は長い不況に突入する。バブル崩壊で庶民が苦しんでいるのを横目に、高い給与をもらい、天下り先の特殊法人を作り、自分たちの生活だけは守ろうとした官僚を、多くの「既得権」を持つ公家、座、寺社仏閣に重ねたのが、池宮彰一郎『本能寺』（一九九八年〜一九九九年）である。池宮は、信長こそが「既得権」を打ち破るために登場した改革者だったとし、光秀も信長の理想に共鳴する数少ない家臣だったとしている。それなのに光秀が謀叛を起こしたのは、「既得権」を守る〝抵抗勢力〟の甘美な誘惑に負けたからであり、しかも〝抵抗勢力〟は、光秀を仲間に引き入れても暗躍をやめず、さまざまな勢力を巻き込んで信長を袋叩きにする計画を進めていたというのが面白い。

日本の戦国時代がヨーロッパの大航海時代だったことに着目し、外交の視点で光秀を描いたのが、安部龍太郎『天下布武』（二〇〇四年～二〇〇五年）である。

信長は、当時の新兵器だった鉄砲を使い、独創的な戦術を創出したとされる。鉄砲を撃つための火薬を作るには煙硝が必要だが、原料の硝石は輸入に頼るしかなかく、信長はイエズス会を通して、ポルトガルから硝石を入手していた。ところが一五八〇年、ポルトガルはイスパニアに併合され、〝太陽の沈まぬ帝国〟と呼ばれたカトリックの大帝国イスパニアも、プロテスタントの新興国オランダとイギリスに猛追されていた。

アジアに進出してきたオランダ、イギリスに対抗するため、イスパニアは明への侵攻を画策し、信長の家臣を地上兵力として利用することを考えた。この外交交渉を担当したのが光秀なのだが、海外出兵するほどの軍事力がないこと、古代から日本に先端文化をもたらしてくれた恩義ある中国を攻める理由もないとしてイスパニアの要請を拒否する。イスパニアは反発し禁輸措置や反信長勢力への武器供与をほのめかすのだが、それを聞いても光秀と信長は驚かず、海外物資の輸入はプロテスタントの国でもまかなえると逆に脅しをかけるなど、したたかな外交戦を繰り広げる。二〇〇三年、アメリカはイラクに大量破壊兵器があるとして先制攻撃を開始し、日本もアメリカ支持の立場を明確にして、イラク特措法を成立させた。当時の覇権国家イスパニアと互角に渡り合った光秀の姿は、現代の覇権国家アメリカに追随するだけの日本の外交への批判のように思えてならない。

バブル崩壊後の長い不況は、アメリカ型の市場原理主義的な経済を導入することで一時的な回復を見せるが、日本は持つ者と持たざる者、中央と地方などで格差が広がってしまった。ミステリ作家・真保裕一の初の歴史小説『覇王の番人』（二〇〇七年～二〇〇八年）は、日本が景気回復のために進めた改革路線の負の側面に迫っている。

光秀は、信長こそが泰平の世をもたらすと信じ家臣となる。だが絶対権力者になった信長は、家臣や領民の命を軽んじる暴君と化し、成果のみが評価される信長家臣団は、目先の利益を求め、味方を犠牲にしてまで敵を殺戮するようになる。

成果主義、競争主義は、懸命に働き、スキルを獲得するため自分に投資する向上心がある人が報われるシステムなので、必ずしも悪ではない。その反面、目に見える成果を上げるため企業も労働者も短期的な利益を求めたり、自分の獲得したスキルを他人に使われないようにするため、技術の伝承や情報の共有がはかれないなどのマイナスがあることもわかってきた。さらにいえば、二〇〇四年の労働者派遣法の改正で増えた非正規労働者は、どれだけ成果を上げても給与や待遇改善に直結しないケースもあり、それが格差を拡大したともいわれている。成果第一主義を掲げる信長に疑問を持つ光秀は、成果主義、競争主義によって働き手が疲弊し、閉塞感を広げた現状を告発する役割を担っていたのである。

やはりミステリ出身の垣根涼介の初の歴史小説『光秀の定理』（二〇一三年）は、確率の問題で、心理トリックでもある〝モンティ・ホール問題〟を人生の選択のメタファーに使い、時に大胆なフィクションを織り交ぜながら光秀の生涯を描いている。

主君・斎藤道三の敗北で極貧生活を送っている光秀は、京で、剣の達人ながら世渡りが下手な新九郎、路上博打でカモから金を巻き上げている謎の坊主・愚息と出会う。細川藤孝らと、暗殺された室町幕府十三代将軍・足利義輝の後継者に出家していた弟の覚慶を就ける計画に参加した光秀は、義秋と名を改めた覚慶を上洛させるため信長に接近する。

　明智一族のトップとして家族と家臣を守りたい光秀は、過酷なノルマを課し、それを達成すれば破格の待遇を与えるものの、失敗すれば平然と切り捨てる非情な主君と知りながら信長に仕え、厳しい出世レースに参加する。垣根は、光秀だけでなく、精神の自由を確保するため主君を持たない道を選ぶ新九郎、出世のためなら手段を選ばないハングリー精神の塊のような秀吉、自分の利益のためなら友人との関係を清算することも厭《いと》わないドライな細川藤孝など、仕事に対する考え方が違うキャラクターを登場させることで、どのような働き方を選ぶのがベターなのかを問い掛けてみせたのである。

　組織全体の二割が大部分の利益を生み出しているとするパレートの法則、あらゆる組織はよく働く二割、普通の四割、働かない二割の比率になっているとする働き蟻の法則を使って信長の家臣団の動向と、光秀謀叛の動機に切り込んだ垣根涼介『信長の原理』（二〇一八年）は、長時間の残業を尊ぶ社会風土、時間単位の生産性が低いとされる労働環境などの見直しといった働き方改革が進む現代の読者にとって、身につまされるエピソードも多い。

　光秀が本能寺の変を起こしたのは五十五歳とされてきたが、近年は六十七歳説も出てきた。この新説を使って光秀の晩年を追った岩井三四二『光秀耀変』（二〇一二年）は、少子高齢化が進み老後に不安を持つ人が増えている現代日本を写し取ったかのような作品だ。

　謀叛を起こす直前の光秀は、戦勝祈願に行って神籤《みくじ》を何度も引いたり、粽《ちまき》を笹の葉ごと食べたりする不可解な行動をしている。これは凶を告げる神籤だったので、吉が出るまで引きなおした、大事を起こす前に動揺し皮ごと粽を食べたなどと解釈されてきたが、岩井は老化による心神の衰えによるものだったとして歴史を読み替えており、説得力がある。

まだ子供が幼く、傍若無人な信長に切り捨てられないよう老骨に鞭打って働く光秀は、年金だけで安心した老後が送れるというのが過去の話になり、死ぬまで働き続けなければならない可能性が高まっていることを考えれば、とても過去の話とは思えないだろう。

長篠の合戦といえば、信長・家康連合軍の鉄砲隊が、戦国最強との呼び声も高い武田家の騎馬隊を破ったとされてきた。ただ近年は、鉄砲の弾込めの時間を短縮するため信長が編み出したといわれる三段撃ちは後世の創作で、武田家には騎馬だけで構成された部隊は存在しなかったとされるなど、歴史研究が進んでいる。最新の研究成果を踏まえた木下昌輝の連作集『炯眼に候』（二〇一九年）の一編「鉄砲」は、新たな鉄砲の運用法の考案を命じられた光秀が三段撃ちを具申するも却下され、長篠の最前線で信長が革新的な戦術で敵を殲滅する。今までにない合戦の顚末は、実際に読んで確認してほしい。

司馬の『国盗り物語』では卓越した手腕を発揮する経営者のように扱われた信長だが、最近は、信長に翻弄される人たちに着目した岩井三四二の連作集『あるじは信長』（二〇〇九年）のように、ブラック企業のトップとされることも増えている。そのため信長を見ると古く思える歴史小説も、光秀に焦点を当てるとテーマが時代を超越していると気づくこともある。文化や伝統の重要性を指摘した『国盗り物語』の光秀は、すぐに経済的な価値を生み出さない大学の人文科学系、理系の基礎研究への風当たりが強くなっている現状が果たして正しいのかを考える切っ掛けを与えてくれるし、天下万民のため平然と家臣の首を切る信長に異議申し立てを行った南條『桔梗の旗風』は、ホワイトカラーエグゼンプションや裁量労働制など労働者が不利になりかねない規制緩和を進めようとしている現在の政府の問題点を、先駆的に指摘したともいえる。常に下からの目線で、ごく普通の人たちに寄り添っていることが、光秀の魅力なのかもしれない。

【解説者略歴】

末國善己（すえくに・よしみ）

文芸評論家。1968年広島県生まれ。編書に『国枝史郎探偵小説全集』、『国枝史郎歴史小説傑作選』、『国枝史郎伝奇短篇小説集成』（全二巻）、『国枝史郎伝奇浪漫小説集成』、『国枝史郎伝奇風俗／怪奇小説集成』、『野村胡堂探偵小説全集』、『野村胡堂伝奇幻想小説集成』、『山本周五郎探偵小説全集』（全六巻＋別巻一）、『探偵奇譚 呉田博士【完全版】』、『【完全版】新諸国物語』（全二巻）、『岡本綺堂探偵小説全集』（全二巻）、『戦国女人十一話』、『短篇小説集 軍師の生きざま』、『短篇小説集 軍師の死にざま』、『小説集 黒田官兵衛』、『小説集 竹中半兵衛』、『小説集 真田幸村』（以上作品社）などがある。

小説集　明智光秀

2019年9月25日初版第1刷印刷
2019年9月30日初版第1刷発行

著　者　菊池寛、八切止夫、新田次郎、岡本綺堂、
　　　　滝口康彦、篠田達明、南條範夫、
　　　　柴田錬三郎、小林恭二、正宗白鳥、
　　　　山田風太郎、山岡荘八、末國善己
発行者　和田肇
発行所　株式会社作品社
　　　　〒102-0072 東京都千代田区飯田橋2-7-4
　　　　TEL.03-3262-9753　FAX.03-3262-9757
　　　　http://www.sakuhinsha.com
　　　　振替口座 00160-3-27183

編集担当　青木誠也
本文組版　前田奈々
装　幀　水崎真奈美（BOTANICA）
印刷・製本　シナノ印刷株式会社

ISBN978-4-86182-771-6 C0093

◆作品社の本◆

小説集 竹中半兵衛

末國善己 編

わずか十七名の手勢で主君・斎藤龍興より稲葉山城を奪取。羽柴秀吉に迎えられ、その参謀として浅井攻略、中国地方侵出に随身。黒田官兵衛とともに秀吉を支えながら、三十六歳の若さで病に斃れた天才軍師の生涯！

【内容目次】

海音寺潮五郎「竹中半兵衛」／津本陽「鬼骨の人」／八尋舜右「竹中半兵衛　生涯一軍師にて候」／谷口純「わかれ　半兵衛と秀吉」／火坂雅志「幻の軍師」／柴田錬三郎「竹中半兵衛」／山田風太郎「踏絵の軍師」／編者解説

ISBN978-4-86182-474-6

◆作品社の本◆

小説集 黒田官兵衛

末國善己 編

信長・秀吉の参謀として中国攻めに随身。謀叛した荒木村重の説得にあたり、約一年の幽閉。そして関ヶ原の戦いの中、第三極として九州・豊前から天下取りを画策。稀代の軍師の波瀾の生涯！

【内容目次】

菊池寛「黒田如水」／鷲尾雨工「黒田如水」／坂口安吾「二流の人」／海音寺潮五郎「城井谷崩れ」／武者小路実篤「黒田如水」／池波正太郎「智謀の人　黒田如水」／編者解説

ISBN978-4-86182-448-7

◆作品社の本◆

世界名作探偵小説選

モルグ街の怪声　黒猫　盗まれた秘密書　灰色の怪人　魔人博士　変装アラビア王

エドガー・アラン・ポー、バロネス・オルツィ、サックス・ローマー 原作
山中峯太郎 訳著　**平山雄一** 註・解説

『名探偵ホームズ全集』全作品翻案で知られる山中峯太郎による、つとに高名なポーの三作品、「隅の老人」のオルツィと「フーマンチュー」のローマーの三作品。翻案ミステリ小説、全六作を一挙大集成！　「日本シャーロック・ホームズ大賞」を受賞した『名探偵ホームズ全集』に続き、平山雄一による原典との対照の詳細な註つき。ミステリマニア必読！ ISBN978-4-86182-734-1

隅の老人

【完全版】

バロネス・オルツィ　平山雄一 訳

元祖“安楽椅子探偵”にして、もっとも著名な“シャーロック・ホームズのライバル”。世界ミステリ小説史上に燦然と輝く傑作「隅の老人」シリーズ。原書単行本全3巻に未収録の幻の作品を新発見！　本邦初訳4篇、戦後初改訳7篇！　第1、第2短篇集収録作は初出誌から翻訳！　初出誌の挿絵90点収録！　シリーズ全38篇を網羅した、世界初の完全版1巻本全集！　詳細な訳者解説付。 ISBN978-4-86182-469-2